Das Buch

Zwei Frauen. Eine ist die Gejagte, die andere ihre Jägerin. Ein Überfall ändert alles, fortan sind sie auf der Flucht. Gemeinsam. Doch wie weit können sie sich trauen?
Als Daria auf Eve trifft, sind die Fronten klar: Auf Eve ist ein Kopfgeld ausgesetzt, Daria soll sie zum Reden und danach zur Strecke bringen. Doch dann kommt alles anders und die beiden befinden sich zusammen auf der Flucht vor einem gemeinsamen Gegner. Sind ganz auf sich gestellt, aufeinander angewiesen. Denn sie ahnen nicht einmal, wer sie verfolgt und wem sie überhaupt noch trauen können.
Während Eve nur sehnsüchtig daran denkt, wieder zu ihrer chinesischen Geliebten Shenmi zurückzukehren, machen Daria verwirrende Gefühle zu schaffen. Warum fühlt sie sich ausgerechnet von einer Frau angezogen? Dazu noch von derjenigen, die sie aus dem Weg räumen soll?
Die Suche nach ihrem unbekannten Feind führt sie durch mehrere Länder. Als die Lösung des Rätsels zum Greifen nah scheint, werden auf einmal die Karten neu gemischt und die beiden Frauen finden sich auf verschiedenen Seiten wieder. Erneut beginnt ein Ringen um Vertrauen. Um Liebe. Um Tod.

Die Autorin

Celia Martin lebt in Deutschland und Österreich. Sie schreibt Romane, Krimis und Kurzgeschichten über lesbische Liebe, Lebenslust und Leidenschaft. Mit »Von Liebe und Tod« legt sie nun ihren ersten Krimi Noir vor.

Celia Martin

Von Liebe und Tod

Krimi Noir

Bibliografische Information der Deutschen Nationalbibliothek
Die Deutsche Nationalbibliothek verzeichnet diese Publikation
in der Deutschen Nationalbibliografie; detaillierte bibliografische
Daten sind im Internet über http://dnb.dnb.de abrufbar.

Text © Celia Martin 2016

Alle Rechte vorbehalten.
Das Werk darf – auch teilweise – nur mit schriftlicher
Genehmigung der Autorin wiedergegeben werden.

Coverabbildung unter Nutzung von
© paintings/ Shutterstock.com

Herstellung und Verlag
BoD – Books on Demand, Norderstedt

ISBN: 978-3-741-27580-7

Prolog

Die Frau mit dem kurzen kastanienfarbenen Haar zögerte kaum wahrnehmbar, bevor sie das Bürohochhaus betrat. Draußen lag die Luft schwer in den belebten Straßen. Im Inneren des Gebäudes sorgte eine Klimaanlage für stets gleichbleibende Temperaturen, sowie ein Gefühl der Frische. Hier war es kühl und ruhig, der Lärm der Stadt blieb vor den großen, blauschimmernden Glastüren. Die Frau zog ihre Basecap tiefer in die Stirn. Ohne sich an eine der Mitarbeiterinnen des Empfangsdesks zu wenden, schritt sie zielstrebig zum hinteren Teil der Lobby, wo in diesem Moment ein Aufzug hielt. Eine Handvoll Angestellter entstieg der Kabine. Die Männer und Frauen in ihren gut sitzenden Anzügen und Kostümen wirkten gestresst und achteten nicht auf die Besucherin. Ihre Augen hingen wie festgefroren an den Displays ihrer Smartphones, während sie zum Ausgang eilten.

Die Frau stieg ein und drückte auf den Knopf für die oberste Etage. Mit sanftem Ruck fuhr der Lift an. Ein leises Sirren begleitete sie auf ihrem Weg hinauf. Dort stieg sie aus, wandte sich nach rechts. Kein Laut drang hier herauf und auch aus keinem der Büros hörte man etwas. Am Ende des Ganges blieb sie vor einer Bürotür stehen. Dort stand der Name, den man ihr genannt hatte. Sie klopfte einmal an, erwartungsgemäß antwortete niemand und sie betrat den Raum mit einer Schlüsselkarte.

Das Büro war groß und sehr aufgeräumt. Die

Frau verschwendete keinen Blick auf die Einrichtung. Dem Eingang gegenüber befand sich eine Fensterfront, die auf eine Dachterrasse hinausging. Die Besucherin öffnete die Tür und trat in den Schatten eines Überbaus, der an einer Seite durch eine Glasfront geschlossen war. Dort, eingerahmt von einigen großen Töpfen voll üppiger Grünpflanzen, standen ein kleiner Mosaiktisch und drei Stühle. Die Frau warf einen Blick zurück in das Büro. Es war noch immer leer. Sie vergewisserte sich, dass sie von der Sitzgruppe aus die Tür im Auge behalten konnte. Dann ließ sie sich nieder und wartete.

Erster Teil

Der Angriff

Als Daria Eve das erste Mal sah, hing die an einem Seil von der Decke eines Kellers und starrte die Frau vor sich hasserfüllt an.

Eve war nackt, man hatte ihr die Arme über dem Kopf gefesselt. Sie musste höllische Schmerzen empfinden, stöhnte aber nicht einmal.

Daria ging langsam auf die Gefangene zu. Unwillkürlich glitt ihr Blick dabei weg von den zornfunkelnden hellgrünen Augen. Über die kleinen Brüste, den flachen Bauch, die linke, blutverkrustete Hüfte. Um an dem lockigen Dreieck zwischen Eves Schenkeln hängenzubleiben. Ein helles Kastanie, dunkler als das kurze Haar, das von Schmutz und Schweiß verklebt vom Kopf abstand.

Der Geruch, der von der Frau in Ketten ausging, traf Darias Nase. Sie trat einen weiteren Schritt näher.

»Hallo Daria«, sagte die, die sich Tara nannte.

»Hat sie geredet?«, fragte die Angesprochene, ohne den Blick von Eve abzuwenden.

»Nein.« Tara stellte sich neben Daria, verschränkte die Arme und schaute die Gefesselte versonnen an. »Wir haben sie noch nicht richtig befragt«

Richtig bedeutete: hartes Verhör.

»Wir wollten auf dich warten, auf deine Befehle.«

Daria nickte gedankenverloren.

Ein Jammer, dass sie sowieso sterben muss,

egal, ob sie jetzt redet oder nicht, bedauerte sie innerlich das, was unweigerlich kommen würde. Und das auch noch durch Darias eigene Hand.
Sie wandte sich seufzend zu Tara um und nahm das Messer entgegen, das ihr ihre offizielle Stellvertreterin reichte.
»Gut, dann wollen wir das Vögelchen mal zum Singen bringen.«

*

Eve spürte sofort, dass die dunkelhaarige Frau gefährlich war. Viel gefährlicher noch als die beiden, die sie überfallen und hierher geschleppt hatten.
Sie erkannten sich auf den ersten Blick, Kämpferinnen, die sie waren. Sie standen lediglich auf verschiedenen Seiten.
Was Eve am meisten bedauerte, war ihre eigene Arglosigkeit. Sie hätte einfach nicht gedacht, dass ihr Feind ihr Frauen auf den Hals hetzen würde. Tumbe, muskelbepackte Kerle vielleicht, oder einen Scharfschützen. Aber eine kleine, pummelige Irin? Siobhans Sommersprossen und ihr fröhliches Lachen hatten sie getäuscht, als sie sich in Genf im Hotelflur begegneten. Sekunden später war die Rothaarige blitzschnell über ihr gewesen, kaum dass Eve die Tür zu ihrem Zimmer geöffnet hatte. Trotz des Überraschungseffekts und der körperlichen Stärke der Anderen wäre Eve mit Siobhan fertig geworden. Die Frau, die sich Tara nannte, war wie aus dem Nichts aufgetaucht. Groß, athletisch, eiskalt. Da war die Sache besiegelt.
Sie mussten sich nicht vorstellen, mussten Eve

nicht sagen, wer sie geschickt hatte. Sie wusste es. Sie kannte ihren Widersacher und fragte sich, wie sie sich auch nur eine einzige Sekunde hatte in Sicherheit wiegen können.

Die Frau, die nun den Keller betreten hatte, sandte Signale aus, die Eve zum Zittern brachten. Daria war groß, das gewellte, schwarzbraune Haar fiel offen bis auf Kinnhöhe. Schmale, graue Augen fixierten ihr Gegenüber und Eve spürte, wie sich eine Gänsehaut auf ihrem Körper bildete. Ein leichtes Zucken der Lider, als ihr Blick auf Eves Schoß fiel, war die einzige sichtbare Regung der anderen.

Daria selbst war auf eine herbe Art attraktiv. Ihr Gesicht wurde beherrscht von hohen Wangenknochen, einem breiten, weich geschwungenen Mund und dem zwingenden Blick ihrer schmalen grauen Augen. Sie trug eng anliegende Lederkleidung am sportlichen Leib. Eine lange Hose, Bikerstiefel, eine kurze Jacke, deren Reißverschluss sie beim Eintreten geöffnet hatte. Unter dem T-Shirt zeichneten sich üppige Brüste ab, die zu den Rundungen ihrer Hüfte passen.

Alles in allem kein übler Anblick, wenn Eves Situation eine andere gewesen wäre. Und die Begegnung mit dieser Frau war eindeutig getrübt durch das Messer in der Hand, mit dem sie nun auf die Gefesselte zutrat.

*

Eve hatte Angst, das konnte man sehen und spüren. Ihre Furcht hing wie ein unsichtbares Netz in der Luft. Schweiß perlte auf Oberlippe und

Stirn.

Daria trat ohne zu Zögern auf sie zu. Das Messer lag fest in ihrer Hand.

»Willst du uns nicht doch sagen, wo wir das finden, was du gestohlen hast?« Darias leise Stimme klang fast sanft, als sie Eve diese Frage stellte.

Die starrte ihr Gegenüber bloß an und schüttelte den Kopf. »Ich habe keine Ahnung, was ihr von mir wollt.«

Darias Augen nahmen einen traurigen Ausdruck an. »Schade«, sagte sie so leise, dass nur Eve es hören konnte. Tara trat aus dem Hintergrund stirnrunzelnd näher, um der Konversation folgen zu können. Siobhan hatte sich auf einen Stuhl am Eingang gelümmelt und gähnte ungeniert laut. Sie schien sich nicht dafür zu interessieren, was Daria gleich mit dem Messer tun würde.

Tatsächlich dachte sie an den Schokoriegel, der in ihrer Jacke steckte, und fragte sich, ob es wohl pietätlos wäre, ihn gerade jetzt zu essen.

Die rothaarige Irin kam nicht mehr dazu, ihren Hunger auf Süßes zu stillen und Tara sollte nicht mehr erfahren, was Daria Eve zuraunte. Denn in derselben Sekunde peitschten Schüsse durch den Keller. Tara zuckte, als habe man ihren Körper an einem unsichtbaren Faden gezogen, bevor sie einen Schwall Blut spuckte und zusammensank. Siobhan war auf den Beinen, bevor ihre Partnerin am Boden aufschlug. Ihre Heckler & Koch spuckte Feuer, am Kellereingang schrie jemand etwas, es war eine männliche Stimme, eine zweite antwortete. Siobhan warf ihren Stuhl in die Eingangsöffnung und flitzte hinter einen Mauervorsprung links davon. Eine Kugel sirrte durch den Raum. Sie traf die einzelne Glühbirne an der Decke, die in einem Hagel von zersplittertem Glas auf den Steinboden fiel.

In der Dunkelheit war nicht mehr viel zu erkennen. Ein Schemen tauchte am Kellereingang auf. Darias Messer flog auf ihn zu und verursachte ein gurgelndes Röcheln bei seinem Opfer. Siobhan verließ ihre Deckung, schoss zwei Mal auf die Tür und auch Daria hatte inzwischen eine Pistole gezogen und schlich, eng an die Wand gedrückt nach vorne. Die Frauen hielten die Tür nun von beiden Seiten im Blick. Jetzt war alles ruhig. Niemand rührte sich. Es mochten zehn Minuten so vergangen sein, als Siobhan beschloss, es sei genug. Sie lief, tief gebückt, zur Kellertür und sah hinaus. Ein Schuss krachte und die Irin fiel hinterrücks in den Raum hinein, ein dunkelrotes Loch mitten in der Stirn. Daria fing an zu zittern, sie musste ihre Waffe nun mit beiden Händen festhalten.

Es dauerte eine ganze Weile, bis der Schütze auftauchte. Bei Eves Anblick blieb er einen Moment wie angewurzelt stehen. Daria schoss ihm in den Kopf, sprang über den noch im Fall befindlichen Körper und hastete durch die Tür. Danach wurden noch einmal zwei Schüsse abgegeben. Es folgte - Stille.

Eve, die immer noch am Seil hing, keuchte laut auf. Das war der einzige Laut im Raum, und da keine Antwort kam, schien es, als sei sie die einzige Überlebende dieses Massakers.

*

Eves Handgelenke brannten wie Feuer. Die Haut dort war aufgeschürft und blutig, dennoch hatte sie nicht aufhören können, zu versuchen, sich zu befreien. Jedes Mal, wenn keine ihrer beiden Bewacherinnen zu ihr hersah, hatte sie ihre Hände in den Fesseln gedreht und gewunden in der Hoffnung, das Seil zu dehnen. Nun lag Tara vor ihr. Sie lebte noch, ein Geräusch, das sich wie eine kaputte Pumpe anhörte, drang aus ihrer Brust. Die Kugel hatte ihre Lunge durchschlagen, hellroter Schaum rann ihr übers Kinn. Selbst wenn sie gewollt hätte, sie hätte Eves Fesseln nicht lösen können. Die fragte sich nur kurz, wer die Kerle waren, die die Frauen angegriffen hatten. Sie wollte ihnen keine Gelegenheit geben, auch sie zu erledigen. Ihr Blick wanderte nach oben. Das Seil war doppelt gelegt und direkt an ihren Handgelenken verknotet. Der Rest lief durch einen Haken, der in der Kellerdecke eingelassen war. Dieser Haken war an der Spitze offen, sodass Eve einen Versuch starten konnte, sich zu befreien. Sie atmete konzentriert ein und aus, um die Anspannung aus dem Körper zu kriegen. Dann umfasste sie mit den Fingern das Seil und hangelte sich vorsichtig nach oben. Ihre Arme schmerzten und ihre Muskeln und Sehnen schienen bei jeder Bewegung aufzuschreien. Dennoch machte sie weiter, Handbreit um Handbreit, bis sie nach dem Haken greifen konnte. Mit letzter Kraft zog sie sich so weit höher, dass die Spannung im Seil nachließ und sie die Schlaufe über die Spitze ziehen konnte. Dann fiel sie völlig am Ende ihrer Kräfte zu Boden.

Der Stein unter ihr war kalt und hart. Sie schlug sich das linke Knie so heftig an, dass sie das

Bein einen Moment lang nicht mehr rühren konnte. Eve keuchte, die Wunde an der Hüfte hatte wieder angefangen zu bluten, so wie der Riss im Finger, mit dem sie über den scharfen Rand des Hakens gerutscht war. Schwankend stand sie auf. Noch immer nackt, noch immer beide Handgelenke aneinandergebunden, taumelte sie dem Eingang entgegen. Sie hatte keine Ahnung, wo sie war.

Sofern ich in diesem Aufzug nicht in einer Fernfahrerkneipe lande, kann ich alles verkraften, dachte sie. Siobhan starrte blicklos an die Decke, die Arme ausgebreitet, als wolle sie Engel im Schnee spielen. Tara röchelte auf einmal entsetzlich, dann war sie ganz still. Selbst wenn Eve die Möglichkeit gehabt hätte, Hilfe zu holen, jetzt war es zu spät. Ihr Blick streifte den Mann, den Darias Messer in den Hals getroffen hatte. Er lebte nicht mehr. Ebenso wenig wie der, der an der Wand vor der Kellertür lag. Wer waren diese Kerle mit der militärisch anmutenden, fast identischen Kleidung aus schlammfarbenen Hosen und olivfarbenen Shirts? Die Pistole im Anschlag stieg Eve die Steintreppe nach oben. Hier draußen war es dunkel und sie tastete sich vorsichtig voran, stolperte einmal und verlor nicht nur das Gleichgewicht, sondern fast die Waffe. Die Tür am Ende der Treppe stand halb offen, es drang kein Laut zu ihr herunter. Behutsam schob sie sie mit einem Bein auf und ging durch. Sie befand sich in einer altmodisch eingerichteten Küche. Unter der Spüle aus angeschlagenem, weißem Email lag ein weiterer Toter. Eve blickte sich hastig um. Ein Glasfenster der Hintertür war eingeschlagen, so waren die Eindringlinge ins

Haus gelangt. Nur, um wen handelte es sich und was wollten sie von den Frauen? Von ihr? Nichts schien mehr zusammenzupassen und obwohl sie anfangs zu wissen glaubte, warum man sie entführt hatte, fragte sie sich nun, ob sie in etwas hineingeraten war, das rein gar nichts mit ihr persönlich zu tun hatte.

Eve zog die Besteckschublade unter dem altmodischen Küchentisch auf. Sie klemmte, sodass Eve mit ihren gefesselten Händen Schwierigkeiten hatte und heftig daran ruckeln musste. Egal, zuerst musste sie jetzt ihre Fesseln loswerden. Sie griff nach einem scharfen, langen Messer mit einem massiven Griff, schleppte sich zu der kleinen Essecke und ließ sich dort auf einen Stuhl plumpsen. Dann steckte sie den Messergriff zwischen ihre Knie, presste sie so fest zusammen, wie es nur ging. Sie begann, das Seil an der Schneide zwischen ihren Handgelenken auf und ab zu bewegen.

Wenige Minuten später waren ihre Hände frei und Eve ließ sich erleichtert gegen die Stuhllehne sinken. Sie blutete aus mehreren Wunden, war total verdreckt, erschöpft und hatte keine Ahnung, wo sich ihre Klamotten, ihre Papiere und ihr Geld befanden. Also musste sie das Haus durchsuchen.

Ihr Knie knackte unangenehm, als sie sich erhob. Gleichzeitig war es ihr, als nähme sie noch ein anderes Geräusch wahr, das irgendwoher aus dem Haus zu kommen schien. Sie verharrte, aber als sie nichts mehr hörte, ging sie weiter. Das Haus war klein, neben der Küche gab es im Erdgeschoss lediglich noch ein verwohnt aussehendes Zimmer, in dem eine Couchgarnitur, ein riesiger Schrank und ein Fernseher standen. Eine Uhr tickte und es roch nach Staub und etwas Undefinierbarem, das Eve mit Alter und Krankheit in Verbindung brachte. Eine ausgetretene Holztreppe führte in das obere Stockwerk, wo es heller war und ein Hauch von frischer Luft durch den Gang kam. Und noch etwas anderes, etwas wie Eisen, bei dessen Geruch sich Eve sämtliche Nackenhaare aufstellten. Sie blickte nach rechts in ein karg möbliertes Schlafzimmer, geradeaus ging es dann wohl ins Bad. Eve schob die Tür auf und blieb erstarrt stehen, als kühles Metall ihre Schläfe berührte und ein leises Klicken ihr verriet, dass sie jetzt gleich so gut wie tot war.

*

    Daria hatte den Kerl in der Küche erledigt, dabei selbst eine Kugel abbekommen. Ein glatter Durchschuss im linken Oberarm, die Fleischwunde blutete heftig und der Schmerz hatte sie kurzzeitig umgerissen. Sie hockte im Badezimmer und versuchte, sich einen Verband anzulegen, als sie ein leises Knacken auf der Holztreppe hörte, die in den ersten Stock führte. Noch einer! Sie erhob sich leise und trat hinter die Tür. Schritte, vorsichtig und fast unhörbar gesetzt, verhielten kurz und näherten sich danach. Vor Anspannung presste sie den Kiefer fest zusammen. Wie viele Kerle hatte man auf sie angesetzt? Die Tür schwang auf. Fast war sie erleichtert, dass nicht ein Typ des Killerkommandos hereinkam, sondern Eve.
Wie hatte die es bloß hingekriegt, vom Haken zu kommen? Sie wirkte wie ein zerrupfter Vogel. Aus dem Nest gefallen, orientierungslos. Sah

bemitleidenswert fertig aus, kein Wunder nach all dem, was sie mitgemacht hatte. Dennoch, ein zähes kleines Biest, das es bis hierher geschafft hatte, wo sie doch vor einer halben Stunde schon so gut wie tot war. Dabei wirkt sie so verteufelt sexy, wenn man auf diesen Typ von Frauen stand. Sie war immer noch nackt und blieb stocksteif stehen, als Darias Waffe ihre Schläfe berührte. Eve war unbewaffnet, wenn man einmal von dem recht abgenutzten Messer absah, das sie in der Hand hielt.

»Fallen lassen«, forderte sie. Das Messer fiel klappernd zu Boden, wo Daria es hinter sich stieß. Dann ließ sie, nach kurzem Zögern, die Pistole sinken. Sie zeigte mit dem Kopf zur Dusche hinüber.

»Kein warmes Wasser heute, aber es wird auch so reichen«, murmelte sie und sank mit einem Seufzen zurück auf den billigen Plastikhocker neben dem Waschbecken.

»Wieso so nett? Bringst du nur saubere Mädels um?«

Daria zog bei dieser spöttischen Bemerkung von Eve die Brauen hoch. »Nein. Ich bringe eigentlich gar niemanden um.« Das war wahr und doch irgendwie gelogen, aber Eve musste ja nicht wissen, dass sie ihr erster richtiger Auftrag gewesen wäre. Natürlich erst, sobald sie erfahren hätte, was sie brauchte.

»Mir ging es um die Informationen. Die sind jetzt zweitrangig, denn irgendjemand hat es auf uns alle abgesehen. Außerdem glaube ich, dass wir nicht lange alleine bleiben werden. Das Killerkommando wird vermutlich bald vermisst und wir sollten, so schnell es geht, von hier verschwinden. So, wie wir beide gerade aussehen, könnten wir uns gleich ein Schild um den Hals hängen, wo draufsteht: »Hier sind die Zwei, die Werauchimmer sucht.« Also ist es besser, sich etwas präsentabel zu machen.« Sie wuchtete sich hoch und nahm das feuchte Handtuch wieder auf, mit dem sie ihre Wunde gesäubert hatte.

*

Eves Blick fiel in den Spiegel und sie erschrak, als sie sich sah. Daria hatte recht, es war unmöglich, so auf die Straße zu gehen. Sie fuhr sich mit der Zunge über die geschwollenen Lippen. Ihr linkes Auge war nur noch ein blutunterlaufener Schlitz. Siobhan war nicht zimperlich gewesen. Eve stieg in die Dusche, bevor diese Daria es sich doch noch anders überlegte. Das Wasser war nicht wirklich kalt, eher lauwarm und fühlte sich einfach köstlich an, bis auf die Stellen, die wund waren, da brannte es wie Feuer. Es gab weder Seife noch Shampoo, und Eve rubbelte Gesicht und Haare so gut es ging sauber. Als sie nach zehn Minuten aus der Kabine heraustrat, sah sie besser aus, war aber weit von ihrem Normalzustand entfernt. Sie griff nach einem Badetuch und wickelte sich ein.

Daria hatte in der Zwischenzeit einen Wattebausch mit Jod getränkt und presste ihn auf ihren Arm. Vor Schmerz schoss ihr das Wasser in die Augen und sie krümmte sich über dem Waschbecken.

»Gib mir die Mullbinde, ich lege dir einen Verband an«, hörte Eve sich zu ihrer eigenen Überraschung sagen. Misstrauisch blickte Daria aus wässrigen Augen zu ihr herüber.

»Ja, ja, du wolltest mich mit deinem Messer bearbeiten und eigentlich sollte ich dir dafür die Fresse polieren, aber dazu habe ich keine Lust. Zumal ihr die Falsche erwischt habt. Was immer ihr sucht, ich habe es nicht.« Sie griff nach dem Verbandszeug.

»Außerdem glaube ich, wir sind beide so lädiert, dass wir gemeinsam bessere Chancen haben, hier zu verschwinden.«

»Aha«, antwortete Daria nur.

»Ja, zumindest bis zum nächsten Ort, da werden sich unsere Wege trennen.«

Sie bugsierte Daria auf den Hocker und begann, routiniert, die Mullbinde anzulegen.

»Gut gemacht«, lobte Daria , als ihre Krankenschwester fertig war, und betastete den Verband. Dann blickte sie auf und erstarrte.

Eve hielt Darias Waffe in der Hand. Sie war direkt auf ihre Besitzerin gerichtet. Ein Schuss, er würde direkt in Darias Stirn landen, und die Chose wäre vorbei. War sie blöd gewesen, der Anderen zu vertrauen! Aber Eve drückte nicht ab.

»Ich will wissen, warum ihr mich entführt habt!« Sie hockte sich auf den Badewannenrand, genau gegenüber, dabei fixierte sie Daria ohne erkennbare Regung.

»Mensch, Mädchen, das weißt du doch! Stell dich nicht blöd! Du hast etwas aus dem Büro von meinem Auftraggeber Kirk & Lomb Enterprises mitgehen lassen. Ein paar Sachen, die auf keinen Fall dessen Unternehmen hätten verlassen dürfen. Dass du so unvorsichtig warst, wird dir der Inhaber niemals verzeihen. Der will dich in Stücke geschnitten auf einem Silbertablett serviert. Aber vorher will er sein Eigentum zurück.« Darias Augen waren dunkel geworden. Sie war wütend, dabei war noch etwas, das Eve nicht deuten konnte.

Sie schüttelte den Kopf. »Kirk & Lomb?« Verständnislos sah sie Daria an. Der Name sagte ihr nichts. Was war das denn für ein Blödsinn? Hatte sie noch kurz zuvor geglaubt zu wissen, wem sie ihre missliche Lage zu verdanken hatte, war sie jetzt mehr als verblüfft. Musste ihr der Name dieses Unternehmens etwas sagen? Trotz ihres demolierten Zustands versuchte sie, sich einen Reim auf das Ganze zu machen. Dachte angestrengt über Einiges nach, das sie in den letzen Wochen und Monaten getan hatte. Etwas, von dem ihr Gegenüber hoffentlich nichts wusste ... Sonst würde sie nicht aus der Sache hier rauskommen!

Nein, entschied sie. All das konnte nichts mit dieser Entführung zu tun haben. Es musste sich um eine Verwechslung handeln. Eine andere Erklärung gab es nicht.

»Ich kenne diese Firma nicht, war daher niemals dort. Und ich weiß rein gar nichts über irgendwelche Dinge, die ich angeblich mitgehen hab lassen. Durchsuch doch meine Sachen! Und was soll ich auch mit Gelump, Schmuck, Bilder oder was auch immer man dort vermisst. Ich mache mir nichts draus und verdiene mein Geld lieber anders.«

Darias Augen hatten bei dieser Aussage von Eve einen merkwürdigen Ausdruck angenommen. Sie schüttelte langsam den Kopf. »Es ist Wahnsinn, aber ich glaube dir«, sagte sie dann.

Eve ließ die Waffe sinken und schaute ihr

Gegenüber nachdenklich an. Daria hatte etwas an sich, das sämtliche Alarmglocken in ihr zum Läuten brachte. Gleichzeitig strahlte sie etwas aus, das so gar nicht zu dem toughen Auftreten passte und sie verwirrte. Sie schob das Gefühl energisch weg und legte die Waffe auf den Waschtisch zurück.

Im selben Moment schlug die Tür auf. Eve erkannte den Mann, es war derjenige, der in der Küche gelegen hatte. Schwer verletzt, sein T-Shirt war schwarz vor Blut, aber offensichtlich nicht tot.

»Votzen«, knurrte er und riss Eve, die ihm am nächsten stand, zu sich herüber. Sein gemein aussehendes Butterflymesser lag schon an ihrem Hals, als Daria ihn ohne zu zögern erschoss. Das Messer fiel klappernd zu Boden, der Mann sank nach hinten und Eve fiel mit ihm, rutschte auf dem muskulösen Körper an der Wand entlang nach unten. Zu Tode erschrocken fasste sie sich an den Hals, wo sich ein feiner, blutiger Strich befand. Zwei, drei Millimeter mehr und ... Urplötzlich brach sie in Tränen aus.

»Du hättest mich treffen können«, schrie sie, das Adrenalin in ihren Adern machte sie aggressiv.

»Hab ich aber nicht. Steh auf! Wir müssen hier weg!« Daria hielt sich nicht lange auf, sie griff nach Eves Hand und zog sie hoch.
Einen Moment lang standen sich die Frauen ganz dicht gegenüber und es wirkte fast so, als ob Daria die Hand heben und Eve übers Haar streichen wollte.

Die stöhnte und betastete ihre Hüfte. »Okay, lass uns verschwinden. Aber sag mir vorher, wo meine Sachen sind.«

*

Das Haus, in dem man sie überfallen hatte, lag ziemlich einsam außerhalb eines fast verlassenen Dorfes oberhalb von Genf. Rundum war nichts zu hören als Vogelgezwitscher.

Sie nahmen den Porsche, den Daria ein Stück weg am Rand eines Waldgrundstücks geparkt hatte. Daneben standen ein schweres Motorrad und der SUV, in dem man Eve hergebracht hatte.

Es war hart für Daria gewesen, zurück in den Keller zu gehen, nur um festzustellen, dass Tara und Siobhan tot waren. Wenigstens musste sie nichts aufräumen, die Mädels trugen bei ihren Einsätzen niemals etwas bei sich, das Auskunft über ihre Identität gab. Die würde zwar über kurz oder lang aufgedeckt, doch jeder Zeitvorsprung war wichtig. Auch bei den Männern war Daria nicht fündig geworden. Wer immer sie geschickt hatte, musste von dem Haus, das sie und ihr Team nutzten, gewusst haben. Sie konnte sich keinen Reim darauf machen. Dieser Ort war sicher gewesen. Es gab kaum jemanden, der davon wusste. Es war nicht auszuschließen, dass der Überfall nur dazu gedient hatte, Eve zu befreien. Aber ihr Instinkt, der normalerweise gut arbeitete, sagte ihr etwas anderes.

Daria fuhr den Wagen trotz ihrer Verletzung kraftvoll und konzentriert. Eve, wieder bekleidet, fummelte an ihrer Jeans herum und förderte schließlich ein Päckchen Kaugummi aus der hinteren Tasche.

»Lass mich an der nächsten Bushaltestelle

raus«, verlangte sie.

Daria nickte zerstreut. Dann bremste sie abrupt ab. »Was, wenn die Kerle schon nach uns suchen? Die einzige Straße, die in die Stadt hineinführt, lässt sich gut bewachen.«

»Und dann fahren wir auch noch so einen unauffälligen Wagen.«

Der mahagonifarbene Porsche 911 Targa 4S war ein absoluter Hingucker.

»Selbst wenn wir hier durchkommen, du kannst unmöglich in dein Hotel zurück«, murmelte Daria.

Eve sah skeptisch zu ihr herüber. »Wer sollte hinter mir her sein? Ich meine, außer dir und deinen beiden Amazonen?«

Ein Hauch von Traurigkeit glitt über Darias Gesicht. »Diese Frauen waren mehr als Partnerinnen. Ich mochte sie. Aber in unserem Job muss man eben mit allem rechnen.« Sie räusperte sich, bevor sie fortfuhr. »Egal. Wir gehen auf Nummer Sicher.« Sie legte den Arm über Eves Lehne und wendete den Wagen.

»Wir nehmen die Landstraße in Richtung Frankreich«, entschied sie.

»Nein!« Eves Hand knallte gegen Darias Oberarm. »Ich will nach Genf zurück!«

»Warum?« Darias Augen zogen sich wütend zusammen. »Du bist dort drei Tage im Hotel gehockt und hast nichts gemacht, außer Spesen beim Zimmerservice, im Restaurant und in der Bar.«

»Ihr habt mich beobachtet?« Fassungslos starrte Eve ihre Begleiterin an.

»Natürlich. Wir dachten, du triffst dich mit jemandem, deinem Auftraggeber, dem du die gestohlenen Unterlagen übergibst. Erst, als wir in deinem Zimmer nichts gefunden haben, dein Smartphone nichts hergab und ganz offensichtlich niemand auftauchte, um dich zu treffen, haben wir entschieden, dich direkt zu fragen.«

»So nennst du das?« Eve lachte lautlos auf. Gleich wurde sie wieder ernst. »Diese Unterlagen – sind also etwas Wertvolles?«

»Darauf kannst du Gift nehmen«, knurrte Daria. »Ihr Besitzer will sie zurück. Aber wenn sich herumgesprochen hat, dass er sie sucht, werden ruckzuck noch ein paar Bluthunde wach. Die dann ebenfalls danach suchen.«

»Worum geht es denn?«

Daria schob die Unterlippe vor und starrte durch die Windschutzscheibe auf die menschenleere, schmale Straße vor ihnen. »Wirtschaftsspionage. Im ganz großen Stil.«

Eve ließ sich in ihren Sitz zurückfallen und sah auf ihre Hände. »Damit habe ich nichts zu tun«, sagte sie leise. »Dennoch, meine ganzen Sachen und mein Handy sind noch im Hotel.«

»Vergiss es. Deine Sachen bewahrt das Hotel für dich auf. Und ein Handy brauchst du bestimmt nicht. Oder willst du geortet werden?«

Eve schwieg.

»Gut, wir befinden uns nördlich vom Genfer See. Wenn wir in Richtung Nordwesten fahren, können wir hinter Le Brassus die Grenze nach Frankreich überqueren. Ich gehe nicht davon aus, dass sie diesen Weg so schnell nachverfolgen. Drüben können wir immer noch überlegen, wie es weitergeht.«

Eve nickte. Sie sagte nichts mehr und wirkte

völlig in sich versunken.

*

Der andere Wagen tauchte ungefähr eine halbe Stunde später hinter ihnen auf. Eine dunkle Limousine mit Stern und getönten Scheiben.
»Verdammt«, murmelte Daria und beschleunigte. Der Motor des Porsche röhrte auf und sie flogen scheinbar über die Landstraße. Eve drehte sich um. »Sie kommen näher. Bist du sicher, dass die was von uns wollen?«
»Ganz sicher, so wie die fahren!« Daria sah mit zusammengekniffenen Augen nach vorne. »Nimm eine der Waffen aus dem Handschuhfach«, wies sie Eve an. »Entsichern und dann auf Abstand halten ...«
»Ich kann nicht schießen«, unterbrach Eve, die die Waffe zwar bereits in der Hand hielt, sie dabei aber ansah wie ein fremdes Wesen aus dem All. Der Porsche kam ins Schlingern, Daria keuchte auf, als habe ihr jemand in den Magen geschlagen.
»Festhalten!«, rief sie, Sekundenbruchteile nachdem sie diese Nachricht verdaut hatte. Bevor Eve etwas sagen oder tun konnte, lenkte Daria der Wagen mit quietschenden Reifen auf einen schmalen Waldweg. Im selben Moment knatterte eine Maschinengewehrsalve, es regnete Blätter und Aststücke, Eve hob den Arm, um ihren Kopf zu schützen.
»Los, raus!« Daria hatte abrupt gebremst und bereits die Tür geöffnet. Jetzt ließ sie sich fallen. Die Limousine hatte Schwierigkeiten auf dem unebenen Untergrund, was ihnen einen hauchdünnen Vorsprung verschaffte.

»Dort hinüber!« Daria rannte. Eve sprintete neben ihr her. Sie erreichten eine kleine Anhöhe und Daria trieb sie hinauf. Sie warf einen Blick zurück und sah zwei Typen mit MPs hinter ihnen herrennen.

Einen Moment stand sie still, so, als ob ihr klar wäre, dass sie beide keine Chance mehr hatten. Dann gab sie sich einen Ruck und folgte Eve, die gerade ins Unterholz abgetaucht war, und damit einige Sekunden aus der Sicht ihrer Verfolger heraus verschwand. Daria sah sie hinter einen Felsbrocken rennen, der wie ein riesiger Fingerhut aus dem Gras emporwuchs. Sie überlegte nicht lange und lief in die entgegengesetzte Richtung, wo sie einen dicht belaubten Baum ausgemacht hatte, in dessen untere Äste sie sich jetzt schwang. Es war nicht ideal, und sie wusste, ihre Chance war minimal. Doch es blieb ihr keine Wahl. Ihre Verfolger hatten inzwischen den Felsen erreicht, hinter dem sie beide Frauen vermuteten. Der eine gab dem anderen ein Zeichen, sie trennten sich und gingen vorsichtig um den übermannshohen Stein herum. Daria hatte eine Position gefunden und zog ihre Waffe. Sie ahnte, dass sie nur einen Versuch haben würde, bevor ihr eine MP-Salve um die Ohren flog.

Den Mann, der ihr am nächsten war, erledigte sie mit einem Schuss. Der zweite fuhr herum und begann, in ihre Richtung zu feuern. Ihr Glück war, dass sie auf dem Ast hing und er sie durch das Blätterwerk nicht wirklich gut sehen konnte. Eine Kugel streifte sirrend ihr Ohr und dann trat Eve hinter dem Felsbrocken hervor. Sie hielt die Pistole mit beiden Händen, weit von sich gestreckt und machte ein Gesicht, als müsse sie gleich kotzen. Der Kerl nahm wohl nur eine Bewegung schräg hinter sich wahr und drehte sich blitzschnell um. Nicht schnell genug. Eve, die Frau, die nicht schießen konnte, drückte ab, immer wieder, bis das Magazin der Glock leer war. Der Kerl ging durchsiebt in die Knie und hauchte auf dem Laubboden sein Leben aus. Eve ließ die Waffe sinken, beugte sich nach vorn und gab alles von sich, was sich in ihrem Magen befunden hatte. Es war nicht viel, und als Daria endlich vom Baum geklettert und zu ihr getreten war, war dieser Moment auch schon wieder vorbei.

*

Bis zum Abend waren sie durchgefahren. Ihre Fahrt hatte länger gedauert als vorgesehen, da auf den kurvenreichen Straßen mit viel Gefälle ständig enervierend langsame Wagen vor ihnen waren. Bei La Cure hatten sie die Grenze nach Frankreich überquert, hatten bei Morez die Schnellstraße verlassen und waren nun in der Nähe von Foncine-le-bas in einem kleinen Hotel abstiegen. Eve, die sich hinter Sonnenbrille und Tuch versteckt ins Zimmer geschlichen hatte, weil sie für ihre Begriffe immer noch aussah wie aus der Mülltonne gezogen, schloss sich für eine halbe Stunde im Bad ein, während Daria halblaut zwei Telefonate führte.

Danach begab Daria sich unter die Dusche. Als sie die Kabine zuzog, stieg ihr bereits wieder der Duft von Eve in die Nase. Ein Duft, der ihr unter die Haut kroch, ihre Sinne weckte und etwas in ihrem Bauch elektrisierte. Später, als Eve ihr den Verband wechselte, nahm sie zum ersten Mal den Druck ihrer Fingerspitzen und die kühle Haut auf ihrer wahr.

»Ist was?« Eve hatte sie dabei ertappt, wie sie sie ansah.

»Nö.« Daria drehte den Kopf und versuchte, an etwas anderes zu denken. Eve machte sie irgendwie an, und das passte ihr gerade überhaupt nicht in den Kram. Sie wusste zu wenig über diese merkwürdige Frau. Eve war tough und bei Kirk & Lomb Enterprises schien man sich sicher, dass sie es war, die die Unterlagen gestohlen hatte. Daria war davon nicht mehr ganz so überzeugt wie noch zu Beginn ihres Auftrags. Sie hatten nichts bei Eve gefunden und wenn sie nicht eine verdammt gute Schauspielerin war, hatten die Anschuldigungen sie absolut überrascht. Dann war da noch etwas. Daria konnte Eve nicht töten, ohne die Informationen zu haben, die man bei Kirk & Lomb wollte. Gleichzeitig kam es auch nicht infrage, eine gefesselte Frau mit sich zu schleppen. Vor allem, wenn man nicht wusste, wer noch alles hinter einem her war. Nein, es war das Beste gewesen, gemeinsam abzuhauen. Eve hatte ihr im Wald das Leben gerettet und sich dabei in Gefahr begeben. Aber konnte sie ihr wirklich trauen? Daria fühlte sich erschöpft und innerlich zerrissen. Etwas zog sie zu Eve hin und signalisierte gleichzeitig Gefahr. Sie stand unter permanenter Anspannung.

Zusätzlich forderte ihr Körper nach der langen Fahrt und den Strapazen des Tages sein Recht. Sie hatte einen derartigen Hunger, dass ich schon der Magen wehtat und Eve ging es ähnlich. Daria beschloss, alle weiteren Entscheidungen bis nach dem Essen aufzuschieben.

Sie fanden ein gemütliches Bistro, was ihrer beider Laune etwas hob. Daria bestellte Steak, blutig, dazu Gemüse und Rotwein. Eve entschied sich für ein vegetarisches Gericht und trank nur Wasser. Sie redeten wenig. Nicht, weil es nichts zu reden gegeben hätte. Eher, weil sie todmüde waren, verwirrt, angeschlagen. Eve sprach nicht darüber, aber Daria spürte auch so, dass ihr das, was im Wald geschehen war, zu schaffen machte. Auch wenn sie wussten, dass die Kerle sie eiskalt erledigt hätten, war es schwer zu akzeptieren, jemanden getötet zu haben. Das alles verstand Daria sehr gut.

Gleich nach dem Essen kehrten sie in ihr Hotel zurück. Eve legte sich als Erste hin und blinzelte verwirrt, als Daria sich plötzlich über sie beugte.

»Sorry, reine Vorsichtsmaßnahme«, murmelte sie, als sie Eves Arm mit Handschellen an den Bettpfosten kettete. Die schnaubte empört. Dennoch schliefen beide ein, kaum dass Daria den Kopf auf das Kissen gelegt hatten. Jede eingehüllt in ihre eigenen Träume.

Verheißung und Leidenschaft

Ein halbes Jahr zuvor

Eve rannte.
Der Schweiß lief ihr übers Gesicht, er brannte in den Augen und sie spürte bereits einen stechenden Schmerz in der linken Wade. Dennoch trieb sie sich voran. Jeden Tag steigerte sie ihr Pensum. Jetzt, wo sie an ihre Grenze gekommen war, wollte sie zusätzlich ein bisschen mehr aus ihrem Körper herausholen. Sie drehte kurz vor ihrem Ziel erneut ab, hängte eine weitere Schleife dran, bevor sie, schwer atmend und völlig ausgepumpt, das noble Apartmenthaus direkt am Central Park betrat. Der Dorman grüßte und holte den Lift für sie heran, der sie in das fünfzehnte Stockwerk beförderte.

Shenmi schlief noch. Eve ging unter die Dusche, um sich Schweiß und Staub abzuspülen. Es war sechs Uhr morgens, ein eiskalter Märztag, dennoch hatte Eve keine Sekunde da draußen gefroren. Sie übte seit Jahren, sich weder von Hitze noch von Kälte beeindrucken zu lassen. Während sie ihr kurzes, zwischen Honig und Kastanie changierendes Haar trocken rubbelte, schlenderte sie nackt ins große Schlafzimmer hinüber. Obwohl die Jalousien heruntergelassen waren und kaum ein Lichtstrahl ins Zimmer drang, trug Shenmi, wie immer, eine Schlafmaske. Sie lag auf dem Rücken, die Arme auf dem flachen, überdimensionalen Kopfkissen ausgebreitet.

Eve trat neben ihre Geliebte und zog an der Bettdecke. Sie glitt herab und offenbarte einen schmalen, schönen Körper, mit der

elfenbeinfarbenen Haut der Asiatinnen. Shenmi trug ein weißes seidenes Schlafkleidchen mit Spaghettiträgern. Eve hockte sich neben sie ans Bett und schob ihre Hand darunter. Ihre kühlen Finger trafen auf glatte, warme Haut. Shenmi murmelte im Schlaf etwas. Ein Lächeln umspielte Eves Lippen, die so tat, als glaube sie ihr, dass sie noch schlief. Sie wusste, dass ihre Freundin wach war, seit sie dem veränderten Rhythmus ihres Atems lauschte.
Sanft streichelte sie die glatt rasierte, feuchte Muschel mit den prallen Halbmonden. Die Asiatin stöhnte kurz auf, ihr Puls beschleunigte sich. Eve konnte es am Schlagen einer Ader ihres Halses erkennen. Sie liebten diese Spiele, bei denen Eve so tat, als ob sie ihre Geliebte im Schlaf nahm.

Zwei Fingerspitzen tauchten in die seidige Flüssigkeit ein, Eves Daumen suchte den vorwitzigen Knubbel darüber, umkreiste ihn aufreizend langsam. Shenmis Schenkel öffneten sich eine Winzigkeit mehr, ihr Atem wurde tiefer. Eve schob zwei Finger in ihre Geliebte hinein, ließ sie gegeneinander reiben, bewegte sie dabei gemächlich vor und zurück, ohne die Position ihres Daumens zu verändern. Mit der anderen Hand schob sie Shenmis Hemdchen nach oben, bis der flache, lang gestreckte Bauchnabel freilag. Ein kleines Tattoo zog sich darum, ein blauer Drache, der herzförmiges Feuer spuckte. Er zitterte, die blau-rote Flamme zuckte verdächtig. Eve wurde von der Erregung ihrer Geliebten angesteckt. Sie legte eine Hand auf eine von Shenmis festen Brüsten, zog an der Warze und zwirbelte sie dann mit genau der Intensität, die die Andere mochte. Mehr Feuchtigkeit drang zwischen Shenmis

Schenkeln hervor. Eve glitt immer müheloser tiefer in die warme Höhle hinein. Sie schob einen dritten Finger dazu, dehnte das zarte Gewebe durch ihre stetigen Bewegungen. Shenmis Kopf pendelte wie in Zeitlupe auf dem Seidenkissen hin und her. Ihre Lippen öffneten sich halb, dunkel vor Verlangen. Eve zog ihre Hände von Shenmi ab, was ein empörtes Schnauben auslöse. Dann griff sie unter den Rücken ihrer Freundin, drehte sie auf den Bauch, kniete sich hinter die Asiatin und schob ihre Schenkel unter deren Hüftknochen. Shenmi winkelte die Beine so an, dass Eves Finger mühelos erneut ihren Platz in der Tiefe ihrer Venus fanden. Während sie sie gleichmäßig vor und zurückgleiten ließ, drückte sie Shenmis Schenkel genüsslich immer weiter auseinander. Die war inzwischen so nass, dass Eve kein Gleitgel mehr brauchte, als sie nun einen weiteren Finger nach dem anderen eintauchte. Shenmi stöhnte, wand ihren Unterleib. Eve hatte jetzt alle Finger ihrer zu einer schmalen Muschel geformten Hand in ihr, glitt tief in die feuchte Höhle, zog sich quälend langsam zurück. Shenmi bebte, sie hob ihre schmalen Hüften, versuchte dadurch, Eves Bewegungen zu intensivieren, zu beschleunigen. Dabei seufzte sie wollüstig und stieß kleine spitze Laute aus. Als sie es kaum noch auszuhalten schien, bildete Eve in ihrem Inneren eine Faust, drehte sie mehrfach behutsam hin und her. Shenmis Lust wurde immer lauter, sie kam, am ganzen Körper zuckend, mit lauten Schreien.

    Als der Höhepunkt vorüber war, zog sich Eve zurück. Sie ließ sich neben ihre unter den Nachwirkungen des Orgasmus zitternde Freundin fallen und schlang ihre Arme um den schmalen

Körper. Shenmis Augenmaske lag auf dem Kopfkissen, ihre Augen waren offen und glänzten. Es dauerte eine Weile, bis sie wieder ruhig atmen konnte. Später legte sie ihren Kopf zwischen Eves Beine, tauchte mit ihrer flinken, harten Zunge in sie ein und brachte sie zu einem dreifachen Höhepunkt.

*

Shenmi war anders. Anders als jede Frau, mit der Eve jemals eine Beziehung oder eine Affäre hätte. Die beiden waren sich in Hongkong begegnet. Eve fand die Stadt furchtbar, aber sie hatte dort etwas zu erledigen und eines Abends fand sie sich mit einer ebenso schönen wie sinnlichen Halb-Chinesin im Bett. Sie vögelten drei Tage lang, dann verschwand Shenmi und tauchte erst wieder auf, als Eve bereits im Flieger nach Frankfurt saß.
»Ich komme mit«, verkündete sie knapp und seither waren die beiden fast ununterbrochen zusammen gewesen.
Shenmi war reich, reich geboren, das merkte man an der Art, wie sie das Geld ausgab. Eve sagte nichts dazu, sie reduzierte die Anzahl ihrer Jobs, um möglichst viel Zeit mit ihre neuen Geliebten verbringen zu können. Seit sie zwei Wochen zuvor nach New York gekommen waren, wohnten sie in diesem Traum von einem LuxusApartment. Das Shenmi gehörte, oder jemandem aus ihrer Familie oder irgendjemandem, den sie kannte.
Eve hatte sich daran gewöhnt, dass Shenmi ziemlich zurückhaltend war, wenn es um konkrete Informationen zu ihrer Person oder

ihrem Leben ging. Auf diese Art und Weise kamen sie hervorragend miteinander aus. Es hätte so weitergehen können. Ändere sich aber just an diesem Morgen, als sie erschöpft nebeneinander in diesem Apartment am Central Park lagen und aussahen, als würden sie schlafen.

*

Der Typ, der plötzlich im Schlafzimmer stand, sah im Halbdunkel aus wie einer dieser Kampfmaschinen aus einem amerikanischen Actionfilm. Er packte Eve am Knöchel und zog sie zu sich heran, als wäre sie eine Puppe. Doch die wusste sich zu wehren. Sie wartete, bis sie nah genug an dem Kerl war, um ihm mit einem gezielten Faustschlag das Nasenbein zu brechen. Auch Shenmi war durch den Lärm aus ihrem Dämmerzustand gekommen. Sie sprang auf und bearbeitete den Mann mit heftigen Tritten und Schlägen. Der hielt immer noch Eve fest und versuchte gleichzeitig, Shenmi mit der freien Hand zu Boden zu reißen. Die griff nach einer Plastik aus Speckstein. Die ließ sie zuerst auf den Unterarm und dann, als der erste Schlag nichts brachte, auf den Kopf des Eindringlings sausen. Dem ging das Licht aus.

»Wer ist der Kerl?«, fragte Eve verärgert und stupste den am Boden Liegenden an. »Bricht hier am hellen Morgen einfach bei uns ein.«

Shenmi beugte sich herab. Sie zog das Ohrläppchen des Ohnmächtigen zu sich heran, starrte auf die Stelle dahinter. Atmete tief. Drehte sich zu Eve um. »Kein Einbrecher. Wir müssen hier weg. Hilf mir, den Kerl zu fesseln.«

Eine Stunde später verließen sie das Apartment, in dem der Fremde verschnürt wie ein Schinken lag.

»Jemand wird ihn finden«, erklärte Shenmi und Eve fragte sich insgeheim, was ihre Freundin über den Angreifer wusste.

»Wohin jetzt?«, wollte sie von ihrer Geliebten am Flughafen wissen.

»Amsterdam?«, fragte die und hielt den Kopf etwas schief, um auf die Anzeigetafel zu blicken.

»Hör zu!« Eve stellte ihre Tasche ab. Klein, kompakt, kein überflüssiger Schnickschnack drin. »Ich fliege mir dir, wohin du willst. Vorausgesetzt, du klärst mich darüber auf, was heute früh im Apartment los war und was es mit der Tätowierung hinter dem Ohr des Einbrechers auf sich hat.«

Shenmis Blick gefror zu Eis. Eve blieb unbeeindruckt. Sie mochte Spielchen ganz gern, wenn sie erotischer Natur waren. Mit Leib und Leben spielte sie hingegen niemals.

»Im Flugzeug«, versprach Shenmi.
Eve griff nach ihrer Tasche und sie setzten ihren Weg fort.

*

In Amsterdam stiegen sie in einem für ihre bisherigen Verhältnisse ziemlich heruntergekommenen Hotel ab. Shenmi verschwand gleich, um etwas Dope zu kaufen, und Eve legte sich, die Arme hinter dem Kopf verschränkt, aufs Bett. Sie rekapitulierte, was ihre Freundin ihr erzählt hatte. Das war Folgendes:

Shenmi war die Tochter eines schwerreichen

chinesischen Geschäftsmannes und einer englischen Lady. Die beiden waren nie verheiratet. Shenmis Mutter starb, als die noch ein Kind war. Fortan kümmerte sich ihr Vater um sie.
»Er ist erschreckend konservativ«, hatte Shenmi missmutig gesagt und in ihrem Plastikbecher mit Flugzeugkaffee gerührt.
»Er will, dass ich einen bestimmten Mann heirate. Den Sohn eines seiner Geschäftsfreunde. Ich habe ihm klar gemacht, dass ich nicht auf Männer stehe. Da meinte er, ich müsse nur den Richtigen treffen, dann würde sich das schon ändern. Mein eigener Vater! Kannst du dir das vorstellen?«
Eve konnte sich so ziemlich alles vorstellen, was Eltern ihren Kindern antun konnten, aber das war ein anderes Thema.
»Jedenfalls ist er nicht begeistert darüber, eine lesbische Tochter zu haben. Bisher hatte ich fast nur kurze Affären. Das mit dir – also, dass wir schon länger miteinander rumziehen –, beunruhigt ihn.«
»Woher weißt du das?«
»Wir telefonieren. Gelegentlich.« Shenmi winkte der Stewardess, gab den ungenießbaren Kaffee zurück und bestellte ein Mineralwasser.
»Er wusste also, wo du bist?«
»Nicht von mir. Ich vermeide tunlichst, allzu genaue Angaben zu machen. Aber das Apartment gehört einer Cousine von mir. Vielleicht hat sie ihm den Tipp gegeben.«
»Die Tätowierung?«
Eve hatte sehr wohl bemerkt, was Shenmi an ihrem Angreifer entdeckt hatte.
»Das Markenzeichen einer gewissen Gruppe

von Männern. Solche, von denen wir uns fernhalten sollten. Ganz fern.«

Erst nach Eves eindringlich fragendem Blick bequemte sie sich, weiterzusprechen.

»Die sollten mich wohl im Auftrag meines Vaters entführen. Zu meinem eigenen Wohl. Aber nicht mit mir!«

Eve schwieg und blickte zum Fenster hinaus in die dichte Wolkendecke.

Shenmi hatte den Rest des Fluges über ebenfalls nichts mehr gesagt. Falls sie sich Sorgen machte, wollte sie das wohl für sich behalten.

*

Sie hatten ein bisschen Dope geraucht, was sich aktivierend auf ihrer beider Libido auswirkte, und nach einem ausgedehnten Liebesspiel, bei dem der pulsierende Strahl der Hoteldusche eine wichtige Rolle spielte, in einem asiatischen Lokal gegessen. Anschließend schlenderten sie durch das Rotlichtviertel, sahen sich in einem Lesbenclub eine SM-Show an und tranken eine Flasche Wein zusammen. Beide fielen todmüde ins Bett, als sie im Hotel angekommen waren. Zwei Stunden später erwachte Eve durch ein merkwürdiges Geräusch. Eine Art Kratzen an der Tür. Shenmi lag neben ihr und schlief tief und fest. Eve, durch die Geschehnisse in New York höchst sensibilisiert, erhob sich. Auf dem kurzen Weg zur Tür stolperte sie gegen einen Stuhl und fluchte unterdrückt, als der mit lautem Getöse umfiel. Ihre Geliebte murmelte etwas im Schlaf und drehte sich auf die andere Seite. Eve hielt kurz inne und schüttelte leicht den Kopf. Wie konnte sie nur einen solchen Lärm überhören? Vorsichtig tappte sie weiter zur Tür. Auf dem Flur kicherte ein Paar, eine Tür klappte, danach hörte aber nichts mehr. Sie schlurfte zurück ins Bett und zog sich die Decke über den Kopf.

*

Shenmi verschwand am nächsten Morgen nach dem Frühstück, um Geld zu wechseln. Eve wartete über eine Stunde, bevor sie beunruhigt am Empfang nachfragte, ob ihre Freundin sich gemeldet habe. Hatte sie nicht und in Eve hielt die Unruhe bis zum Nachmittag an.

»Muss etwas erledigen. Melde mich«, lautete der Text der SMS, die gegen fünf Uhr nachmittags bei Eve eintrudelte. Versendet von Shenmis Mobiltelefon, das jedoch nach dieser Nachricht abgeschaltet war. Eve versuchte sofort, zurückzurufen. Wie bereits den ganzen Tag über bekam sie auch jetzt keine Verbindung. Sie beschloss, noch eine Nacht in Amsterdam zu bleiben und dann nach Frankfurt zurückzufliegen, wo sie im Stadtteil Sachenhausen eine Wohnung besaß.

Shenmi blieb zwei Wochen verschwunden und unerreichbar. Eve war fürchterlich beunruhigt und daher unkonzentriert und fahrig. Als sich ihr Auftraggeber meldete, wollte sie den Job zunächst ablehnen, obwohl sie während der Zeit mit Shenmi keine Einnahmen gehabt hatte. Sie nahm ihn nur an, weil sie die Stadt dafür nicht verlassen musste und die Sache nicht zeitaufwendig war. In ihrer freien Zeit trainierte sie in ihrem Stammstudio. Sie boxte und arbeitete an ihrer

Selbstverteidigung und hieb dabei stundenlang auf irgendwelche Sandsäcke ein.

Eines Abends, sie kam gerade von einer Joggingrunde am Main zurück, fand sie Shenmi auf der Treppe vor ihrer Wohnungstür.

»Mein Vater. Seine Leute haben mich in Amsterdam geschnappt, ich konnte mich nicht melden«, lautete ihre knappe Erklärung, als sei das das Normalste auf der Welt. Dann stand sie auf und umarmte Eve. »Ich bin ihm entwischt, aber hier kann ich nicht bleiben. Bei dir wird er mich finden.«

Eve nickte, obwohl sie nur ansatzweise ahnte, was das zu bedeuten hatte. Am nächsten Tag flogen sie nach Karpathos, mieteten sich ein kleines Apartment direkt an einem kleinen Strand in der Nähe von Amoopi und taten einfach so, als ob es die Welt da draußen nicht gäbe.

Die Toten

»Clermont-Ferrand? Dieses kleine Nest? Was willst du dort?« Daria blickte Eve misstrauisch an.

»Dort könnte jemand sein, den ich suche. Dieselbe Person, auf die ich in Genf vergeblich gewartet habe.«

Eve schob den letzten Bissen ihres mit salziger Butter bestrichenen Baguette in den Mund und kaute konzentriert, bevor sie schluckte und sich einen großen Schluck Milchkaffee gönnte.

»Das interessiert mich nicht«, antwortete Daria mürrisch. »Es sei denn, diese Person hätte etwas mit den Unterlagen von Kirk & Lomb zu tun.«

Eve sah erstaunt auf. »Natürlich nicht«, antwortete sie langsam. »Keine von uns beiden hat das.«

»Eine Frau also?« Daria lehnte sich zurück und verschränkte die Arme.

Eve biss sich auf die Unterlippe. Es war ihr anzusehen, dass sie sich darüber ärgerte, etwas preisgegeben zu haben.

»Ich muss sie finden«, entgegnete sie knapp und maß ihr Gegenüber mit kühlen Blicken.

»Okay, dann werden sich unsere Wege jetzt trennen.«

»Gut. Meinetwegen.« Eve bewegte den Kopf auf eine Weise hin und her, als wolle sie eine Verspannung im Nacken loswerden.

Beide blieben sitzen und sahen sich abwartend an.

»Du schuldest mir allerdings etwas«, führte Eve nach einer Weile das Gespräch fort.

Daria schob die Krümel ihres

Vollkornbrötchens auf dem Teller hin und her.
»Nicht, dass ich wüsste.«
»Mein Geld. Meine Kreditkarten. Alles habt ihr mir abgenommen. Wenn ich weiter kommen will, brauche ich das.«
Daria zog die Brauen hoch und die Stirn kraus.
»Im Safe im Porsche«, antwortete sie nach einer halben Ewigkeit. »Aber denk dran, dass du verfolgt wirst. Egal wohin du gehst, sei vorsichtig.«

*

Daria hatte Eve in der Nacht zuvor im Schlaf beobachtet. Die schmalen Hüften, die langen, durchtrainierten Beine. Sich vorgestellt, wie es wäre, wenn Eves Schenkel sich um ihren Körper legten. Den Geschmack ihrer Zunge zu erahnen versucht. War dabei so feucht geworden, dass es eine Qual war, sich nicht selbst befriedigen zu können. Etwas an der Anderen zog sie so dermaßen an, dass sie einfach keinen klaren Kopf behalten konnte. Nicht einmal die Erinnerung an ihren letzten Liebhaber änderte etwas daran. Martin war durchtrainiert gewesen, in jeder Beziehung. Auf ihn hatte ihr Körper reagiert, wie auf keinen vor ihm. Dennoch war etwas in ihr unerfüllt geblieben, auch dieses Mal. Etwas fehlte ihr, das sie niemals hatte benennen können. Bevor Eves Blick sie traf. Bevor sie den Duft ihres Kastanienhaars in der Nase gespürt hatte wie einen sanften, elektrischen Schock. Bevor sie angefangen hatte, sich Gedanken darüber zu machen, wie sich Eves Haut wohl anfühlen mochte. An der Stelle hinter den Ohrläppchen. Im Nacken. Dort, wo die Schenkel zusammenliefen.

Daria fand keinen durchgängigen Schlaf, auch wegen der Sache im Haus. Sie war mitten in der Nacht aufgestanden, hatte sich kaltes Wasser über die Arme laufen lassen und dabei überlegt, ihren Auftraggeber anzurufen. Das Entsetzen über das, was im Versteck geschehen war, hatte sich über ihre Stimmung gelegt wie eine dunkle Decke. Nur er hatte gewusst, wo sie und ihre Mädels mit Eve waren. Die Männer, die sie überfallen hatten, arbeiteten für einen seiner Leute. Dennoch passte alles hinten und vorne nicht zusammen. Konnte es sein, dass er ein doppeltes Spiel spielte? Sie einfach herinterging, ihr Leben aufs Spiel setzte? Noch konnte und wollte sie es nicht glauben. Doch ihr Instinkt riet ihr, vorsichtig zu sein. Der Mann, der sie auf Eve angesetzt hatte, war immens mächtig. Und unglaublich brutal. Jemand, der Menschen wie Figuren auf einem Schachbrett hin und her schob, wie es ihm gerade passte. Was, wenn auch sie eine dieser Figuren geworden war?

Langsam atmete sie aus und drehte das Wasser ab. Verdammt, warum musste ausgerechnet Eve so eine Wirkung auf sie haben? Sie hätte sie ihrer Wege ziehen lassen sollen, statt sich mit ihr zusammen zu tun und ihre eigene Sicherheit damit zu gefährden. Gleichzeitig zuckte sie zusammen bei der Vorstellung, dass Eve durch ihre Mitwirkung etwas passieren könnte. Ihr Beschützerinstinkt war so unversehens angesprungen beim Anblick dieser Frau. Wie ärgerlich! Sie löschte das Licht und ging ins Schlafzimmer zurück. Eves Atemrhythmus hatte sich verändert. Daria bemerkte es sofort.

Sie ist wach, macht sich aber nicht bemerkbar.
Daria kroch unter die Decke und atmete ruhig

und immer tiefer ein und aus. Bis sie endlich wieder einschlief.

*

Eve spürte Darias Zerrissenheit, konnte sich aber keinen Reim darauf machen. Als sie sich an diesem Morgen trennten, nachdem sie sich erneut gegenseitig verarztet hatten und nachdem Eve ihre Papiere und ihr Geld zurückerhalten hatten, beschloss sie, sich einen Mietwagen zu nehmen. Über eine Straßenkarte gebeugt, prägte sie sich den Weg nach Dordives ein. Das war der Ort, zu dem sie in Wahrheit wollte. Sie vertraute nie alleine auf das Navi, zu oft ergaben sich Situationen, die das Abweichen von gängigen Routen notwendig machten. Clermont-Ferrand war lediglich ein Ablenkungsmanöver gewesen für Daria. Eve wollte nicht, dass die wusste, wohin sie fuhr. Der Wagen, ein kleiner Peugeot 507, war für ihre Zwecke voll und ganz ausreichend. Als sie den Ort verließ, blickte sie mehrfach in den Rückspiegel. Keine Spur von Darias Porsche Targa. Gut so, sie hätte sie nicht gebrauchen können und die Vorstellung, die toughe Lady abzuhängen zu müssen, behagte ihr nicht.

Sie weiß was sie will und wie sie es bekommt. Jeder Meter zwischen uns ist ein guter Meter.

Besser so, wie es war. Daria hatte ihr glaubwürdig zu verstehen gegeben, dass sie inzwischen nicht mehr der Meinung war, Eve habe etwas gestohlen. Das, und die Tatsache, dass sich die Frauen gegenseitig das Leben gerettet hatten, konnte trotzdem nicht darüber hinwegtäuschen, dass sie sich immer noch auf verschiedenen Seiten befanden.

Ihre Gedanken drehten sich die ganze Zeit um Shenmi. Der Aufenthalt auf Karpathos war unbeschreiblich gewesen. Tagsüber schwammen sie im tiefblauen Meer, lagen am Strand oder erkundeten die Insel. Abends aßen sie in einer der vielen kleinen Tavernen. Ständig fiel der Strom aus, doch das machte nichts, sämtliche Touristen hatten bereits am zweiten Tag Taschenlampen und Kerzen dabei. Sie tranken Wein und Ouzo, den Shenmi nicht vertrug. Sie saßen auf der Terrasse ihres Apartments und betrachteten den Sternenhimmel. Sie liebten sich am Tag und in der Nacht. In der nicht nachlassen wollenden Hitze tanzten ihre schweißüberströmten Körper auf den feuchten Laken, ihre Seufzer brachen sich an den weiß gekalkten Wänden. Oft schliefen sie erschöpft ein, um mitten in der Nacht gleichzeitig aufzuwachen und mit den Fingern und Lippen die Feuchtigkeit zu suchen, die auch im Schlaf nicht nachgelassen hatte.

    Shenmi redete nicht über das, was wie eine dunkle Wolke über ihnen schwebte. Eve bemerkte sehr wohl, dass ihre Geliebte sich in einer permanenten Anspannung befand. Die löste sich nur selten. Dennoch kamen sie im Laufe der Wochen zur Ruhe. Während der Hauptsaison war die Insel voller Touristen und Eves Geliebte wollte zunehmend seltener aus dem Haus gehen. Doch gegen Ende des Sommers schien sie immer entspannter. Vielleicht war ihr das zum Verhängnis geworden.

*

Dordives empfing sie spätnachmittags im sanften Sommerlicht, das bereits die Ahnung der Dämmerung in sich trug. Eve stellte den Wagen auf einem kleinen Platz ab. Sie betrat ein Bistro, kaufte eine Orangenlimo und ein Sandwich und fragte nach dem Weg.

»Les Ducroix?«, fragte der Wirt und wischte mit einem karierten Tuch über den Tresen.

»Oui«, radebrechte Eve. »Où habitent-ils?«

Der Mann zeigte in Richtung Ortsausgang. Seiner detaillierteren Beschreibung nach musste das Haus außerhalb liegen, in der Gegenrichtung, aus der sie gekommen war, etwas abseits der Hauptverkehrsstraße.

»Dix minutes?«, fragte Eve und trank einen Schluck der eiskalten Limo. »Quinze«, lautete die Antwort.

Als sie zum Wagen zurückkehrte, folgte ihr der Wirt bis zur Tür und beobachtete sie beim Wegfahren. Es schien Eve, als kämen selten Fremde in das Dorf, aber vielleicht hatte er auch nicht wirklich viel zu tun. Oder hatte sie trotz ihrer Vorsicht eine ihrer Verletzungen auffällig gemacht? Sie schob die Sonnenbrille zurecht und ging so lässig wie möglich zu ihrem Peugeot. Im Auto kontrollierte sie den Sitz des Baumwolltuchs, das die feine Spur verbarg, die das Messer an ihrem Hals hinterlassen hatte. Man konnte nicht sehen, es war alles in Ordnung.

Sie hob kurz die Hand zum Gruß und folgte der Beschreibung des Wirts, indem sie den Ort in der gezeigten Richtung verließ. An einer Abzweigung, die von einem Gemarkungsstein gesäumt war und damit dem entsprach, was der

Franzose ihr erklärt hatte, bog sie ab und folgte einem nach und nach immer schmaler werdenden Weg. Das Haus tauchte Minuten später unvermittelt vor ihr auf. Sie bremste ab und beobachtete es eine Weile von diesem Standpunkt aus. Sie blickte auf die Schmalseite des Gebäudes. Steinmauern, graublaue Fensterläden, vom Alter dunkle Dachziegel. Daneben hatte man eine L-förmige Scheune gebaut. Das verwitterte Holz schien schon einige Jahrzehnte auf dem Buckel zu haben, wirkte dennoch massiv. Nichts rührte sich. Ein Kleinwagen, ein weißer Renault, stand im Hof. Eve schob sich den Rest ihres Sandwichs in den Mund, kaute langsam und trank ihre Orangenlimonade aus. Erst danach fuhr sie weiter bis in den Hof, wo sie ihren Wagen neben dem Renault zum Stehen brachte.

 Ein Vogel flatterte auf, stieß dabei einen schrillen Schrei aus. Der Himmel zeigte inzwischen ein abendlich angehauchtes Dunkelblau. Eve stieg aus, das Klappen ihrer Autotür war das einzige Geräusch.

 Sie sah sich um. Ein leichter Wind war aufgekommen und spielte mit dem Ziergras, das jemand in einem Beet neben der Scheune gepflanzt hatte. Ein Duft von Kräutern lag in der Luft. Eve sah in den Renault hinein. Ein offener Aschenbecher, in dem keine Kippen, sondern irgendwelche Süßigkeiten lagen. Ein Einkaufskorb voll leerer Flaschen auf dem Rücksitz. Sie ging zum Haus, verwundert darüber, dass sich noch niemand bemerkbar gemacht hatte. Ein blau-gelber Ball lag neben der dreistufigen Steintreppe, die ins Innere führte.

 Ein Kind lebt hier auch. Das machte die Stille

noch merkwürdiger.

Sie stieg die Treppe hinauf, suchte vergeblich nach einer Klingel, klopfte schließlich an die Tür. Als sich nichts im Haus rührte, versuchte sie, durch das geriffelte Glas in der Eingangstür zu erkennen, ob irgendwo drinnen eine Bewegung zu sehen war. Doch es war zu undurchdringlich, dahinter lag nur Dunkelheit. Eve klopfte erneut, dieses Mal lauter. Erst eine Weile danach griff sie nach dem Türknauf. Er ließ sich drehen, die Haustür schwang auf.

»Hallo!«, rief Eve. »Madame Ducroix?« Ihre Stimme hallte dumpf in den langen, düsteren Flur hinein. Niemand antwortete. Ein Kribbeln lief ihre Wirbelsäule entlang. Urplötzlich schlug ihr Radar an. Etwas stimmte nicht.

Zieh dich zurück! Setz dich ins Auto und fahr davon!

Sie ignorierte die innere Stimme. Sie wollte Shenmi finden, und das hier war die einzige Spur, die sie hatte.

»Shenmi?«, probierte sie es ein weiteres Mal. Keine Antwort.

Sie schob die Tür ganz auf und betrat das Haus. Es roch nach feuchter Erde und einem längst gegessenen Fleischgericht. Vorsichtig bewegte Eve sich vorwärts. Direkt neben dem Eingang lag die Küche. Ein abgetretener Mosaikfußboden, ein steinernes Wasserbecken, ein Gasherd, Holzschränke, ein massiver Tisch in der Mitte, sechs Stühle. Eine weiß gestrichene Holztür führte zu einem Vorratsraum, sämtliche Regale waren vollgestellt mit Eingemachtem und einigen Konserven. Sie ging durch die anderen beiden Zimmer im Erdgeschoss, ein Wohnzimmer und eine Art Gästezimmer, in dem auch allerlei Haushaltsgerät stand. Alles strahlte eine gewisse gemütliche Wurstigkeit aus, die Häusern auf dem Land oft eigen ist. Immer mit einem Ohr nach draußen horchend, wandte sich Eve der Treppe ins obere Stockwerk zu. Falls die Hausbesitzer unterwegs waren, wollte sie bei ihrer Rückkehr nicht drinnen gefunden werden. Beim Geräusch eines Motors würde sie sofort auf den Hof laufen und so tun, als habe an ihrem Wagen gewartet!

Oben befanden sich ein Arbeitszimmer, zwei Schlafzimmer, eines davon gehörte offensichtlich dem Kind, und ein Bad. Die Betten waren nicht gemacht, sonst lag alles an seinem Platz. Eve wurde nervös. Es war kühl im Haus und die Luft roch abgestanden. Gerade so, als seien die Bewohner in Urlaub gefahren. Aber hätten sie wirklich vergessen, ihre Haustür abzuschließen?

Langsam schritt sie ins Erdgeschoss zurück. Eine Fliege summte vor ihrer Nase herum. Sie folgte dem Tier mit ihrem Blick. Es flog an der immer noch offen stehenden Küchentür vorbei. Jetzt erst bemerkte Eve eine Tür, die hinter einem Mauervorsprung lag.

Der Keller, dachte sie und spürte sofort einen heftigen Drang, aus dem Haus zu gehen. Vielleicht sollte sie zu einem späteren Zeitpunkt wiederkommen? Ob es ein Hotel am Ort gab? Unschlüssig blieb sie stehen. Nur Augenblicke später hörte sie den Motor eines Wagens.

Endlich! Sie rannte fast zur Tür hinaus, zog sie hinter sich zu und stellte sich erwartungsvoll neben ihren Peugeot.

*

Der Mann in dem schwarzen, glänzenden SUV stieg, passte nicht hierher, genauso wenig wie sein Auto. Nachdem er den Motor abgestellt hatte, blieb er einen Moment lang sitzen und Eve hatte den Eindruck, er beobachte sie. Dann stieg er aus. Ein hoch gewachsener, durchtrainierter Kerl mit kurz geschorenem, hellblondem Haar.

»Madame Ducroix?«, fragte er.

Eve schüttelte den Kopf.

»J'attends«, sagte sie dann und hoffte, dass er verstand, was sie damit sagen wollte.

Mit gerunzelter Stirn schaute er am Haus entlang, dann zum Schuppen rüber.

»Quelqu'un là?«, wollte er wissen.

Jetzt bemerkte Eve, dass auch er kein Franzose war. Sie zuckte die Schultern. Ein ungutes Gefühl machte sich in ihrem Magen breit. Sie waren offensichtlich alleine hier und der Kerl machte keinen vertrauenswürdigen Eindruck.

Sie nickte ihm in einer verabschiedenden Geste zu und öffnete die Wagentür. Er war schneller. Die Mündung seiner Waffe zielte genau auf ihr Herz.

»Nicht so schnell, mein Fräulein«. Sein Deutsch war tadellos, wenn man von dem Schweizer Zungenschlag absah.

Innerlich fluchte Eve wie zehn verärgerte Droschkenkutscher. Was hatte sie nur geritten, sich so lange auf diesem Grundstück aufzuhalten? Es war definitiv zu spät, um zu fliehen.

»Was soll das?«, fragte sie so pampig wie möglich. »Ich wohne nicht hier, suche nur jemanden.« Als ob das den Fremden irgendwie beeindrucken würde!

»Drinnen ist also niemand?«, vergewisserte er

sich.

Eve blieb ihm eine Antwort schuldig, sie versuchte sich am bösen Blick, der aber nicht wirkte. Der Kerl vor ihr war größer, stärker, vermutlich trainierter und darüber hinaus bewaffnet.

»Los, rein da!« Eine eindeutige Bewegung mit der Waffe unterstrich die Worte.

Eve blickte hilfesuchend um sich. Aber da war nichts. Nur der leichte Wind und eine Amsel, die schimpfend über ihren Köpfen dahinflog.

Sie hatte keine Chance. Sie drehte sich um und stieg zum zweiten Mal an diesem Tag die Treppen zum Haus hinauf.

Der Mann schob sie ins Wohnzimmer.

»Hinsetzen!«, bellte er. Eve ließ sich in einen Sessel plumpsen, der mit einem Stoff aus undefinierbarer Farbe überzogen war.

»Wo ist diese Schlampe?«

»Wen meinen Sie?«

Der Kerl sah sie heimtückisch an.

»Die Chinesen-Votze.«

Meinte er etwa Shenmi? Dann war sie nicht die Einzige, die dieser Spur gefolgt war. Nur, was wollte der Kerl von ihrer Geliebten?

»Ich kenne niemanden, der so heißt«, hörte sie sich sagen. Er hob die Hand und schlug ihr heftig ins Gesicht. Ihre Haut brannte und im Ohr klingelte es, dennoch konnte sie doch nicht bereits jetzt aufgeben.

»Warum suchen Sie sie denn?«, antwortete sie keck.

Die Augen des Mannes begannen, heimtückisch zu glitzern.

»Geht dich nichts an.«

Ein Geräusch vor der Tür veranlasste sie beide, den Kopf zu drehen.

Als es still blieb, wendete er sich ihr wieder zu.

»Ich zähle bis drei. Wenn du mir dann nicht gesagt hast, wo das Schlitzauge steckt, schieße ich dir zuerst die linke Kniescheibe kaputt! Danach die rechte.«

Seine Waffe zielte genau auf ihr Bein. Eve geriet ins Schwitzen. Der Kerl war wahnsinnig.

»Keine Ahnung, wo sie ist«, hörte sie sich mit angstbebender Stimme sagen.

»Eins!«

»Hören Sie! Wenn ich es wüsste, wäre ich nicht hier! Ich suche sie selbst!«

»Zwei!«

Eve fing an zu zittern. Was, wenn sie aufspringen und davonlaufen würde? Sie käme nicht weit, der Mann wirkte wie einer, der auch in den Rücken schoss.

»Keine Ahnung. Warum glauben Sie mir nicht. Sie sehen doch, dass niemand hier ist!«

Etwas knackte im Flur. Durch Eves Kopf rasten tausend Szenarien zugleich. Sollte sie wirklich hier sterben, von einem Killer umgenietet, ohne auch nur zu ahnen, warum?

»Drei!«

Sein Finger lag bereits gekrümmt um den Abzug.

»Halt! Nein!« Eve keuchte nur noch vor Todesangst und sprang auf. Zu spät. Ein Schuss krachte und sie stürzte zu Boden.

*

Daria legte den Feldstecher weg und drehte

sich auf den Rücken. Der Kerl, den sie verfolgt hatte, war nun schon eine ganze Weile hinter dem Haus verschwunden. Weiter nach vorne, um den Eingang einsehen zu können, wagte sie sich nicht, denn dazu hätte sie ihre Deckung verlassen müssen. Ein kribbeliges Gefühl im Bauch machte sie unruhig. Sie rollte sich herum und setzte das Fernglas erneut an. Es blieb alles unverändert. Sie lag unter einem Strauch auf einem Hügel, von dem aus sie die Rückseite des Hauses und einen Teil der von der Scheune abgewandten Längsseite überblicken konnte. Wenn der Mann sich dort aufhielt, würde er sie kommen sehen. Zwischen ihrem Standort und seinem befand sich keinerlei Deckung.

Die Minuten vergingen quälend langsam. Eine Katze tauchte an der Hausecke auf, schlich geschmeidig an der Rückseite entlang. In der Nähe des Kellerabgangs senkte sie den Kopf, als habe sie etwas entdeckt. Dann erstarrte sie mitten in der Bewegung und sprang davon. Darias Augen folgten dem Tier, bis es erneut abrupt stehenblieb. Sie konnte buchstäblich sehen, wie der zimtfarbene Pelz sich vor Schreck am ganzen Körper aufstellte. Mit einem Maunzen, das bis zu ihr herauf zu hören war, rannte die Katze mit eingezogenem Schwanz zur Scheune hinüber und verschwand hinter einer Ecke. Was hatte sie erschreckt? Darias Fernstecher suchte die Stelle ab. Zuerst konnte sie nichts Ungewöhnliches entdecken. Bis sie auf einmal innehielt. Sich ein kleines Stock nach vorne und weiter nach links schob. Jetzt sah sie es deutlicher. Etwas Schwarzes, Glänzendes, lag dort unten im Gras. Als sie erkannte, was es war, brach ihr der kalte

Schweiß aus. Gleichzeitig wusste sie, dass sie sofort nachsehen musste, was dort unten vor sich ging.

*

Der brennend-heiße Schmerz in ihrem linken Bein raubte ihr einen Moment lang den Atem. Der Mann stand bereits über ihr, zog sie am Arm hoch und stieß sie auf den Stuhl zurück. Er hatte auf ihre Kniescheibe gezielt und ihren Unterschenkel getroffen. Blut sickerte durch Eves Jeans, sie stöhnte unwillkürlich auf. Hätte sie nicht versucht, aufzuspringen, wäre sie jetzt wohl gar nicht mehr in der Lage dazu.

Wie betäubt hing sie auf dem Stuhl. Der Killer legte bereits wieder auf sie an. Um ihn anzugreifen, stand er zu weit entfernt. Eves Gedanken rasten wie ein außer Kontrolle geratenes Karussell.

»Hast du es dir überlegt, oder willst du zum Krüppel geschossen werden?«, brüllte er sie an.

Eves Oberkörper pendelte vor und zurück. Der Schmerz ließ nicht nach, sie wimmerte leise. Auch, um ihn abzulenken, um Zeit zu schinden.

»Als ich ankam, war das Haus leer.«

»Okay, du bleibst dabei, nichts zu wissen? Dann bist du für mich wertlos!«

Er hob die Waffe, zielte direkt auf ihren Kopf. Eve wurde kalt, sie wusste, sie hatte nur eine Chance. Sich auf ihn zu stürzen, trotz ihrer Wunde und der damit verbundenen Schwäche, wäre Unsinn gewesen. Sie wäre lediglich in die Kugel hineingelaufen. Es gab nur die Möglichkeit, auszuweichen. Dazu musste sie schneller sein, als

er.
   Als der zweite Schuss fiel, kippte Eve bereits seitlich vom Stuhl. Als sie auf dem Holzboden aufschlug und noch am Leben war, wusste sie, dass er sie verfehlt hatte. Sie rollte zur Seite, griff gleichzeitig nach dem Stuhlbein und gab dem Möbelstück einen Stoß, damit es in Richtung des Mannes schlidderte. Der stand jedoch bereits nicht mehr auf seinen Beinen, sondern lag vor ihr auf dem Rücken. In seiner Stirn klaffte ein blutiges Loch. In die Stille nach dem Schuss hinein drang eine Stimme. Sie kam von der Tür. Eve drehte verständnislos den Kopf, als sie sie erkannte.
   »Was machst du hier«, stotterte sie.
   »Dir das Leben retten. Ist das nicht offensichtlich?«

*

   Darias Hand mit der Waffe sank nach unten, als sie sah, dass der Mann nicht mehr lebte.
   »Du hast mich verfolgt?« Eve starrte die Andere an. Sie spürte zwei gänzlich unterschiedliche Gefühle in sich aufsteigen. Ärger und Erleichterung.
   »Nein. Wozu auch? Ich habe ihn verfolgt.« Ihr Kopf zeigte zu dem Toten hin.
   »Wer ist das?«
   Eve rappelte sich auf. Die Wunde am Bein blutete jetzt stärker.
   »Vermutlich der Boss der Killerbande, die Tara und Siobhan getötet hat.«
   Eve humpelte zu Daria hinüber. Sie sahen beide auf den Mann hinunter.
   »Er hat nach jemandem gesucht«, sagte sie

leise.

»Er war nicht hinter dir her?«

»Nein.« Eve traute der anderen nicht genug, um Shenmi ins Spiel zu bringen. Wen könnte der Tote sonst gemeint haben?

Daria hob den Kopf. Sie schien in das Haus hinein zu horchen.

»Niemand hier?«

Eve schüttelte den Kopf.

»Nicht hier, nicht oben.«

»So. Dann erzähl mir doch mal, was du hier machst. Mir hast du gesagt, du wolltest nach Clermont-Ferrand.«

»Ich bin hier um eine Freundin zu suchen.« Etwas hielt sie davon ab, genauer zu werden.

»Aha.« Darias Blick war unergründlich. Sie drehte sich um, durchquerte sämtliche Räume.

»Hier ist eine Tür. Führt in den Keller«, rief sie aus der Küche.

Eve humpelte zu ihr hinüber. Vom Haken neben der Spüle nahm sie ein Geschirrtuch und drückte es auf ihre Wunde.

»Den Schuss habe ich gehört«, sagte Daria. »Hat er vorher bereits einmal geschossen? Als er draußen war?«

Eve schüttelte den Kopf. »Er kam an, da stand ich im Hof, wollte gerade in mein Auto steigen und wegfahren. Wir sind zusammen ins Haus gegangen. Genauer gesagt, hat er mich mit einer Waffe bedroht dabei.«

Etwas in Darias Gesicht veränderte sich.

»Bleib hier«, befahl sie mit belegter Stimme, als sie nach dem Knauf der Kellertür griff.

»Warum? Ich habe genauso viel Recht wie du, zu wissen ...«

»Sei still!« Daria trat einen Schritt auf sie zu, dabei hob sie den Finger an die Lippen.

»Ich gehe da jetzt alleine runter. Und du bleibst hier.« Ihre Stimme war leise, aber bestimmt, ihr Blick zwingend.

Etwas in ihrer Mimik flößte Eve Angst ein. Sie nickte zögerlich.

Daria drehte sich um. Ihre Hand fasste den Knauf und drehte ihn langsam. Die Tür war nicht verschlossen, sie schwang knarzend auf. Eve konnte von ihrem Standpunkt aus lediglich die Dunkelheit dahinter sehen. Alles blieb ruhig. Daria tastete nach dem Lichtschalter. Im kargen Licht einer Glühbirne stieg sie, die Waffe in der Hand, langsam die Treppe hinunter. Eine Weile hörte Eve nichts. Sie näherte sich vorsichtig der Tür, stets bedacht, das Handtuch weiter auf ihre Wunde zu drücken. Bevor sie den Kellerabgang erreicht hatte, erschien Daria wieder im Türrahmen. Ihr Gesicht war kreidebleich.

»Was ist los?«, keuchte Eve. Angst griff nach ihr und setzte ihren ganzen Körper unter Adrenalin.

»Die Leute hier, was weißt du über sie?«

»Die Familie Ducroix? Sind sie dort unten?«

»Keine Ahnung. Ein Mann. Eine Frau, sie ist Asiatin ...«, weiter kam Daria nicht. Eve schob sie beiseite und rannte an der jetzt wie wild Rufenden vorbei. Stolperte die Treppe hinunter.

»Nicht Shenmi«, betete sie innerlich. »Bitte nicht sie!«

Das Kellergewölbe war alt, es roch modrig und nach Kartoffeln. Der Boden aus gestampftem Lehm strömte eine feuchte Kühle aus. Zuerst sah Eve nur Holzregale, gefüllt mit Gemüse, Obst und

Gläsern voller Eingemachtem. Dann erst, im hinteren, etwas schmaleren Teil, dort, wo vermutlich früher die Kohle gelagert wurde, erkannte sie etwas, das nicht hierher gehörte. Der Mann lag dicht am Vorratskeller. Er lag auf dem Bauch, die Arme über den Kopf gestreckt, als habe er etwas abwehren wollen. Man hatte von vorne auf ihn geschossen, die Kugel war am Hinterkopf wieder ausgetreten und hatte einen wüsten Krater hinterlassen. Das Blut schimmerte schwarz in dem diffusen Licht. Eve begann zu zittern und hörte sich selbst keuchen. Ein Stück weiter hinten, an die Wand gelehnt, als sei sie gestanden und nach dem Mord einfach heruntergerutscht, lag die Frau. Sie trug ein Kleid, das einmal hell gewesen war, und auf das das Blut bizarre Formen gemalt hatte. Ihr Kopf war zur Seite gesunken, langes, schwarzes Haar verbarg ihr Profil. Einen Moment lang konnte Eve sich nicht bewegen. Ihr Körper schien zu Eis zu gefrieren. Hilflos stand sie da und starrte auf die Tote. Hinter sich hörte sie Daria etwas sagen, was nicht zu ihr durchdrang. Wie an einem Faden gezogen durchquerte sie den Raum. Schritt für Schritt. Beugte sich zu der Asiatin herunter und zog ihr die Haare vom Gesicht. Dann schrie sie auf. Zuckte zurück. Das Haar fiel wie ein seidener Vorhang wieder an seinen Platz, als wolle es die Angst verbergen, die sich noch im Tod in die Züge der Frau gegraben hatte.

*

Sie konnte nicht aufhören, zu heulen. Seit sie aus dem Keller zurückgekehrt war, hockte Eve an dem massiven Holztisch in der Küche, das Gesicht in den Armen verborgen. Die Tränen liefen ihr unaufhaltsam über die Wangen. Daria ging auf und ab. Ihre Anspannung war so stark, dass sich die Atmosphäre im Raum wie mit Strom aufgeladen hatte.

»Wer macht so etwas«, murmelte sie vor sich hin.

Eve schluckte heftig und warf den Kopf ruckartig nach oben.

»Und du, sag mir jetzt endlich, was das für Leute sind. Welche Verbindung gibt es zwischen den Toten im Keller und dem Kerl dort drüben?«, fuhr Daria in unwirschem Ton fort.

Eve wischte sich das Wasser aus den Augen und schnäuzte sich mehrfach nachdrücklich in ein sich bereits in Auflösung befindliches Papiertaschentuch, bevor sie antwortete. »Ich kenne die Familie nicht«, sagte sie schließlich leise. »Ich weiß nur, dass dieser Kerl mich nach der Frau gefragt hat. Wollte wissen, wo sie ist.«

Als sie das Gesicht der Frau gesehen hatte, war ihr der Schock durch und durch gegangen. Eine Asiatin. In Shenmis Alter, eventuell etwas drüber. Ihr durchaus auf den ersten Blick ähnlich. Aber es war nicht sie, gottseidank. Jetzt wusste sie auch, wen der Fremde gesucht hatte. Nicht Shenmi, woher hätte er auch wissen sollen, dass sie diese Familie kannte. Nein, es war die Frau gewesen, die tot im Keller lag. Die Erleichterung darüber, dass ihre Geliebte nicht hier war, hatte nicht lange angehalten. Denn sobald Eve sich aufgerichtet und umgesehen hatte, hatte sie auch die dritte Leiche entdeckt. Diesen Schock hatte sie noch nicht verwunden.

»Um Gotteswillen, nein, nein, nein«, hatte sie

sich stammeln hören.
»Nicht!« Darias Hand hatte sich in ihre Schulter gekrallt und sie zurückgezogen.
»Geh da nicht hin!«
Sie fügte sich, aber das, was sie gesehen hatte, war wie eingebrannt in ihrem Hirn.
Die dritte Leiche war ein Junge, vielleicht vier, fünf Jahre alt.
»Wer bringt denn ein Kind um«, jammerte Eve.
»Jemand, der nicht erkannt werden will«, brummte Daria.
Eves Gefühle zerrissen sie fast. Einerseits war sie froh, dass Shenmi nicht hier war. Andererseits konnte sie sich keinen Reim darauf machen, was die Killer von den Ducroix gewollt haben könnten. Welches Geheimnis barg dieses Haus?
»Sie haben den Hund draußen auf dem Hof erschossen und ins Gebüsch geworfen«, sagte Daria, die sich nun Eve gegenüber an den Tisch setzte. »Das konnte ich von meinem Beobachtungsposten aus sehen. Da wusste ich, dass es ernst ist. Wenn nicht - ich wäre nicht mehr rechtzeitig gekommen, um dich zu retten.«
»Wir müssen die Polizei informieren«, schniefte Eve. Sie ging zur Spüle und riss ein paar Tücher von einer Küchenrolle ab.
»Niemals. Ich gehe nicht zu den Bullen. Denen müsste ich erklären, warum ich den Kerl erschossen habe.« Darias graue Augen schimmerten dunkel wie nasser Stein. »Dir rate ich ebenfalls, zu verschwinden. Sonst könntest du selbst in Verdacht geraten.«
Sie schwiegen einen Moment.
»Weiß jemand, dass du hier bist?«

Eves Kopf hob sich bei dieser Frage ruckartig. »Wie meinst du das?«, sagte sie tonlos.

»So, wie ich es sage«, antwortete Daria. »Ob du jemandem von deinem Plan erzählt hast, herzukommen. Mir gegenüber warst du ja nicht so offen.«

Eve versucht, etwas in der Mimik der Anderen zu lesen. War sie beleidigt, verärgert? Ihr Pokerface verriet nichts.

»Nein, ich habe mit niemandem darüber gesprochen«, erwiderte sie. Im selben Moment fiel ihr der Barbesitzer in Dordives ein.

»Aber?«, fragte Daria langsam. »Du wirkst auf einmal so erschrocken.«

»Ich habe im Ort in einer Bar Proviant gekauft und den Wirt nach dem Weg hierher gefragt.«

»Shit!«, fluchte Daria. Sie packte Eves Arm und zog sie zum Ausgang.

»Lass uns verschwinden«, wiederholte sie dabei. »Je schneller, desto besser.«

»Das nützt doch nichts.« Eve war soeben klar geworden, wie aussichtslos ihre Lage war. »Der Mann hat meinen Mietwagen gesehen. Darüber kann ich doch jederzeit identifiziert werden.«

»Ach was! Wer merkt sich denn das Kennzeichen«, versuchte Daria, zu beschwichtigen. »Du gibst den Wagen an der nächsten Station zurück. Falls man dich befragt, sagst du einfach, es hat niemand geöffnet. Punkt. Warum sollte jemand dich verdächtigen? Außerdem sind die Leute im Keller nicht erst seit heute tot. Hast du die Fliegen gesehen?«

Eve schüttelte sich bei der Erinnerung.

»Jeder halbwegs vernünftige Mensch wird bei der Rekonstruktion der Abläufe zu dem Ergebnis kommen, dass du es nicht gewesen sein kannst.«

Eve nagte unschlüssig an ihrer Unterlippe. »Und die Blutspuren hier im Haus?« Sie deutete auf ihre Wunde.

»Das ist in der Tat ein Problem, sofern etwas davon auf dem Fußboden gelandet ist«, murmelte Daria. »Genauso wie die DNA, die du überall verteilt hast.«

Eves Blick blieb an Darias dünnen Lederhandschuhen hängen, an der Spange, mit der sie ihr Haar straff im Nacken zusammenhielt. Man konnte es wenden, wie man wollte. Ein Gang zur Polizei würde ihnen beiden eine Menge Ärger einbringen. Alleine etwas auszurichten war illusorisch, sie konnte ja schlecht so tun, als habe der Mann, dessen Kugel ihr Bein gestreift hatte, bereits tot am Boden gelegen, als sie hier ankam. Zu viele Unwägbarkeiten.

»Das lässt sich wohl nicht wegputzen, oder?«

»Kaum. Und je mehr und je länger wir uns im Haus aufhalten, desto wahrscheinlicher wird es darüber hinaus, dass wir weitere Spuren hinterlassen. Wir können nur hoffen, dass diese Ducroix einen großen Bekanntenkreis hatten und die Spurensucher mit der Menge an Material längerfristig ausgebucht sind. Bist du aktenkundig?«

Es dauerte einige Augenblicke, ehe Eve begriff. Sie schüttelte den Kopf. »Du?«

»Noch nicht.« Daria seufzte. »Nützt aber alles nichts, wir müssen weg.«

»Mit oder ohne den?« Eve zeigte auf den Toten.

Daria überlegte eine ganze Weile. »Wir lassen ihn hier. Wenn wir ihn auf dem Grundstück verstecken, werden die Hunde ihn eh gleich finden. Nehmen wir ihn mit, riskieren wir, dabei aufzufallen. Das Einzige, was mir Sorgen macht, ist die Kugel. Sie lässt sich zu meiner Waffe zurückverfolgen.« Sie schaute die Pistole mit einem fast zärtlichen Blick an. »Ist mein Lieblingsstück. Jetzt werde ich es entsorgen müssen.«

Sie beugte sich vor, um den Mann zu durchsuchen und alles an sich zu nehmen, was er in den Taschen hatte.

»Lass uns wenigstens von unterwegs anonym die Polizei informieren«, unternahm Eve einen letzten Versuch. Die Vorstellung, die drei Menschen im Keller einfach liegen zu lassen, behagte ihr überhaupt nicht.

»Du mit deinem Akzent oder ich mit meinem Akzent?« Darias Brauen hoben sich streng. »Wir sind beide keine Französinnen, also verraten wir uns bereits dadurch.«

Sie hatte recht. Eve sprach kaum Französisch und mit einem sehr deutlichen deutschen Akzent. Darias Zungenschlag klang ebenfalls anders, ohne dass ihre Muttersprache sofort herauszuhören war.

»Woher kommst du eigentlich?«

Sie standen bereits an der Haustür, wo Daria hinausspähte. Jetzt drehte sie den Kopf. »Meine Mutter war Kroatin. Sie hat mich als Kind durch die halbe Welt geschleppt, darum würde ich mich als Kosmopolitin bezeichnen.«

Damit traten sie aus dem Haus und warfen die Tür hinter sich zu.

Auf der Flucht

Daria fuhr voraus und Eve folgte ihr. In Bourg-en-Bresse stellte sie den Mietwagen auf dem Gelände der Autovermietung ab und warf Schlüssel und Papiere in den Nachtbriefkasten. Anschließend kauften sie in einem Billigladen ein paar Klamotten und fanden ein kleines Hotel etwas außerhalb an einer Ausfallstraße gelegen. Sie nahmen dort zwei nebeneinanderliegende Zimmer.

»Die Freundin, die du suchst, was hat sie mit den Ducroix zu tun?« Daria fragte über den Rand einer Teetasse hinweg. Sie waren geduscht und umgezogen, saßen in einem nur spärlich besuchten Bistro. Eve stocherte in einer Gemüse-Quiche herum. Das erste Glas Wein war bereits fast leer, sie hatte gerade ein zweites bestellt.

»Sie war mit ihnen befreundet. Ich dachte, sie könne dort sein.«

»Warum das?«

Eve wand sich unbehaglich. Was sie in den vergangenen Tagen erlebt hatte, war nicht spurlos an ihr vorübergegangen. Schultern, Nacken und Rücken waren verspannt. Dazu kam die Verletzung an der Hüfte, die ihr Tara zugefügt hatte, jetzt auch noch der Streifschuss am Bein. Ohne Schmerzmittel konnte sie sich kaum rühren. Daria hatte sie verarztet und dabei großes Geschick bewiesen. Dennoch sehnte sie sich nach einem Bett, und mindestens 48 Stunden ungestörtem Schlaf. Dem standen die Suche nach Shenmi und die Flucht vor den unbekannten Verfolgern entgegen. Ohne Daria wäre sie vermutlich tot, doch noch immer vertraute sie der

Frau nicht völlig. Sie hatte ihr eigenes Ding am Laufen, was, wenn es ihr morgen besser passen würde, Eve abzuservieren? Sie hatten beschlossen, sich am nächsten Tag zu trennen. Eve würde von nach Deutschland zurückkehren, Daria nach Luxemburg, wo sie ihren Wohnsitz hatte. Einen Tag noch, dann wären sie einander los. Dennoch konnte Eve den Wunsch der Anderen verstehen. Sie wollte wissen, was der Mann gesucht hatte, den sie getötet hatte. Sie würde ihr ein Minimum an Informationen geben. Schon, um es sich mit ihrer Lebensretterin nicht zu verscherzen.

»Meine Freundin und ich wollten uns in Genf treffen. Auf sie habe ich im Hotel gewartet. Als sie nicht kam, fiel mir ein, dass sie vor längere Zeit einmal Freunde in Frankreich erwähnt hatte. Das Ehepaar in Dordives.«

Sie hatte sich das gemerkt, weil es ungewöhnlich war, dass Shenmi überhaupt einmal über jemanden in ihrem Bekanntenkreis sprach, und sei es nur versehentlich. Sie hatte das immer der sprichwörtlichen asiatischen Zurückhaltung zugeschrieben. Nun ärgerte es sie, dass sie so wenig Anhaltspunkte hatte, wo ihre Geliebte sein konnte.

Eve musste hart schlucken, bevor sie fortfuhr. »Bevor wir uns trennten, flog sie nach Zürich. Von dort aus hatte sie meines Wissens nach ein Ticket nach Paris gebucht.« Wie üblich war alles sehr geheimnistuerisch abgelaufen. Doch das Haus in Karpathos war klein und hellhörig, sodass Eve einiges von Shenmis Plänen mitbekommen hatte.

»Daher stellte ich die gedankliche Verbindung zu Frankreich her. Hättet ihr mich nicht entführt, wäre ich noch einen weiteren Tag in Genf geblieben und danach sowieso hierher gefahren«, fuhr sie fort.

»Wann und wo habt ihr euch getrennt?« Daria trank ihren Tee mit wenigen Schlucken aus und stellte die Tasse vorsichtig ab.

»Vor zwei Wochen in Griechenland. Sie hatte eine Familienangelegenheit zu klären und bat mich, sie danach in der Schweiz zu treffen.«

Daria starrte auf die leere Tasse hinunter. »Hm«, machte sie, mehr nicht.

»Erklärst du mir mal, worum es eigentlich geht? Nach den vielen Leichen, die bereits unseren Weg pflastern, wüsste ich gern, was ich getan haben soll, dass das alles rechtfertigt«, meldete sich Eve nach einer Weile zu Wort.

Ihr Gegenüber hob den Kopf. Sie wirkte wie jemand, der mit etwas kämpfte.

»Wie gesagt, es geht um Wirtschaftsspionage. Um etwas, um dessen willen mächtige Menschen buchstäblich über Leichen gehen«, antwortete sie schließlich.

Eva zuckte zusammen und hoffte, dass ihre Reaktion der scharfen Beobachtungsgabe der Anderen entgangen war. Die blickte bereits wieder auf die Tasse, die sie nervös auf dem Tisch hin und her drehte.

»Mein Auftraggeber ist ein sehr mächtiger Mann. Er macht Geschäfte mit anderen mächtigen Männern. Die Art von Menschen, die in den kommenden Jahren die Welt unter sich aufteilen werden.« Der kühle Blick ihrer Augen erwärmte sich nicht, als sie Eve ansah. »Ihm wurde etwas gestohlen, das dafür sehr wichtig ist. Frag mich nicht, was. Ich weiß das auch nicht so genau. Es geht um Pläne, von Hand gezeichnet, Unikate, die es nur einmal gibt.«

Eve schüttelte ungläubig den Kopf. »So ein Quatsch!«, stieß sie aus. »Heutzutage hat jeder alles am Computer, auf Sticks, in einer Cloud. Warum sollte man bei genau so einer wichtigen Sachen davon abweichen?« Sie selbst wusste genau, warum. Doch das brauchte ihre Begleiterin nicht zu wissen. Die lieferte die Erklärung auch sofort selbst.

Daria fuhr sich mit einer müden Geste durchs Haar. »Genau aus diesem Grund. Kein Computer der Welt ist wirklich sicher und solche Dinge lassen sich viel zu einfach kopieren. Aber es gibt noch einen weiteren Grund. Der Mann, der den Plan entwickelt hat, rührt kein derartiges Gerät an. Bei ihm handelt es sich um einen zurückgezogen lebenden Wissenschaftler, einen Eigenbrötler und Technikhasser. Leider schlummert in seinem Kopf detailliertes Wissen über neue Technologien, das sich mein Auftraggeber zunutze machen will. Weil es ihn noch reicher machen wird, als er bereits ist.«

Die Sache klang derartig merkwürdig, dass Eve es kaum glauben konnte. Doch ihre Retterin sah mehr als ernst aus dabei.

»Wir sollten diese Pläne zurückholen. Der Auftrag lautete, dich ausfindig zu machen und zu befragen. Warum diese Kerle uns überfallen haben, verstehe ich nicht.« Sie schaute ganz kurz weg und Eve hatte das sichere Gefühl, dass noch nicht alles gesagt war.

»Irgendwie scheint die ganze Sache aus dem Ruder gelaufen zu sein.«

»Das kannst du wohl sagen!« Daria sah jetzt wütend aus. »Siobhan und Tara bildeten mein

Team. Jetzt, wo sie tot sind, bin ich auf mich alleine gestellt und weiß nicht mehr, wem ich noch trauen kann.«

Einen Moment lang wirkte ihr Gesicht wie versteinert vor Schmerz. Der Tod der beiden Frauen ging nicht spurlos an ihr vorbei.

Eve griff nach ihrem Glas und trank es hastig zur Hälfte leer. »Was habe ich damit zu tun? Wie kommt euer Auftraggeber darauf, ich hätte diese Pläne gestohlen?«

Daria streckte die Beine unter dem Tisch lang aus und ließ sich mit übereinandergeschlagenen Armen gegen die hohe Lehne ihrer Sitzbank sinken.

»Es gab ganz klare Anhaltspunkte, die zu dir geführt haben. So eindeutig, dass es keine Zweifel gab.«

Sie blickte scheinbar ungerührt auf Eve, die heftig den Kopf schüttelte.

»Was ist das für ein Mann, den ich bestohlen haben soll und wo war das?«, fragte sie.

Daria grinste. »Soll ich dir sagen, wo du dich innerhalb der letzten Monate aufgehalten hast?«

Sie wartete die Antwort nicht ab, sondern zählte auf: New York, Amsterdam, Frankfurt, Karpathos, Hongkong, Genf. »Such es dir aus. Wo könntest du etwas so Brisantes an dich genommen haben?«

Eve spürte, wie sich ihre Gesichtszüge verhärteten. »Ihr habt mich so lange beobachtet?«

Ein Kopfschütteln war die Antwort. »Natürlich nicht. Sonst wären wir nicht so spät gekommen. Nachdem du in den Fokus von Mister X, nennen wir meinen Auftraggeber mal so, geraten bist, haben seine Leute alles nachverfolgt. Eigentlich war er mehr daran interessiert zu erfahren, wem du deinen brisanten Besitz verkaufen wolltest.«

»Woher weißt du denn, dass ich es nicht schon längst getan habe?«

Daria prustete unterdrückt. »Meine Liebe, erstens sind die Pläne ein Vermögen wert. Ein so großes, dass es nicht einfach ist, es zu verstecken. Du würdest dir kaum Gedanken um den Preis eines Flugtickets oder eines Hotelzimmers machen, wenn du so viel Knete hättest. Da wir in Genf deine Sachen durchsucht haben, wissen wir aber, dass du mit einem Auge stets auf die Kosten schaust. Zweitens ist der Markt für diese Art von Angebot sehr klein. Hört sich komisch an, aber nur, wer wirklich gigantisch viel Kohle hat und ein ähnliches Machtbewusstsein wie unser Mister X, kann mit diesem Plan etwas anfangen.«

»Also, ich hab ihn nicht, hab auch keine Ahnung, wo er sein soll, und will mit der Sache nichts zu tun haben.«

»Message understood. Meiner Meinung nach bist du die falsche Person. Nun muss ich mit meiner Suche von vorne beginnen und herausfinden, wer der oder die Diebin ist. Aber ohne meine Mädels kann ich nicht arbeiten. Abgesehen von dem menschlichen Verlust, wird es Jahre dauern, bis ich mir wieder ein solches Team aufgebaut habe.« Ein Schatten glitt über ihr Gesicht. Unwillkürlich beugte Eve sich nach vorne und legte ihre Hand auf die der anderen Frau. Daria zuckte so heftig zurück, dass beide sich einen Moment lang betreten ansahen. Dann seufzte Eve. Sie leerte ihr Weinglas und schlug vor, ins Hotel zurückzukehren.

»Ich bin hundemüde«, sagte sie.

Daria nickte nur wortlos und legte ein paar Scheine auf den Tisch. Dann verließen sie das Bistro, um über die nächtlich dunkle Straße zum Hotel zurückzufahren.

*

Im Hotelzimmer trank Eve eine ganze Flasche Wasser auf einmal aus. Der Rotwein hatte sie angenehm müde gemacht. Doch bevor sie ihrem Schlafbedürfnis nachgab, wollte sie noch ein paar Dinge rekapitulieren. Was Daria ihr erzählt hatte, alarmierte sie aufs Höchste. Die Andere wusste viel, sehr viel, über sie. Eines hatte sie dennoch nicht angesprochen. Eves Job. Falls Daria wusste, wie sie ihr Geld verdiente, hatte sie darüber geschwiegen. Was jedoch nicht hieß, dass dieser Mister X ebenso unaufgeklärt war. Er war es nicht, konnte es nicht sein. Denn nur jemand, der wusste, was sie tat, würde ihr die Schuld am Diebstahl eines wertvollen Wirtschaftsgutes geben.
Sie hockte sich im Schneidersitz auf das Kopfteil ihres Bettes und dachte nach. Ihre letzten beiden Jobs hatte sie in Frankfurt und in Hongkong ausgeführt. Alle anderen von Daria aufgezählten Stationen waren privater Natur gewesen. Unwillkürlich stieg die Sehnsucht nach Shenmi in ihr auf, löste ein heftiges Brennen unterhalb ihres Bauchnabels aus. Sie schloss die Augen, beschwor den Duft ihrer Geliebten, eine Mischung aus Sandelholz und Kamelie. Sie meinte, die seidige Weichheit ihres Haars unter den Fingern, den Geschmack ihrer Venus auf der Zunge zu spüren. Das Verlangen nach ihr kam aus

dem Nichts und war so stark, dass Eve fast angefangen hätte zu weinen. Wo konnte Shenmi sein? Diese Frage katapultierte sie wieder zurück in die Realität.

War einer der beiden Aufträge die Lösung? Sowohl in Frankfurt als auch in Hongkong hatte sie Informanten kontaktiert. Leute, die Interna ihrer Arbeitgeber an Dritte verkauften. Eve war die Mittelsperson, über die alles lief. Niemand außer ihren Auftraggebern wusste davon. Offiziell bezeichnete Eve sich als »Unternehmensberaterin«. Eine frei erfundene Vita gab ein Studium der Wirtschaftswissenschaften an. Das stellte eine reine Vorsichtsmaßnahme dar, sie besaß keine Homepage und kommunizierte weder über Netzwerke noch machte sie anderweitig auf sich aufmerksam. Der Job war ihr vor Jahren in den Schoß gefallen wie eine überreife Frucht. Während sie damals intensiv und von regelmäßiger Arbeit unabgelenkt, darüber nachdachte, was sie mit ihrem Leben anfangen sollte, hatte eine ihrer vielen Kurzzeitgespielinnen ihr erzählt, sie verdiene gutes Geld mit dem Überbringen von Dokumenten.

»Erster-Klasse-Flüge, die eine oder andere Übernachtung, immer in einer Metropole, dazu noch Kohle satt.« Die Frau, eine Spanierin, besaß eine beachtliche Sammlung von Dildos und hatte Eve darüber hinaus in die Geheimnisse erotischer Fesselung eingeführt. Sie würde ihr schon allein dafür stets im Gedächtnis bleiben. Als sie sich in eine athletisch gebaute Kolumbianerin mit ausgeprägtem Damenbart verliebte, zog sie von Frankfurt nach Bogota. Nicht ohne freundlicherweise Eve vorher ihrem Arbeitgeber vorzustellen, einer Anwaltskanzlei, die einen Teil ihrer höchst vertraulichen Kundenkorrespondenz weder der Post noch einem Kurierdienst anvertrauen mochte. Eve sollte bald erfahren, warum. Die Mandanten hatten nämlich alle gute Gründe für eine persönliche und diskrete Form der Informationsübermittlung. Eve schauderte leicht beim Gedanken daran, für wie viele nicht ganz lupenreinen Geschäftsleute sie in den letzten Jahren Botengänge erledigt hatte. Damals dachte sie sich nichts dabei. Sie erledigte sämtliche Aufträge tipptopp, daher fragte man sie nach einigen Monaten, ob sie sich weitere, wesentlich vertraulichere Jobs zutraue. So war sie nach und nach an ihren Aufgaben gewachsen. Heute nahm sie nicht mehr jeden Auftrag an. Das, was sie mit ein paar Jobs verdiente, die sie pro Jahr ausführte, reichte für einen bescheidenen Lebensstil völlig aus.

    Nun überlegte sie, ob sie, ohne es zu wissen, derartig brisantes Material transportiert haben könnte, von dem Daria sprach. Nachdem sie gedanklich alles, was sie über ihr Transportgut wusste, durchgegangen war, entschied sie sich zunächst dagegen. Die zwei Informanten kannte sie persönlich. Einer war Chemiker, der andere Wirtschaftswissenschaftler. Sie spionierten bereits seit längerer Zeit Innovationen aus, lieferten sie in Häppchen. Wurden stets bar bezahlt. Waren Männer, die über ihre Verhältnisse lebten und sich ihren Arbeitgebern gegenüber nicht besonders loyal verhielten. Der Deal, von dem Daria sprach, war viel zu groß. Keiner der beiden hatte den Mut oder das Format, einen solchen

Schritt zu wagen. Oder täuschte sie sich in ihnen? War sie hintergangen worden, rückte jemand sie nun absichtlich ins Visier eines Feindes? So lange sie nicht herausfand, was wirklich geschehen war oder beweisen konnte, dass sie nichts mit dem Diebstahl zu tun hatte, blieb sie in Gefahr. Darüber machte sie sich keinerlei Illusionen. Sie ließ den Kopf sinken, starrte auf das verwaschene Muster der Tagesdecke und versuchte, Ordnung in ihre Gedanken zu bringen. Es war durchaus möglich, dass sie aufgrund ihrer Tätigkeit in den Verdacht geraten war, diese geheimen Informationen an sich gebracht zu haben. Aber wer außer ihren Auftraggebern wusste davon? Gab es dort eine undichte Stelle? Wenn ja, wo? Niemand in ihrem sehr überschaubaren Bekanntenkreis kannte mehr als die offizielle Version. Die Informanten traf sie stets unter einem Tarnnamen, keiner von ihnen hatte jemals ihren richtigen Namen gekannt. Nicht einmal Shenmi gegenüber hatte sie verraten, was sie wirklich beruflich tat.

Als sie an ihre Freundin dachte, erschrak sie. Was, wenn diejenigen, die hinter ihr her waren, sich nun an Shenmi heranmachten? Niemals würde Eve zulassen, dass ihrer Geliebten etwas geschah. Sie musste sie warnen, besser noch, finden, bevor es die anderen taten. Nur, wie sollte sie das anstellen? Sie hatte keine Ahnung, wo Shenmi steckte.

Eve versuchte, alle Gefühle zu verdrängen, die mit dieser Erkenntnis einhergingen und sich nur auf die Fakten und Möglichkeiten zu beschränken. Ein Gedanke formte sich langsam in ihrem Kopf.

Es gab nur eine Chance. Sie würde sie nutzen.

*

Daria trat unter der Dusche hervor und betrachtete sich im Spiegel. Seit sie den Mann in Dordives erschossen hatte, fühlte sie sich beschmutzt. Auch wenn sie noch so oft duschte, wurde sie das Gefühl nicht los, dass Blut- und Metallgeruch an ihr klebten. Hatte sie zu kaltblütig gehandelt?

Sie ging ins Zimmer und setzte sich aufs Bett. Heftig rubbelte sie ihr Haar trocken. Ihre Gedanken wanderten zu Eve. Der Moment, in dem sie begriff, dass die Frau, die sie bereits in der Nacht zuvor im Traum heimgesucht hatte, auf einem Küchenstuhl sitzend in Lebensgefahr schwebte, hatte sie so schockiert, dass sie sofort schoss.

Es gab kein Überlegen, kein Abwägen. Es war anders, als in dem alten Haus bei Genf. Dort hatten die Kerle sie angegriffen, sie waren gekommen, um zu töten. Tara und Siobhan mussten mit dem Leben bezahlen. Es konnte kein Pardon geben in einer solchen Situation. Im Fall des Fremden in Dordives war es dagegen schlicht die Angst um Eve gewesen. Was für eine Parodie des Schicksals! Sie selbst hätte Eve töten sollen, nun wurde sie bereits zum zweiten Mal zu ihrer Lebensretterin. Und alles nur, weil ... Sie schob den Gedanken weg, der ihren Kopf vernebelte und ihren Schoß zum Brennen brachte. Im Badezimmer betrachtete sie ihr Gesicht, das ihr schmal und blass vorkam. Sie hängte das Badetuch an einen Haken und kehrte nackt ins

Zimmer zurück. An dem etwas altmodischen Kleiderschrank aus dunkel gebeiztem Holz war ein hoher, ovaler Spiegel angebracht. Daria sah sich selbst darin das Zimmer durchqueren. Versuchte, sich mit den Augen einer Fremden zu sehen. Beine mit langen, schlanken Muskeln, ein etwas zu breites Becken, schwere Brüste, die bei jeder Bewegung sanft hin und her schwangen. Die Lust überkam sie so unvermittelt, dass sie heftig atmend stehenblieb. Dieses Gefühl war nicht neu für sie. Nach einem anstrengenden Job hatte sie sich oft einen Kerl gesucht. Sie brauchte das, um abzuschalten, runterzukommen von dem Adrenalintrip. Den harten, hemmungslosen Sex, den man nur mit einem Wildfremden haben konnte, den man danach nie mehr wiedersah. Sie warf einen Blick auf die Uhr. Zehn Uhr abends. Noch nicht zu spät. Ob es eine Bar in der Nähe gab? Das Ziehen in ihrer Mitte verstärkte sich jetzt, wo sie daran dachte, sich von einem gut gebauten Mann kräftig durchvögeln zu lassen. Sie schloss die Augen und legte ihre Hände unter die Brüste. Sollte sie es tun? Etwas passte nicht an ihrer Fantasie, schien sie zurückhalten zu wollen. Sie merkte es. Schob das mulmige Gefühl weg, das sie nicht benennen konnte. Daria machte auf dem Absatz kehrt und ging vom Spiegel weg zu dem Sessel, auf dem ihre Klamotten lagen. Sie war bereits angezogen, als sie erneut ein leises Zögern spürte. Doch schließlich war der Drang stärker. Sie hatte kein besseres Mittel, um den Stress abzubauen. Die einen tranken, wieder andere meditierten. Sie brauchte Sex.

*

Die Bar war unspektakulär. Eine lange Theke, an der ein halbes Dutzend Leute saßen, ein paar Holztische im Raum verteilt, dahinter Billardtische.

Daria suchte sich einen Platz an der Bar, von dem aus sie alles im Blick behalten konnte. Sie bestellte ein Bier und sah umher. Zwei der Männer, die ebenfalls an der Theke saßen, schauten zu ihr herüber. Sie waren beide nicht der Typ, den sie suchte. Als der Barmann das Glas vor ihr abstellte, sah sie jemanden, der ihr gefiel. Der Mann mochte Ende Dreißig sein, er war hochgewachsen, breitschultrig und die enge Jeans umschloss einen knackigen Hintern. Die Ärmel seines in dunklen Farben karierten Hemds waren hochgeschoben, sodass man das Spiel der Muskeln bewundern konnte, wenn er, wie jetzt, über den Billardtisch gelehnt, den Queue vor und zurück bewegte, um die beste Schussposition zu erhalten.

Mit dem Glas in der Hand schlenderte sie zu ihm hinüber, dabei ließ sie ihn nicht aus den Augen. Er blickte auf, als sie fast direkt neben ihm stand. Interesse blitzte auf, er lächelte ganz kurz, als sie den Blick nicht abwandte. Dann beugte er sich erneut nach vorn, konzentriert auf sein Spiel. Sie sah ihm zu, stellte sich vor, wie ihre Finger durch sein dunkelblondes Haar strichen, wie sein Fünf-Tage-Bart auf ihrer Haut kratzte. Sie hatte keine Zeit zu verlieren. Beim nächsten Blickkontakt hob sie ihr Glas. Als sie es geleert hatte, machte sie auf dem Absatz kehrt. An der Tür drehte sie sich um. Er sah ihr nach, wusste nicht, was er von ihr halten sollte. Sie garnierte ihr einladendes Lächeln mit einer kaum wahrnehmbaren Kopfbewegung. Keine zwei Minuten später standen sie sich auf der spärlich beleuchteten Straße gegenüber.

»Mein Hotel ist gleich dort drüben«, ließ sie ihn wissen. Schweigend legten sie die kurze Wegstrecke zurück. Auch im Zimmer redeten sie nicht viel. Sie seufzte verlangend, als sie ihn nackt sah. Leicht gebräunte Haut, breite Schultern, die straffen Muskeln seiner Arme. Das schmale Band aus dunkelblondem Haar, das vom Bauchnabel abwärts führte. Sein Penis war bereits hart und zeigte auf sie. Als sie auf ihm saß, seine Hände von den Hüften zu den Brüsten hoch strichen, ihr Becken über ihm kreiste und sie vor Wollust stöhnte, warf sie den Kopf in den Nacken und schloss die Augen. Er war gut, sie fanden ihren Rhythmus, er gab ihr genau das, was sie sich gewünscht hatte. Kurz vor dem ersten Höhepunkt schlich sich eine Fantasie in ihren Kopf. Auf einmal waren es andere Finger, die sie liebkosten. Ein anderes Gesicht hob sich zu ihrem. Ein anderer Körper drehte sie herum, schob ihre angewinkelten Beine nach oben, drang tief in ihr heißes, feuchtes Fleisch ein, trieb sie weiter und weiter, bis sie nach drei intensiven Orgasmen schweißüberströmt auf das Laken sank. Mit hämmerndem Herzen und keuchendem Atem lag sie da, körperlich befriedigt, gleichzeitig immer noch seltsam sehnsuchtsvoll. Etwas fehlte. Zum ersten Mal in ihrem Leben hatte sie eine Ahnung davon, was es sein könnte.

*

Obwohl ihre Nacht recht kurz gewesen war, ihr Begleiter hatte sie erst weit nach Mitternacht verlassen, wachte Daria am darauf folgenden Tag bereits bei Tagesanbruch auf. Im Frühstücksraum war sie der erste Gast. Sie bestellte Kaffee und füllte sich einen Teller am Büffet. In der morgendlichen Ruhe kam sie endlich dazu, ihre Gedanken sortieren.

Für ihr weiteres Vorgehen wäre es wichtig gewesen zu erfahren, ob Mister X bereits von dem Überfall in dem Haus bei Genf wusste. Daria vermutete, dass dies noch nicht der Fall war. Sie selbst hatte keinerlei Rückmeldung gegeben. Sie wusste, ihr Auftraggeber würde nämlich in diesem Fall von ihr verlangen, Eve sofort zu eliminieren. Hatte Hunter, den sie in Dordives getötet hatte, ihn über den Ausgang des Überfalls informiert? Oder wollte er selbst ebenfalls Eve befragen? War sie es, die verfolgt wurde? Seine Leute hatten lediglich auf Daria und ihre Mädels geschossen. Nicht auf Eve. Da lag die Vermutung nahe, sie sollte lebend gefasst und befragt werden. Nur warum? Warum setzte man ein zweites Team auf Eve an, wenn sie die Sache bereits im Griff gehabt hatte?

Konzentriert starrte sie vor sich hin. Nein, Hunter hatte vermutlich niemandem über den Fehlschlag und den Tod seiner Leute informiert. Nun lebte auch er nicht mehr. Davon ausgehend, dass die Sache noch nicht weitergetragen worden war, würde sie zwei bis drei Tage Zeit haben. Spätestens dann erwartete ihr Auftraggeber einen Bericht, ein Lebenszeichen, eine Erfolgsmeldung. Von ihr oder den anderen. Falls keiner von ihnen Laut gab, würde man sie suchen. Dann waren ihrer beider Leben keinen Pfifferling mehr wert.

Weiter kam es darauf an, wann jemand die Leichen in Dordives finden würde. Ein so brutaler Mord an einer Familie würde mit Sicherheit auch von überregionalen Medien aufgegriffen. Gab es eine Verbindung zu Eve und ihr? Oder war Hunter einer Spur gefolgt, die nur er kannte?

Daria bewegte ein Stück Käse auf ihrem Teller hin und her, während sie nachdachte.

Sie schreckte auf, als Eve mit einer Brioche in der Hand an den Tisch trat.

»So früh schon auf?« Blitzte da Ironie in den grünen Augen auf?

»Warum nicht?« Daria schob sich eine Traube zwischen die Lippen.

Eve grinste wissend und bestellte einen Café au lait bei der Kellnerin.

»Ihr wart nicht zu überhören«, setzte sie trocken hinzu.

»Ach so«, verlegen spürte Daria die Röte, die sich auf ihrem Gesicht ausbreitete. »Ich konnte nicht schlafen, bin noch mal in eine Bar gegangen.«

Eve schaute sie über den Rand ihrer Kaffeetasse hinweg prüfend an. »Du siehst auf jeden Fall sehr entspannt aus. Scheint das Richtige gewesen zu sein. Ich bin leider etwas unausgeschlafen.«

Daria lachte kurz und tief auf. »Hättest ja mitkommen können.«

»Nein. Das ist nichts für mich.«

»Keine Bars?«

»Keine Männer.«

Daria brauchte einen Moment, bis das, was Eve gesagt hatte, zu ihr durchdrang.

»Keine Männer?«, echote sie schließlich.
»Ich stehe auf Frauen.« Eve biss in ihre Brioche und schaute sich prüfend im Raum um. Einige Tische waren inzwischen besetzt.

Daria starrte ihr Gegenüber an, und als sie begriff, brach ihr am ganzen Körper der kalte Schweiß aus. Gleichzeitig fiel ein Steinchen der Erkenntnis in ihrem Kopf um.

»Und diese Freundin, die du suchst ...«
»... ist nicht irgendeine Freundin, sondern meine Geliebte. Genau.«

*

Eve hatte eine unruhige Nacht verbracht. Als sie Daria und den Mann nebenan hörte, zog sie sich die Decke über den Kopf und hoffte, es sei eine schnelle Nummer. Eine halbe Stunde später wusste sie es besser. Als Daria kurz hintereinander drei Mal schrie, schien sich auch um sie herum die Luft sexuell aufgeladen zu haben.

Sie warf sich auf die Seite und lag selbst dann noch mit offenen Augen da, als endlich Ruhe eingekehrt war. Jetzt konnte sie nicht mehr einschlafen.

Unwillkürlich kehrten ihre Gedanken zurück nach Karpathos.

Nach einigen Wochen intensiver Zweisamkeit hatte sich Shenmis Unruhe wieder verstärkt. Besonders, als sie nach einem Ausflug dilettantische Einbruchspuren an ihrem Ferienhaus entdeckten. Wer auch immer versucht hatte, bei ihnen einzudringen, dem war zumindest das nicht gelungen. Dafür war es mit Shenmis entspannter Haltung vorbei. Die Nächte waren so lustvoll wie immer. Dabei hatte Shenmi, von Eve unbemerkt, irgendwann eine Entscheidung getroffen. Sie servierte sie ihr eines Morgens, zwischen Orangensaft und Toast.

»Wir verlassen Karpathos, müssen uns für eine Weile trennen.«

Mehr war aus ihr nicht herauszubekommen. Eve merkte schnell, dass ihre Geliebte nichts weiter dazu sagen wollte. Sie kannte sie inzwischen gut genug, um zu wissen, dass sie ihr bisher lediglich gestattet hatte, sich wenige Schritte in ihrer Welt zu bewegen. Was auch immer sie vorhatte, sie würde es ihr entweder freiwillig sagen, oder gar nicht. Shenmi schwieg und so erfuhr Eve erst an ihrem letzten gemeinsamen Abend, wie der weitere Verlauf geplant war.

»Ich fliege nach Zürich, habe dort etwas zu erledigen«, erklärte Shenmi.

»Für dich habe ich einen Flug nach Frankfurt gebucht. Wir sehen uns in zwei Wochen in Genf.« Begleitet wurden diese Worte durch einen Zettel, auf dem der Name des Hotels stand, in dem sie sich treffen wollten. Eve hatte protestiert. »Wenn ich zu der Zeit einen Job habe und nicht kommen kann, wie erreiche ich dich?«

»Hinterlass mir eine Nachricht auf dem Handy oder im Hotel.«

Danach war die Sache für die Chinesin gebongt gewesen. Sie hatte sich umgedreht, um ihre Sachen zu packen. Eve sah sie noch vor sich, wie sie schnell und konzentriert alles aus Schränken und Schubladen räumte, dabei ein paar Dinge für die letzte Nacht und den Flugtag zurechtlegte.

Eve rollte sich auf die andere Seite und versuchte, in Gedanken diesen letzten gemeinsamen Abend noch einmal heraufzubeschwören. Sie hatte Shenmi eine Weile beobachtet, wie sie nach der Rückkehr vom Strand nackt unter der Dusche stand. Das klare Wasser lief über ihre immer noch helle Haut, da sie sich stets dick eingecremt im Schatten aufhielt. Zusätzlich geschützt durch einen knöchellangen Kaftan, einen ausladenden Strohhut und eine nicht weniger riesige Sonnenbrille.

Von Anfang an war es Eve so erschienen, als schütze sich ihre Freundin mit diesem Aufzug nicht nur vor der Sonne, sondern gleichzeitig vor Menschen.

Als sie Sand, Salz und Sonnencreme abgewaschen hatte, folgte sie, nackt und nass, wie sie war, Eve, die inzwischen in die Küche gegangen war.

Eve meinte, noch immer Shenmis Berührungen zu spüren. Wie sie sich von hinten an sie geschmiegt hatte.

Kühle, feste Hände glitten unter ihr T-Shirt.

Shenmis Fingerspitze gruben sich in die warme Falte unter Eves Brüsten folgten dem weich fallenden Bogen ihrer Brust entlang nach oben, bis sie die Brustwarzen erreichten. Es war, als würde sie alles noch einmal erleben.

Shenmi legte zwei Finger um die harten Warzen, presste sie so fest, dass sich Schmerz und Lust mischten. Eve seufzte und bog ihren Körper nach hinten, ihrer Geliebten entgegen. Die schob mit einem Knie Eves Beine auseinander, drückte ihr den Oberkörper nach vorne, bis sie fast auf der

Arbeitsplatte lag. Mit fahrigen Händen ein Sieb voller Trauben herunter fegte. Shenmis Mund lag auf Eves linker Schulter, in die sie erst zart, dann immer fester biss, um gleich darauf die Stelle hinter dem Ohr zärtlich zu lecken. Zielstrebige Finger glitten in Eves Slip. Sie kraulten dort das dichte Schamhaar mit aufreizender Langsamkeit, bevor sie sich weiter bewegten, eintauchten in den reichlich fließenden Honig. Die Finger der zweiten Hand schoben sich aus der anderen Richtung dagegen, tanzten vor und zurück. Shenmis Hände glitten wie zwei sich stets verfolgende Schiffe durch die überquellende Feuchtigkeit. Eves Schenkel begannen unter diesen Berührungen zu zittern, sie hatte Mühe, sich aufrecht zu halten. Sie fühlte sich, wie so oft in den Armen ihrer Geliebten, völlig machtlos. Tiefes Stöhnen füllte den Raum. Als Shenmi erst einen, dann mehrere Finger einer Hand in sie hineinschob, während der Daumen der anderen erst langsam, dann immer schneller, die bereits überempfindliche Klit verwöhnte, musste Eve sich auf der Marmorplatte abstützen. Ein leichter Wind war aufgekommen, strich durchs halb offen stehende Küchenfenster über ihre schweißfeuchte Haut und verteilte alle Empfindungen, die Shenmis Liebkosungen in ihr auslösten, auf den gesamten Körper.

  Eve wurde bei der bloßen Erinnerung an diesen Moment von heftigen Lustgefühlen überschwemmt. Die Gedanken spulten sich ab wie ein Film. Sie spürte noch der Erschütterung nach, die der erste Orgasmus ausgelöst hatte. Meinte, erneut die Lust zu spüren, als Shenmi sie umdrehte, um vor ihr auf die Knie zu sinken. Eves Schamlippen auseinanderzuziehen und ihren

Mund auf das pulsierende Fleisch zu legen. Mit ihrer Zunge den Tanz fortzusetzen. So lange, bis Eve heiser und sie beide völlig erschöpft waren.

Es war, als wolle Shenmi sich vor diesem Abschied noch einmal einbrennen in Eves Fleisch. Was ihr auch gelungen war. Am nächsten Tag mussten sie sich trennen. Shenmi flog als Erste und sofort spürte Eve eine bisher im Leben nicht gekannte Einsamkeit.

»Zwei Wochen nur«, beruhigte sie sich selbst. Sie hatten schon längere Zeiten durchgehalten. Aber zum vereinbarten Treffen in Genf war die Chinesin nicht erschienen, sie war nicht erreichbar, schien spurlos verschwunden zu sein.

Was sollte, was konnte sie tun, um sie zu finden? Ihr fiel nur eine Möglichkeit ein.

*

»Du willst mich beauftragen, dir bei der Suche nach deiner verschwundenen Freundin zu helfen?« Daria war überrascht.

»Ich wüsste niemanden, den ich sonst bitten könnte«, bekräftigte Eve ihr Ansinnen.

»Alleine komme ich nicht weiter. Du kannst mit einer Waffe umgehen und scheinst dich damit auszukennen, Leute ausfindig zu machen. Natürlich bezahle ich dafür!«

Daria biss in ihr Baguette. Schmeckte das frische Brot und die salzige Butter. Ihr Blick blieb an Eves Gesicht hängen. Den vollen, heute früh so blassen Lippen. Sie hätte zu gerne gewusst, wie es sich anfühlte, wenn ...

»Oder hast du etwas anderes vor?« Eve griff über den Tisch nach Darias Hand. Ausgerechnet ihre Geliebte sollte sie für sie finden! Daria schluckte den Bissen hinunter, trank von ihrem Kaffee und betrachtete die Hand, die auf ihrer lag. Nicht zu klein, nicht zu groß. Schlanke, kräftige Finger, kurze Nägel. Kein Ring, kein Lack. Am Daumen stand ein Fitzelchen Nagelhaut ab. Wie es sich wohl anfühlte, diese Hand im Schoß zu haben? Die Empfindungen der Nacht zuvor waren verwirrend. Der Gedanke an die Frau im Nebenzimmer, der Daria nicht mehr losgelassen hatte. Bei allem, was der Unbekannte, seinen Namen hatte sie bereits wieder vergessen, mit ihr gemacht hatte - und das waren sehr, sehr heiße Dinge gewesen - , musste sie fortwährend an Eve denken. An den Geruch des kastanienfarbenen Schamhaars an dem Tag, an dem sie sie zum ersten Mal gesehen hatte.

»Hast du?« Eves Hand wurde fortgezogen, sie sah jetzt missmutig aus. »Oder - bist du zu teuer für jemanden wie mich?«

»Zu teuer?« Daria musste sich zusammennehmen, um den Gedankengängen der Anderen zu folgen.

»Du bist ja bestens informiert über meine finanzielle Lage. Schon vergessen?«

»Ach das«, Daria winkte matt ab. »Zunächst: Wir haben ein Problem. Meine Kreditkarten werden überwacht, sind alle von Big Boss, der, wenn er will, dadurch mit einem Fingerklick herauskriegt, wo ich gerade bin.« Sie hatte seit dem Verlassen des Hauses in Genf stets bar bezahlt. Doch das Geld ging zur Neige. »Deine Karte vermutlich ebenso.«

Eve antwortete nicht sofort. Sie zupfte ein paar Beeren von einer Traubenrebe und aß sie, indem sie jede einzelne zwischen ihre Lippen nahm und einsog. Daria musste mit Gewalt ihren Blick abwenden von dem Schauspiel, das ihr bereits wieder äußerst wollüstige Assoziationen bescherte.

»Ich habe zu meiner eigenen zusätzlich zwei Karten von meinem Arbeitgeber, die auf ein gesondertes Konto von mir laufen«, nuschelte Eve schließlich, noch immer mit den Trauben beschäftigt. »Die dürften unsere Verfolger also nicht kennen.«

»Was sagt dein Boss dazu, wenn du die für deine persönlichen Zwecke benutzt? Wir dürfen keinen Ärger riskieren!«

»Null Problem«, versicherte sie Daria stattdessen. »Es ist mir gestattet, sie in Notfällen auch privat zu nutzen. Unsere Situation hier ist genau das! Ich zahle es später zurück.«

Daria dachte nach, den Blick auf ihren Teller gesenkt. »Eve, hör zu. Falls ich annehme, musst du ohne Wenn und Aber tun, was ich dir sage. Jederzeit! Ich habe überhaupt keine Lust, wegen einer Unachtsamkeit oder eines Alleingangs mein Leben zu riskieren. Hast du das verstanden?«

Eve wurde einen Hauch blasser.

Daria schüttelte leicht den Kopf. Hatte sie denn immer noch nicht kapiert, wie prekär ihre Lage war?

»Okay«, antwortete Eve schließlich.

Sie besiegelten ihren Pakt mit einem Handschlag.

»Was machen wir zuerst?«, wollte Eve daraufhin wissen.

»Wir müssen zurück an den Genfer See.« Sie legte eine Pause vor den nächsten Satz. »Ins Haus des Mannes, den ich in Dordives getötet habe.«

*

Hunters Domizil, ein älteres, unauffälliges Haus in einem leicht verwilderten Garten, lag auf der südlichen, der französischen Seite des Genfer Sees, etwas außerhalb von Thonon-les-Bains. Sie parkten ein ganzes Stück abseits. Anschließend beobachteten sie das Haus so unauffällig, wie an dieser Stelle ging. Gottseidank befanden sie sich nicht in einer dieser gutbürgerlichen Gegenden, wo ständig jemand über dem Gartenzaun hing. Das wäre für Hunter nicht praktisch gewesen. Als sie sicher sein konnten, dass sich niemand auf dem Anwesen aufhielt, betraten sie nach Einbruch der Dämmerung ins Haus.
»Wer war dieser Hunter?«, wollte Eve von Daria wissen.
»Südafrikaner, teilweise in der Schweiz aufgewachsen. Leitet offiziell eine Firma für Personenschutz. Führt dabei mit einigen seiner Leute auch andere Aufträge aus.« Woher sie all diese Details kannte, wollte sie nicht sagen.
Der Mann, der Eve hatte töten wollen, musste ein Ordnungsfanatiker gewesen sein. Alles im Inneren des Hauses war extrem sauber, das überschaubare Mobiliar akkurat ausgerichtet. Hunter hatte ein ausgeprägtes Sicherheitsdenken besessen, sowie ein Faible für verschlossene Einbauschränke, die eine ganze Wand im Wohnzimmer einnahmen. Daria fluchte leise vor sich hin. »Wir müssen die Schlüssel für die Schränke suchen«, instruierte sie Eve. An dem Bund, den sie dem Toten abgenommen hatte,

befanden sich lediglich die Schlüssel zu Tor und Haustür. Eve nickte und ging in die Küche, gleich darauf war ein leises Klappern zu hören.

Daria stieg die Holztreppe hoch in das obere Stockwerk. Ein Badezimmer, ein Schlafzimmer, ein Arbeitszimmer, das sie als erstes betrat. Ein leerer Schreibtisch, ein Tablet, das vermutlich mehrfach gesichert war. Dennoch schob sie es in den geräumigen Stoffrucksack, der über ihrer Schulter hing. Sämtliche Schreibtischschubladen fand sie verschlossen. Ob die Türen eines Einbauschranks, der eine ganze Seitenwand einnahm, sich öffnen liessen? Vielleicht fand sich irgendwo ein Schlüssel.

Der Tote hatte alleine gewohnt, soviel konnte sie bereits sagen. Keinerlei Hinweise auf eine Frau oder einen Mann, in seinem Leben. Weder im Bad noch im Schlafzimmer. Nicht nur aus diesem Grund erschrak Daria heftig, als von unten herauf das Öffnen und Schließen der Haustür zu hören war.

»Darling?« Eine Frauenstimme. Hell, etwas rau. Verwundert. »Warum ist es hier so dunkel?«, rief sie.

Daria, die gerade begonnen hatte, alle Schranktüren durchprobierte, erstarrte mitten in der Bewegung. Bloß keinen Laut von sich geben! Wo war Eve? Die Besucherin hatte sie offenbar nicht gesehen.

»Wo bist du?« Die Stimme, jetzt ganz nah. Daria zog ihre Waffe und drehte sich zur Tür.

Die Frau, die dort erschien, war groß, sehr schlank und reagierte sofort. Ihre hellblauen Augen weiteten sich leicht, als sie die Pistole sah. Sie blieb stehen und hob die Hände in

Schulterhöhe. Dass sie kein Wort sagte, beunruhigte Daria auf eine nicht greifbare Weise. Sie musterten sich gegenseitig. Die Fremde hatte ein schmales Gesicht mit einer markanten Nase und trug ihr glattes hellblondes Haar schulterlang. Der überlange Pony fiel ihr bis auf die Augen. Das dunkelblaue Kostüm und die weiße Seidenbluse wirkten businessmäßig. Noch immer blieb sie stumm.

Daria bedeutete ihr mit der Waffe, sich umzudrehen. »Gehen Sie zur Wand. Legen Sie Ihre Hände darauf. Jetzt einen Schritt zurück. Beine auseinander.«

Die Blonde gehorchte, ohne zu zögern. Ob Eve da unten bereits etwas mitbekommen hatte? Kein Mucks war von ihr zu hören. Daria trat zu der Frau und tastete sie routiniert ab. Schob dabei ihren Rock nach oben, um die Innenseiten der Oberschenkel zu checken. Keine Waffe. Sie trat ein paar Schritte zurück.

»Bleiben Sie so stehen!«

Die Blonde rührte sich nicht.

»Wer sind Sie?«

»Die Freundin des Hausherrn. Und Sie?«

»Ich habe nichts gesehen, was auf eine Frau in Hunters Leben hinweist.«

»Wir wohnen nicht zusammen. Treffen uns meistens bei mir. Ich sehe hier im Haus nach dem Rechten, wenn mein Freund unterwegs ist.«

Sie hob das rechte Bein kurz an, als sei ihr Fuß eingeschlafen, und stellte es wieder ab.

»Wie heißen Sie?«

Die Blonde zögerte kurz. »Katalin«, antwortete sie dann.

»Wo ist Hunter?«

Die Blonde zuckte die Schultern. »Keine Ahnung. Er ist beruflich unterwegs, spricht jedoch nicht mit mir über seinen Job. Kann ich mich jetzt endlich wieder umdrehen?«

Sie tat es einfach und starrte Daria fast herausfordernd an. Da war etwas, das sie beunruhigte. Warum zeigte die andere keinerlei Angst? Die Antwort kam schneller, als gedacht. Das Bein der Blonden schoss nach vorn. Bevor Daria reagieren konnte, traf Hunters Freundin sie mit der Spitze ihres Schuhs und schlug ihr die Waffe aus der Hand. Das Metall krachte auf den Holzboden und schlitterte zur Seite. Bevor Daria danach greifen konnte, stürzte sich die andere Frau auf sie. Ein Handkantenschlag gegen die Schläfe raubte Daria für Sekunden die Besinnung. Da hatte die Blonde sie bereits im Schwitzkasten. Verdammt, warum hatte sie sie so unterschätzt! Weil sie keine Waffe trug und nicht aussah wie jemand, der sich wehren konnte? Sie griff nach hinten und krallte ihre Finger ins Fleisch ihrer Peinigerin. Die verstärkte den Druck. Erst als Daria ihrer Widersacherin zunächst kräftig auf den Fuß trat, um ihr gleich darauf gegen das Schienbein zu treten, lockerte sich deren Griff und sie konnte sich befreien. Ihr Körper wirbelte herum, ihre Faust landete auf dem Kinn der Blonden. Die war hart im Nehmen, aber durch ihren engen Rock und die hohen Schuhe im Nachteil. Daria verpasste ihr einen Stoß, hart und direkt vor die Brust. Die Frau geriet ins Straucheln, fiel hin, da war Daria schon über ihr, schlug ihr noch einmal auf die Kinnspitze während sich die langen Fingernägel der Fremden in ihren Kopf bohrten. Zwei Ohrfeigen und einen

Schlag in die Magengrube später gelang es der Blonden zwar durch eine durchaus als akrobatisch zu bezeichnende Aktion, Daria von sich herunterzuwerfen, aber die knallte ihr noch einmal eine voll auf die Schläfe. Die Blonde verdrehte die Augen, stöhnte einmal kurz und lag endlich still. Sie würde nicht sehr lange weggetreten bleiben, mutmaßte Daria. Sie lief ins Bad und zog den Gürtel aus dem Morgenmantel, der dort in einem schmalen, offenen Schrank auf einem Bügel hing. Damit fesselte sie ihre Widersacherin stramm, knebelte sie mit einem Taschentuch und zog ihr daneben einen Ledergürtel aus einer von Hunters Jeans um die Knöchel. Sie erhob sich schwer atmend. Blondy hatte ganz schön hart zugeschlagen. Ihr Blick glitt jetzt zur Tür. Wo war Eve? Hatte sie überhaupt nichts mitbekommen? Daria stiefelte auf den Gang hinaus und sah die Treppe hinunter. Im Erdgeschoss war alles ruhig. Man musste taub sein, um den Kampflärm überhört zu haben. Ein kaum wahrnehmbares Klappern drang plötzlich an ihr Ohr und brachte sämtliche Härchen an ihrem Körper dazu, sich aufzurichten. Vorsichtig trat sie in den Raum zurück und hob ihre Waffe auf. Dann schritt sie leise die Stufen ins Erdgeschoss hinab.

*

Die Diele war leer, ebenso das Wohnzimmer. Ein Blick durch die offene Tür hatte gereicht, um Daria zu zeigen, dass Eve sich dort nicht aufhielt. Blieb nur noch ein Raum. Sanft schob sie die halb offen stehende Küchentür mit der Fußspitze auf.

Sie blickte auf eine superteure Einrichtung aus Chrom, Glas und Stein. Auf sonst nichts. Wo war Eve?

Daria betrat die Küche und sah sich um. Erst jetzt entdeckte sie eine weitere Tür, die ein Stück geöffnet war. Dickes Metall, das an der Außenseite denselben eisgrauen Anstrich trug wie die Wände. Dahinter führte eine Steintreppe nach unten. Als sie die Tür begutachtete, fiel ihr noch etwas auf. Sie besaß an der Außenseite kein Schloss und keine Klinke. Ihr Blick fiel auf ein schmales Board, das aussah wie ein altmodisches Wandtelefon mit Tastatur. Hier tippte man also den Zugangscode ein! Ihr Herz fing an, schneller zu schlagen. Wer seinen Keller derartig sicherte, lagerte dort sicherlich nicht nur edlen Rotwein.

»Eve?«, rief sie. Ein leises Rumpeln antwortete ihr. Daria schloss die Küche von innen zu und stellte einen Topf in die offene Kellertür, um ein Zuschlagen zu verhindern, bevor sie hinabstieg. Die Treppe führte zunächst geradeaus, machte auf halber Höhe einen scharfen Knick und endete in einem großen, gefliesten Raum, von dem wiederum zwei Türen abgingen. Beide waren ebenso gesichert, wie die Kellertür selbst. Eve tippte auf dem Display herum. Sie war so vertieft in ihre Arbeit, dass sie bei Darias Worten heftig zusammenzuckte.

»Eve, wir haben Besuch bekommen. Hast du nichts gehört?«

Eve drehte sich um. Ihre Haare standen unordentlich um das gerötete Gesicht.

»Besuch? Nein. Wer ... Oh Gott, doch nicht schon wieder ein Killerkommando?« Ihre Augen lagen auf Darias Waffe.

»Nur die Gefährtin des Hausherrn. Ich wollte nachsehen, ob es dir gut geht.«

Eve nickte und schob das Kinn nach vorne. »Aha.«

Daria musterte ihre Begleiterin mit einer Mischung aus Neugier und Bewunderung. »Wie hast du den Code der oberen Tür geknackt?«

Eve zog eine Grimasse und sah zu Boden. »Das war nicht schwer. Er hatte einen Zettel mit den Zugangsdaten unter eine Küchenschublade geklebt.

Daria brauchte einen Moment, bis sie verstand.

»Wir müssen hier raus! Sofort!« Sie griff nach Eves Arm und zog sie mit sich.

»Warum, was ist los?«, murmelte die. Sie ließ sich nur widerstrebend mitziehen.

»Hunter würde niemals den Zugangscode an so einer Stelle deponieren. Die Zahlenkombination, die du gefunden hast, ist eine falsche Fährte. Sie öffnet nur diese eine Tür und suggeriert damit, dass sie richtig sei. Gleichzeitig wird Alarm ausgelöst. Wir wissen nicht wo und bei wem. Vermutlich wird gleich jemand hier auftauchen.«

Sie hastete voran in die Küche und von dort hinauf ins Arbeitszimmer.

Blondy war erwacht, sie kämpfte mit verbissenem Gesichtsausdruck gegen ihre Fesseln an.

Daria riss Hunters Freundin den Knebel aus dem Mund. »Bei wem wird der Alarm durch den Lockcode der Kellertür ausgelöst?«

Die Blonde antwortete nicht. Daria trat auf die Frau zu. Schlug ihr heftig ins Gesicht. Die zuckte

nicht mit der Wimper.
»Okay, wir nehmen dich mit. Ich kenne einen Ort, an dem du reden wirst.«
So etwas wie Angst flackerte kurz in den Augen der Gefesselten auf. Gefolgt von Hoffnung. Denn im selben Moment hörte man, wie draußen ein Wagen vorfuhr.

*

Zwei Typen stiegen vor dem Haus aus einem Lamborghini. Der jüngere trug einen blonden Pferdeschwanz, der andere sein dunkles Haar militärisch kurz geschoren. Beide waren groß und breitschultrig, sie trugen fast identische schwarze Anzüge. Darunter Schulterhalfter, Daria erkannte die kaum wahrnehmbare Ausbuchtung ihrer Waffen.
Von ihrem Platz hinter der Gardine am Fenster sah sie, wie die Ankömmlinge sich zunächst aufmerksam umsahen, bevor sie auf die Haustür zugingen. Sie hoffte, dass Eve es geschafft hatte, die zusätzliche Innenverriegelung zu schließen, obwohl das Schloß die Männer lediglich aufhalten würde, sie stellte kein wirkliches Hindernis dar. Zumal es vermutlich noch einen zweiten Zugang gab. Den gab es in Häusern dieser Art immer.
»Los jetzt. Ein falsches Wort und du bist tot.« Sie schob Blondy zum Fenster. Die öffnete es mit der rechten Hand, ihre Linke war hinter dem Rücken sehr straff mit den Fußfesseln verbunden. Sie zuckte zusammen, als Daria, die, für die Kerle unsichtbar, hinter dem Vorhang stand, ihr die Pistole in den Rücken drückte.

»Hey«, rief sie zu den Männern hinunter. »Wen suchen Sie?«

Der ältere der beiden wirkte erstaunt, jemanden anzutreffen. Der Blonde sah aus, als wolle er gleich seine Waffe ziehen.

»Ist Hunter da?«

Katalin schüttelte den Kopf. »Er ist unterwegs.«

Die Besucher schienen unschlüssig.

»Und wer sind Sie?« Der Grauhaarige trat einen Schritt nach vorne. Daria drückte ihre Waffe fester in Blondys Rücken.

»Ich bin Hunters Freundin. Er kommt heute Abend zurück. Aber - geht Sie das was an? Erwartet er Sie überhaupt?« In ihrer Stimme lag eine gehörige Portion Arroganz und Daria befürchtete schon, die merkwürdige Konversation würde sich noch weiter hinziehen. Doch zu ihrer Überraschung verabschiedeten sich die Besucher an diesem Punkt mit ein paar belanglosen Worten und stiegen in ihren Wagen. Als das Geräusch des hochtourigen Motors verklungen war, zog Daria ihre Gefangene vom Fenster weg.

»Warum sind die gekommen?«, fragte sie misstrauisch.

»Keine Ahnung. Sie arbeiten vermutlich für Hunter, wollten wohl was besprechen.«

Katalin wirkte nicht eine Sekunde unruhig. Das sollte sich ändern, als Daria sie ins Badezimmer schleppte, um sie dort in die Dusche zu bugsieren und sie an der Halterung festzubinden.

»Ist praktisch hier«, meinte sie betont emotionslos. Katalins Augen flackerten, als sie das dünne Messer sah.

Auch Eve war nach oben gekommen.
»Geh raus«, sagte Daria tonlos zu ihr.
»Aber ...«
»Tu, was ich dir sage«, fügte sie hinzu. »Das hier ist nichts für dich.«
»Was wollt ihr überhaupt von mir?«, meldete sich Blondy zu Wort.
»Die Zugangscodes zu sämtlichen Kellertüren, und zwar die richtigen.«
Die Blonde stöhnte heftig auf. »Die habe ich nicht. Hunter vertraut niemandem, was das betrifft. NIEMANDEM! Nicht einmal mir.«
»Merkwürdige Beziehung«, mischte Eve sich ein. Sie hatte das Badezimmer verlassen, stand aber noch direkt neben der Tür im Flur.
»Was heißt denn hier Beziehung?«, fauchte Katalin. »Wir vögeln ab und zu und ich sehe nach dem Haus, wenn er längere Zeit nicht da ist.«
»Aha. Und was war heute dran?« Daria stellte ein Bein auf den Rand des Bidets und beugte sich zu Blondy hinüber. Dabei ließ sie das Messer spielerisch zwischen ihren Fingern rotieren.
Hunters Freundin presste die Lippen zusammen und schwieg.
»Pass auf Blondy. Dein Lover wollte uns umbringen. Mich und meine Freundin da draußen.« Ihr Daumen zeigte zur Badezimmertür. »Ich will wissen warum. Nicht so schwer zu verstehen, oder?«
Katalin wirkte jetzt hoch konzentriert, sagte aber immer noch nichts.
Daria stand auf und schob mit der Messerklinge Katalins Rock hoch. Dann, ohne weitere Vorwarnung, zog sie die Spitze über die Innenseite des straffen Schenkels. Die Nylons

rissen, Katalin stieß einen Schmerzensschrei aus. Blut tropfte auf die Fliesen und rann träge zum Ausfluss.

»So, das nächste Mal ist die Etage oben drüber dran. Vermutlich wirst du danach nicht mehr viel Spaß mit deinem Lover haben.«

Von draußen drang ein unterdrücktes Stöhnen herein. Was Daria veranlasste, die Tür mit einem kräftigen Tritt krachend zu schließen. Sie konnte diese Weicheierei von Eve gerade gar nicht gut vertragen.

»Katalin, sag mir, was ich wissen will. Dann bist du noch an einem Stück, wenn wir heute auseinandergehen. Andernfalls ...« Sie zog die Stirn kraus, als müsse sie überlegen. Katalin unterdrückte weitere Schmerzenslaute.

»Ich kann euch nichts sagen, was ich selbst nicht weiß. Aber eines garantiere ich dir: Sobald Hunter zurückkommt, wird dir leidtun, was du hier veranstaltet hast. Sehr leid.«

Daria blies die Lippen auf und schüttelte in gespieltem Bedauern den Kopf. »Sorry, Süße, ich fürchte, er wird so bald nicht auftauchen.«

Drei Sekunden lang passierte nichts. Danach fing Katalin an zu schreien. Laut, wütend, schmerzvoll. Daria zögerte nicht, sie schlug der anderen mit der flachen Hand zwei Mal kräftig ins Gesicht. Deren Wangen röteten sich, aus den Augen lösten sich Tränen.

»Du hast ihn umgebracht? Du blöde Schlampe ...«, weiter kam sie nicht. Darias Messer zielte nun genau auf ihre Kehle.

»Noch ein Wort und es war dein letztes. Spuck endlich aus, was wir wissen wollen. Hunter kann dich nicht mehr beschützen. Wenn du am Leben bleiben willst, bist du auf dich gestellt.«

Katalin schniefte, die Augen panisch auf das Messer gerichtet.

»Bei drei zerschneide ich dir den Kehlkopf. Du darfst uns dann aufschreiben, was du weißt, wir sind weder zimperlich noch wählerisch, was das betrifft.« Ihr Stimme klang so eiskalt, dass ihr selbst ein Schauer über den Rücken lief.

»Eins ...«

Katalin wirkte schon lange nicht mehr so unerschrocken wie zu Anfang, dennoch sagte sie nichts.

»Zwei ...«

Der Atem der Gefesselten wurde unruhig, ihre Lider zuckten.

»Drei ...«

Daria holte mit dem Messer aus.

»Stop! Ich sage euch, was ich weiß. Aber es ist nicht das, was ihr wissen wollt. Die Zahlencodes kenne ich nicht.«

»Aber ...?«

»Das Passwort für sein Smartphone. Ich habe zufällig mal gesehen, wie er es eingegeben hat.«

»Eve, hol was zu schreiben!«, rief Daria. Augenblicke später hatten sie sich das Passwort notiert.

»Ist aber schon eine Weile her«, fügte Katalin einschränkend hinzu. »Keine Ahnung, wie oft er die Zugänge ändert.«

Daria erhob sich und holte Hunters Smartphone aus ihrem Beutel. Sie tippte den Code ein und er funktionierte. Noch bevor sie sich darin umsehen konnte, flog erneut die Tür auf.

»Wir müssen hier weg«, keuchte Eve. »Die beiden Kerle sind zurückgekommen. Sie stehen hinter dem Haus im Garten.«

Daria fuhr zu Katalin herum. »Was befindet sich dort? Ein Hintereingang?« Auf dem Hals der Blonden erschien wie zur Untermalung der Frage eine dünne, rote Spur, gezogen von Darias Messer. Keine Zeit mehr für Spielereien.

»Ein Nebeneingang.«

»Wir haben vorhin nichts gesehen.«

»Er liegt im Souterrain. Verborgen unter einer Metallklappe, auf der eine Regentonne steht.«

Ein metallisches Quietschen drang zu ihnen herauf. Die beiden Männer wussten offensichtlich genau Bescheid.

»Los verschwinden wir endlich!« Eves Nervosität wuchs spürbar mit jeder Sekunde.

»Wie kommen wir hier raus?«

Katalin wirkte plötzlich ängstlich.

»Ich zeige es euch. Sofern Ihr mich mitnehmt!«

»Wieso sollten wir. Das da unten sind Freunde von Hunter und damit auch von dir, oder?«

»Im Gegenteil. Jetzt, wo er tot ist, nicht mehr.«

Ein Scharren ließ die drei Frauen zusammenzucken.

»Ich kann das erklären. Aber keinesfalls jetzt, wir haben keine Zeit zu verlieren.« Katalins Stimme klang bittend.

»Die beiden müssen durch den Keller«, murmelte Eve. »Wenn sie erst einmal im Erdgeschoss sind, kommen wir nicht mehr an ihnen vorbei.«

»Nicht, ohne sie zu töten«. Daria konnte sie die Situation recht gut einschätzen. Es würde definitiv schwieriger werden, wie bei Hunter selbst. Der war alleine gewesen und von ihrem Auftauchen überrascht worden. Die beiden Eindringlinge wussten, dass jemand im Haus war. Eventuell waren sie in weiterer Begleitung zurückgekommen. Zudem handelte es sich um Profis, denen sie alleine nur schwer gewachsen war. Auf Eve konnte sie nicht verlässlich bauen. Die war mutig, aber für so eine Auseinandersetzung nicht trainiert. Bei Katalin verhielt es sich umgekehrt, aber ihr vertraute sie nicht die Bohne. Weil sie jedoch die Einzige war, die wusste, wie man aus dem Haus kam, entschloss Daria sich, sie mitzunehmen. Sie durchschnitt Katalins Fußfesseln, ließ ihr die Hände jedoch auf dem Rücken gefesselt.

»So, wohin?«

»In die Diele!«

Im Keller schlug eine Tür auf.

*

Der Zugang zur Garage war als Ganzkörperspiegel einer Garderobe in der Diele getarnt. Katalin schob ihre Hand unter den Rahmen und zog die Geheimtür auf.

Daria schlüpfte als Erste hindurch, um zu prüfen, ob die Luft rein war. Im Halbdunkel des kalten, überraschend großen Raumes standen zwei Wagen. Ein dunkler BMW mit getönten Scheiben, daneben ein unauffälliger Kleinwagen ohne Kennzeichen. Ein dritter Platz war frei. Eve kam als Letzte und zog leise die Tür hinter sich zu.

Daria fiel auf, dass die Tür der Garage nicht in dieselbe Richtung zeigte wie die Haustür.

»Es geht hier auf eine Querstraße hinaus«, erklärte Katalin.

»Ihr könnt den BMW nehmen, die Schlüssel

hängen dort hinten.« Sie deutete mit dem Kinn auf ein metallgraues Schlüsselschränkchen.

»Ich nehme den anderen Wagen.«

»Wie kommst du darauf, dass wir dich laufenlassen?« Darias Stimme war nicht mehr als ein heiseres Flüstern. Der Körper der Blonden versteifte sich einen Moment lang. Dann lachte sie. Fast lautlos und daher umso unheimlicher.

»Ich würde sagen, weil wir hermanas sind.«

Daria wirkte wie vom Donner gerührt.

»Hijas de la soledad y hermanas para siempre«, fuhr Katalin fort.

Die Stimmen der Männer drangen gedämpft durch die Mauer zu ihnen. Es war nur eine Frage von Minuten, bis sie den Durchgang entdeckten. Daria, die nach den Worten von Katalin Sekunden lang wie paralysiert wirkte, fing sich mühsam wieder.

»Rein in den Wagen«, knurrte sie mit belegter Stimme und winkte sowohl Eve als auch Katalin zu dem BMW. »Wo ist die Fernbedienung für das Tor?«

»Liegt im Handschuhfach.«

Laute Schläge waren zu hören, es hörte sich metallisch an. Daria war sich sicher, dass die Männer in der kurzen Zeit bereits das ganze Haus durchsucht hatten. Das Blut und die Kampfspuren im ersten Stock sprachen Bände. Sie wussten, dass jemand hier gewesen war. Nun suchten sie nach dem Weg, den sie genommen hatten.

»Fahr du«, befahl sie Eve, während sie Katalin auf die Rückbank bugsierte. Sie selbst hüpfte auf den Beifahrersitz, die Waffe in der Hand und drückte auf die Fernbedienung.

Langsam schwang das Tor auf. Die drei

Frauen starrten angestrengt nach vorn. Was, wenn man sie dort draußen bereits erwartete? Doch wer die Männer auch waren, sie schienen nichts von diesem Ausgang zu wissen. Erst, als das Tor weit genug oben war, befahl Daria Eve, den Wagen zu starten. Der Motor sprang mit einem kräftigen Röhren an, schoss dann nach vorne und mit quietschenden Reifen hinaus. Vorsichtshalber drückte Daria gleich den Knopf, um das Tor wieder zu schließen. Alles, was ihre Verfolger aufhielt, war gut.

*

Eve fuhr, so schnell sie konnte. Die Ausfahrt hatte sie auf eine wenig belebte Straße geführt, die von teils alten Stadtvillen, teils von geduckten Bungalows moderner Bauart gesäumt war. Akkurat gestutzte Hecken und hohe Zäune ließen nur gelegentlich einen Blick auf arrangierte Pflanzenbeete und saftig grüne, perfekt gemähte Rasenflächen zu.

Die Atmosphäre im Wagen war angespannt. Daria hielt mit ihrer Waffe die Frau auf dem Rücksitz in Schach, während sie gleichzeitig die Straße hinter ihnen im Blick behielt. Als Eve erkannte, wo sie waren, bremste sie scharf und bog nach links ab, kurz darauf erneut nach links. Direkt hinter Darias Porsche brachte sie Hunters BMW zum Stehen.

»Umsteigen«, knurrte Daria. In Windeseile wechselten alle drei den fahrbaren Untersatz. Diesen Wagen kannten ihre Verfolger nicht. Dennoch ließ Eves Nervosität erst nach, als sie aus dem Viertel herausfuhren.

Sie verließen Thonon-les-Bains auf der D 2005. Eve folgte einfach der Straße. Jetzt wagte sie es, einen verstohlenen Blick in den Rückspiegel zu werfen. Katalin, die zusammengesunken auf dem Notsitz hockte, wirkte genauso mitgenommen wie sie.

Schon die ganze Zeit, seit sie die seltsame Konversation der beiden mitbekommen hatte, fragte sich Eve, was dieses »hermanas«-Gequatsche zu bedeuten hatte. Doch erst, als sie ihre Fahrt noch eine Weile schweigend fortgesetzt hatten, nahmen die Frauen ihre Unterhaltung wieder auf.

»Wie bist du darauf gekommen?«, wollte Daria von Katalin wissen.

»Vorhin im Bad. Du hast dich nach vorne gebeugt, dein T-Shirt hat einen kurzen Blick auf die Tätowierung erlaubt. Unser Zeichen«, antwortete Katalin.

Eve blickte zwischen ihr und Daria hin und her. Worum ging es hier eigentlich?

»Wann?«, fragte Daria.

Katalin nannte eine Zeitspanne von drei Jahren.

»Das war kurz nach mir.« Zu Eves großem Erstaunen steckte Daria nun die Pistole weg. »Halte bei nächster Gelegenheit an«, meinte sie dabei zu Eve. Um sich dann wieder Katalin zuzuwenden. »Hältst du dich an unseren Ehrenkodex?«

»Ja, das tue ich«, antwortete die.

»Dann werde auch ich mich daran halten.«

Eve schüttelte leicht den Kopf, verkniff sich aber eine Frage. Was auch immer die beiden so geheimnisvoll besprachen, Daria würde es ihr nicht sagen, solange die andere dabei war, da war sie sich sicher.

Wenige Minuten später tauchte rechts vor ihnen eine Einbuchtung auf. Sie steuerte den Wagen von der Straße, um anzuhalten.

Überrascht sah sie zu, wie Daria Katalin von ihren Armfesseln befreite.

»Gracias«, war deren Reaktion. Sie rieb sich die Handgelenke und sah sich mit leicht zusammengekniffenen Augen um.

»Lass uns ein Stück zu Fuß gehen, ich erzähle dir, was du wissen musst.«

»Okay«, stimmte Daria zu. Sie drehte sich zu Eve um und forderte sie auf, ihm Wagen zu bleiben.

»Das ist nicht vernünftig«, versuchte die, ihre Begleiterin auf den Umstand aufmerksam zu machen, dass Blondy sich bisher ihnen gegenüber äußerst feindselig gezeigt hatte. Daria schien das schon vergessen zu haben, oder es war ihr egal. Sie schüttelte den Kopf. »Bleib cool. Wir sind in ein paar Minuten zurück.«

Sie stieg aus und folgte Katalin, die bereits ein paar Schritte zu dem Wäldchen, das die Straße säumte, vorgegangen war.

Eve ließ sich seufzend in den Fond des Wagens zurückfallen und starrte wütend vor sich hin. Was dachte Daria sich nur dabei, mit dieser Fremden, Hunters Freundin, loszuziehen? Welches Geheimnis verband die beiden? Würde es verhindert, dass Katalin versuchte, Daria etwas anzutun?

Die Minuten vergingen quälend langsam.

Nach einiger Zeit, sie hatte immer wieder in die Richtung geschaut, in der die beiden Frauen verschwunden waren, stieg Eve trotz Darias Anweisung aus. Sie beruhigte sich selbst damit, dass sie Katalin nach wie vor nicht trauen konnte. Würde Daria etwas passieren, wäre sie selbst wieder ganz auf sich gestellt. Noch immer hatte sie keinen blassen Schimmer, wer ihr an den Kragen wollte, und warum.

Die Luft war angenehm warm, eine leichte Brise brachte die Blätter der Bäume um sie herum zum Rauschen. Durchbrochen von einem anderen, lauteren Geräusch. Ein Auto röhrte mit hoher Geschwindigkeit heran. Eve fuhr erschrocken herum, doch sie war bereits zu weit vom Wagen entfernt. Ein Sportwagen schoss auf der Straße an ihr vorbei. Am Steuer saßen nicht ihre Verfolger, sondern eine Frau. Eve atmete auf. Die beängstigende Situation in Hunters Haus spürte sie noch immer in ihren verspannten Muskeln. Genauso schlimm wie das Gefühl, sich in höchster Gefahr zu befinden, war Darias Verhalten gewesen. Wie sie Katalin das Messer an die Kehle setzte ... Eve schüttelte sich vor Unbehagen. Wem hatte sie sich da nur anvertraut? Seltsamerweise fürchtete sie sich nicht vor Daria. Etwas tief in ihrem Inneren vertraute dieser gefährlichen Frau.

Weiter vorn meinte sie, zwei gedämpfte Stimmen zu hören. Ein Ast knackte unter ihrem Fuß und sie hielt kurz inne. Die Unterhaltung wurde fortgesetzt. Jetzt konnte sie Darias Profil erkennen.

Katalin sprach. » ... keine Ahnung davon. Ich bin jetzt genauso in Gefahr wie ihr und muss meinen Auftrag abbrechen.«

Daria erwiderte etwas, das Eve nicht

verstehen konnte.

»Nein, lasst mich in der nächsten Stadt raus. Ich komme dann schon klar.«

Die beiden Frauen gaben sich die Hand, umarmten sich und sagten etwas auf Spanisch.

Eve drehte sich um und lief so schnell sie konnte zum Wagen zurück.

*

»Willst du mir erzählen, was da los war?«

Sie hatten Katalin vor einer guten Viertelstunde in der Nähe von Morcy abgesetzt und waren nun auf der Suche nach einem Restaurant, das noch offen hatte. Eve saß am Steuer, Daria zeigte sich wortkarg und nachdenklich. Noch während der Fahrt hatte sie den Inhalt von Hunters Smartphone auf einen Stick gezogen, das Gerät danach ausgeschaltet und in eine Mülltonne auf einem Parkplatz geworfen. Das Einzige, das sie Eve nach flüchtiger Durchsicht über ihre ersten Erkenntnisse mitteilte, war der Umstand, dass der Alarm der Kellertür auf genau dieses Handy geleitet worden war.

»Er hat dann, je nachdem, wo er sich beim Erhalt dieser Nachricht befand, jemanden angerufen, um im Haus nach dem Rechten zu sehen. Da er tot ist, konnte er das bei deinem Eindringen nicht tun. Woher kamen also die beiden Kerle?«

»Hat dir das deine neue Freundin nicht erzählt?«, antwortete Eve spitz.

»Hey, langsam. Das zwischen Katalin und mir ist nicht so einfach zu erklären.« Daria rutschte etwas tiefer auf den Sitz und sah aus dem Fenster. Sie sprach längere Zeit kein Wort mehr.

»Und jetzt?« Eve lenkte den Porsche auf den Parkplatz eines Fast Food-Restaurants.
»Jetzt essen wir was, ich kann schon nicht mehr klar denken vor Hunger. Darüber hinaus brauche ich dringend einen Kaffee. Danach besprechen wir, wie es weitergeht.«
Es war inzwischen kurz vor Mitternacht, dennoch herrschte im Inneren des Restaurants recht viel Betrieb. Mit ihren Tabletts voller Burger, Pommes, Salat, Wasser und Kaffee suchten sich einen Platz etwas abseits des Trubels. Daria bat Eve, die Tür im Auge zu behalten »für alle Fälle«, während sie auf einem kleinen Gerät noch einmal die geklauten Inhalte von Hunters Smartphone begutachtete. Sie aßen schweigend. Dann schob Daria das Gerät in ihre Tasche. Und beugte sich zu Eve hinüber.

»Katalin und ich waren auf derselben Schule in Bolivien«, begann sie das Gespräch. »Alle Mädchen, die man dorthin geschickt hat, unterwerfen sich einem Ehrenkodex. Sich gegenseitig zu unterstützen und in gefährlichen Situationen zu helfen.« Sie zog ihr T-Shirt nach unten und zeigte Eve ein kleines Tattoo, das sich unterhalb ihres rechten Schlüsselbeins befand. Es sah aus wie ein Kompass, die Nadel zeigte auf etwas, das sich bei näherem Hinsehen als eine winzigklein gestochene Kombination aus fünf Zahlen und drei Buchstaben entpuppte. »Jede von uns hat das Zeichen. Unser Code ist individuell, jede ist darüber jederzeit identifizierbar. Zuordnen kann es allerdings nur die Schule.«
»Was, wenn Katalin sich das einfach hat stechen lassen, vielleicht hat sie die eigentliche

Besitzerin umgebracht?«
»Ginge, rein theoretisch schon. Falls jemand Kenntnis davon hat, aber es gibt noch ein paar Details, die wir niemandem verraten. Ich hätte sie als Betrügerin entlarvt, wenn sie eine wäre.«
»Warum hast du ihr Hunters Laptop gegeben?«
»Zur Auswertung. Ich kann den Zugang nicht knacken, sie vermutlich auch nicht. Eventuell gelingt es ihrem Auftraggeber.«
»Häh?« Eve schüttelte verständnislos den Kopf.
Daria seufzte. Es fiel ihr sichtlich schwer, Eve noch mehr Details zu erzählen.
»Katalin ist nicht einfach die Freundin von Hunter. Sie hat oder hatte einen Auftrag, wurde auf Hunter angesetzt. Sie sollte ihn ausspionieren. Mehr kann ich dir dazu nicht sagen. Sie hat mein Wort.«
Eve sagte nichts mehr. Das Ganze erschien ihr mehr als suspekt. Eine Schule mit Geheimtattoos, so etwas hatte sie noch nie gehört. Ganz sicher handelte es sich nicht gerade um ein Pensionat für höhere Töchter.
»Wir brauchen einen sicheren Platz«, unterbrach Daria Eves Gedanken.
»Weder deine noch meine Wohnung ist sicher, und ins Hotel sollten wir nicht mehr gehen. Es lediglich eine Frage der Zeit sein, bis auch deine beruflichen Kreditkarten überwacht werden.«
Eve zog amüsiert die Braue nach oben. »Das halte ich für ausgeschlossen. Ich arbeite für eine Anwaltskanzlei, die für ihre Diskretion bekannt ist.«
»Mag sein«, antwortete Daria gedehnt. »Falls

nicht, laufen wir Gefahr, aufgespürt zu werden. Das überleben weder du noch ich. Da gehe ich kein Risiko ein.«

Eve überlegte kurz. »Es gibt einen Ort, wo wir uns verstecken können«, sagte sie dann. »Und dort haben wir auch die Möglichkeit, zu etwas Geld zu kommen.«

»Gibt es einen Haken?« Daria wirkte skeptisch.

»Keinen Haken. Nun ja, vielleicht doch. Es ist nicht gerade um die Ecke. Wir müssten fliegen …«

»Kommt nicht infrage«, unterbrach Daria sie sofort. »Sobald wir einen Flug bezahlen und dafür eine Kreditkarte einsetzen, ist es nachvollziehbar, wohin wir unterwegs sind. Angesichts der angespannten Lage sollten wir keinerlei Kreditkarten mehr benutzen.«

»Puh«, machte Eve. »Wir können die Strecke mit dem Auto bewältigen, unser Bargeld reicht noch für ein paar Tankfüllungen. Aber es ist eine lange Fahrt und wir beide sind ziemlich kaputt.«

»Wie lange wären wir unterwegs?«

»Zehn Stunden, vielleicht auch zwölf«.

»Okay, wohin geht die Reise?« Daria beugte sich interessiert nach vorn.

»Wir müssen nach Österreich, nach Graz.«

»Was ist dort?«

»Ein kleines Haus, das ich von meiner Großmutter geerbt habe.«

Daria winkte gleich wieder ab.

»Nein, warte. Es ist nicht zu mir zurückzuverfolgen.« Eve rückte auf ihrer Bank ein Stück nach vorn und senkte ihre Stimme, als sie weitersprach. »Meine Mutter und mein Vater waren nicht verheiratet. Er verließ sie, kaum dass sie schwanger war. Vielleicht der Grund, dass sie mich nicht gerade gut behandelte.« Sie verzog unwillkürlich das Gesicht. »Auf jeden Fall kam ich mit drei Jahren zu Pflegeeltern, bei denen ich dann auch groß wurde. Meine leibliche Mutter starb irgendwann, ich weiß bis heute nicht, wo sie begraben liegt. Meine Großmutter väterlicherseits erfuhr wohl irgendwann durch ihren Sohn von mir. Auch er ist inzwischen verstorben und ich bin ihre einzige Enkelin. Sie hat mich erst kurz vor ihrem Tod ausfindig gemacht. Sie war eine tolle Frau.« Der letzte Satz klang leise und traurig. Doch Eve fing sich gleich wieder. »Wir haben uns jedenfalls perfekt verstanden. Daher hat sie mich zur Erbin eingesetzt. Aber - jetzt kommt es. Das Haus konnte bis heute nicht auf mich umgeschrieben werden.«

»Weil?« Daria wirkte hoch konzentriert.

»Mein Großvater kam nie aus dem Krieg zurück. Doch sie konnte und wollte seinen Tod wohl nie akzeptieren. Auf jeden Fall hat sie es versäumt, ihn rechtlich für tot erklären zu lassen. Nun gibt es, laut den Behörden, eine Erbengemeinschaft, deren Teil er ist. Und solange ich diesen Punkt nicht klären kann, läuft das Haus weiterhin auf den Namen der Verstorbenen. Da ich darüber hinaus ja immer den Familiennamen meiner Mutter getragen habe, gibt es offiziell keine Verbindung zu meiner Großmutter und zu Graz.«

»Wow.« Daria schob die Unterlippe nach vorn.

»Wer hätte gedacht, dass die Trägheit des Amtsapparates mir mal zupasskommt«, grinste Eve. »Darüber hinaus existiert noch ein Konto, zu dem ich mittels der EC-Karte Zugang habe.

Daria nickte langsam. »Das klingt gut. Trink

aus, wir machen uns auf den Weg.«

*

Sie hatten sich noch zwei Kaffee und zwei Flaschen Wasser mitgenommen. Im Auto wühlte Daria in ihrem großen Lederbeutel herum, der ihr als Tasche diente. Sie zog eine Blisterpackung hervor, drückte zwei Tabletten heraus und spülte sie mit einer halben Flasche Wasser runter.
»Wieder Schmerztabletten?« Eve wusste inzwischen, dass Daria in ihrer Tasche und ihrem Erste-Hilfe-Kasten ein ganzes Arsenal an Medikamenten mit sich führte. Auch sie hatte von Jod und den Vicodin profitiert. Doch dieses Mal brauchte Daria etwas anderes.
»Kleine Wachmacher, die haben mir schon oft einen guten Dienst erwiesen«, erklärte sie. »Du kannst schlafen, während ich die erste Strecke fahre. Danach bist du dran.«
Sie wendete den Wagen und fuhr in Richtung Österreich.

Ein sicheres Haus

Eve hatte sich recht ausgeruht gefühlt, als sie das Steuer auf der Höhe von Triest übernommen hatte. Graz erreichten sie kurz nach Mittag. Die schmale Sackgasse im westlichen Außenbezirk der steirischen Hauptstadt führte hinter dem Gebiet von Schloss Eggenberg steil bergauf. Ihr Ziel, das kleine Haus am Ende der Straße, lag unterhalb eines Hügels, wenige Meter davon entfernt führte ein Weg in den dichten Wald hinein. Hier oben war es still, von Gebrumm einiger Insekten einmal abgesehen. Im Garten neben dem Haus wucherten blassrosa Wicken über den verwitterten Holzzaun, dahinter trotzten ein paar Tomatenstauden unermüdlich der Wildnis der von Unkraut überwucherten Beete um sie herum.

Eve holte den Schlüssel bei den Nachbarn ab, die während ihrer Abwesenheit gelegentlich nach dem Rechten sahen. Darias Wagen stellten sie in den Schuppen neben dem Haus. Innen roch es muffig. Eve öffnete sämtliche Fenster und Türen, um die abgestandene Luft hinauszulassen, und stieg in den Keller, um die Heizung einzuschalten. Es würde noch eine Weile dauern, bis sie heißes Wasser hatten, aber wenigstens waren sie nun vorläufig in Sicherheit.

Anschließend räumten sie die Plastiktüten mit den Einkäufen aus, die sie in einem Supermarkt am Stadtrand getätigt hatten, und verstauten alles in der kleinen Vorratskammerammer an der Nordseite der Küche.

Das Haus von Eves verstorbener Großmutter war sehr klein, im Erdgeschoss befanden sich Wohnzimmer, Küche mit Vorratsraum und das

Bad, im oberen Stockwerk, unter der Dachschräge, ein Schlafzimmer und eine Kammer, in der Koffer, ein Bügelbrett sowie diverse Putzutensilien unterbracht, waren.

»Du kannst das Bett im Obergeschoss haben«, erklärte Eve großzügig, während sie in einem wuchtigen Schrank aus dunklem Holz bereits nach Wäsche kramte. »Ich leg mich hier unten auf das Sofa.« Sie deutete auf das ausladende, mit abgewetztem rotem Samt bezogene Monstrum mit den großzügig geschwungenen Lehnen aus poliertem Holz.

»Da habe ich zu Lebzeiten meiner Großmutter auch geschlafen.«

Daria schüttelte den Kopf. »Ich bin nicht müde«, erklärte sie und warf ihr Gepäck auf den Boden. Tatsächlich hatte sie die letzten Stunden im Auto tief geschlafen. »Mir ist es viel wichtiger, unser weiteres Vorgehen zu besprechen. Schließlich sind vermutlich inzwischen ein paar andere Killer hinter dir und jetzt auch hinter mir her.«

Sie stiegen die knarzende Holztreppe hinauf ins Schlafzimmer. Eve warf das Bettzeug auf die Matratze. Der alte Holzrahmen knackte und die Federn quietschen leicht, als sie sich ebenfalls darauf fallen ließ.

Es war ein seltsames Gefühl, wieder hier zu sein. Seit dem Tod ihrer Großmutter war sie erst zwei Mal im Haus gewesen, das letzte Mal war schon eine Weile her.

»Können wir definitiv ausschließen, dass jemand von diesem Haus weiß? Dass es keine Verbindung zu dir gibt?«

Eve nagte eine Weile an ihrer Unterlippe,

dann nickte sie nachdrücklich. »Niemand in Deutschland weiß von meiner Großmutter und der Erbschaft.«

»Gut«, antwortete Daria gedehnt. »Dann sind wir hier vorläufig sicher.«

»Hast du herausbekommen, wer Hunter engagiert hat?«

»Nein. Ich hatte gehofft, auf eine Spur zu kommen. Aber der Kerl war wahnsinnig vorsichtig. Auf seinem Telefon sind etliche Anrufe eingegangen. Ein Teil davon ist nicht nachverfolgbar. Aber selbst wenn - wie sollte man herausfinden, wer letztendlich genau diesen Auftrag erteilte? Ich werde mir genau ansehen müssen, mit wem er telefoniert hat, nachdem wir dich in Genf geschnappt haben.«

Eve verzog das Gesicht zu einer Grimasse. Es war erst wenige Tage her, doch für sie fühlte sich das an wie ein längst vergangenes Leben.

Daria lief in dem winzigen Raum auf und ab.

»Warum hast du ihn überhaupt verfolgt?«, wollte Eve wissen.

»Es gibt nicht viele Leute, die einen solchen Auftrag übernehmen. Ich ging davon aus, dass die Männer, die uns überfallen haben, zu Hunters Truppe gehörten und wollte herausfinden, ob ich damit richtig lag und ob er mich zu seinem Auftraggeber führt.«

»Also kanntest du Hunter?«

»Nicht persönlich, nein.«

»Warum fragst du nicht einfach deinen Mister X, ob er etwas darüber weiß?«

»Oh Eve. Du bist doch nicht wirklich so naiv?« Daria lachte lautlos. »Nehmen wir einmal an, Mister X hat nichts mit dem Überfall zu tun, wovon ich momentan ausgehe. Dann wird er entweder die Information haben wollen, die er braucht. Oder er wird mich beauftragen, dich zu töten, wenn du nicht mehr nützlich bist. Mitwisser duldet er nicht.«

»Und wenn er die Männer engagiert hat?«

»Wird er es mir ganz bestimmt nicht sagen. Aber wissen, dass sie erledigt sind und das nächste Killerkommando losschicken.«

»Es gibt also gar keinen Ausweg für mich, für uns?« Eves Stimme schwebte tonlos im Raum.

»Doch, den gibt es. Mister X ist nicht daran interessiert, die einzelnen Schritte eines Projekts zu kennen, er will lediglich Ergebnisse sehen. Ich habe ziemlich lange überlegt, jetzt bin ich mir ganz sicher: Er selbst weiß natürlich von dir, weil er uns ja konkret auf dich angesetzt hat. Aber er weiß nicht, dass wir dich hatten. Jedenfalls nicht von mir und meinen Mädels. Vermutlich auch nicht von den Männern, die uns überfallen haben. Die schienen mehr daran interessiert, mich, Tara und Siobhan auszuschalten. Keiner von denen hat in dem Keller auf dich geschossen, obwohl du wie der Schinken am Haken hingst.«

»Okay. Vielleicht hatten sie einfach ihre Prioritäten, die bewaffneten Frauen zuerst auszuschalten. Ich konnte ihnen nicht wirklich gefährlich werden. Oder sie wollten mich genau dasselbe fragen, wie ihr.«

»Möglich.« Daria zog die Stirn kraus und blieb mitten im Raum stehen. »Das würde bedeuten, dass nicht nur Mister X hinter dir beziehungsweise der Information, die man bei dir vermutet, her ist. Sondern noch jemand anderes.«

Sie schüttelte den Kopf. »Aber sie haben nicht dich

verfolgt, sondern uns. Eigentlich haben wir sie zu dir geführt, das heißt, sie wussten nicht, wer du bist.«

»Mister X weiß, wer ich bin, aber nicht, dass ihr mich bereits geschnappt hattet und ich dadurch Mitwisserin wurde. Das Killerkommando wusste jedoch, dass ihr jemanden verfolgt, kannte aber nicht meinen Namen?«

»Exakt. Wenn ich also für Mister X die Informationen wiederbeschaffe, bist du nicht mehr wichtig für ihn und aus dem Schneider.«

Sie schwieg einen Moment lang nachdenklich. »Weißt du, was mir unklar ist? Was wollte Hunter von Frau Ducroix? Was ich von der Familie gesehen habe, wirkte auf mich so - normal. Sie war gelegentlich in den sozialen Netzwerken unterwegs und hat nichts anderes gepostet als Rezepte für selbst gemachte Marmelade oder Fotos von ihrem Garten. Ich sehe beim besten Willen keine Verbindung zwischen ihr und ihm. Dennoch muss es etwas geben, das nicht nur ihn auf den Plan gerufen, sondern diese Leute das Leben gekostet hat.«

»Könnte es sein, dass sie Zeugen von etwas gewesen sind, das sie nicht hätten sehen sollen?«

»Denkbar ist vieles. Möglich, dass wir es nie herausfinden.«

Eve schaute lange vor sich hin, bevor sie das Gespräch fortsetzte. »Fragt sich allerdings immer noch, wo sich Shenmi gerade aufhält. Ich kann nicht ausschließen, dass dein Auftraggeber versucht, über sie an mich heranzukommen. Wenn er schon so genau im Bilde darüber ist, wo ich mich in den vergangenen Monaten aufhielt, wird ihm nicht entgangen sein, dass ich mit ihr zusammen war.«

»Das ist mir auch schon durch den Kopf gegangen. Ich schlage vor, wir machen uns frisch und essen was, bevor wir uns einen Schlachtplan zurechtlegen.«

*

Als Eve aus dem Bad kam, fand sie Daria in der Küche sitzend. Sie versuchte, sich über ein Smartphone im Internet einzuloggen.

Eve rubbelte ihr kurzes Haar energisch trocken, während sie nähertrat. »Kein Empfang hier im Haus. Dies ist eine Art tote Ecke. Gelegentlich hat man auf der Terrasse Empfang. Außerdem frage ich mich, ob das mit der Ortung nur für mich gilt und nicht für dich«.

Daria schüttelte das Gerät und grinste. »In diesem Fall gilt es tatsächlich nicht. Das ist offiziell das Handy einer neuseeländischen Studentin, die in Europa herumreist. Und die SIM-Karte ist prepaid und anonym gekauft. Als das an meinem Wohnort noch ging, habe ich mich damit bis auf Weiteres eingedeckt.«

Sie stand auf und streckte sich.

»Kann ich damit versuchen, Shenmi zu erreichen?«, frage Eve hoffnungsvoll.

»Auf keinen Fall!« Daria schüttelte vehement den Kopf. »Wir werden uns ein anderes Gerät besorgen. Aber erst einmal will ich ein paar Dinge recherchieren.«

Auf der Veranda vor dem Haus hockten sie Minuten später über den kleinen Bildschirm gebeugt. Zunächst suchte Daria nach Shenmi Waterhouse' Namen. Sie fanden nicht. Es war, als

sei Eves Geliebte in der virtuellen Welt eine Unbekannte. Da Eve auch ihren tatsächlichen Wohnort nicht kannte - sie hatten sich stets in Hotels oder in gemieteten oder von Bekannten überlassenen Wohnungen getroffen -, kamen sie an der Stelle nicht weiter.
Ebenso wenig wie mit der Eingabe der Adressen des New Yorker Apartmenthauses und der Ferienwohnung in Karpathos.
»Denk nach. Alles, was dir in Zusammenhang mit deiner Freundin einfällt, ist wichtig«, forderte Daria Eve auf.

Es war kühl geworden. Daria ging ins Haus zurück und verschwand im Badezimmer, Eve holte aus der Remise neben dem Schuppen Feuerholz und schichtete es im offenen Kamin auf. Als sie, auf der Suche nach Zündhölzern, in die Küche zurückging, kam Daria aus dem Bad. Sie war splitternackt. Einen Moment lang standen sich die Frauen in dem engen, dunklen Flur gegenüber, bevor sie ihren jeweiligen Weg fortsetzten. Daria ging ins Wohnzimmer, wo immer noch ihr Rucksack stand, aus dem sie nun frische Wäsche nahm. Eve riss derweil in der Küche sämtliche Schubladen auf und fluchte leise vor sich hin, weil sie keine Streichhölzer fand. Schließlich kehrte sie mit einem Feuerzeug und den Blättern eines längst abgelaufenen Wandkalenders ins Wohnzimmer zurück. Als Daria das nächste Mal aus dem Bad kam, war sie komplett angezogen. Dennoch vermieden sie es, sich anzusehen.

*

Sie hatten, für Eves Gewohnheiten verhältnismäßig früh, zu Abend gegessen. Nachdem sie ihr einfaches und schnell zubereitetes Mahl, Spaghetti mit Tomatensoße, beendet hatten, wechselten sie von der Küche ins Wohnzimmer, wo das Kaminfeuer inzwischen kräftig loderte und das Zimmer herrlich wärmte. Sie warfen ein paar Kissen auf den Teppich vor dem Kamin und hockten sich direkt davor. Es roch nach trockenem Rauch, ab und zu knackte ein Stück Holz. Eve schenkte ihnen beiden noch ein Glas Rotwein ein.

Die Begegnung mit der nackten Daria hatte sie auf eine nicht greifbare Art verunsichert. Daria entsprach überhaupt nicht ihrem bevorzugten Typ. Dennoch ging ihr das Bild ihres durchtrainierten Körpers mit den vollen Brüsten, den weich geschwungenen Hüften und dem schmalen, dunklen Streifen zwischen den Schenkeln nicht mehr aus dem Sinn. Etwas an diesem Anblick hatte sie berührt, auf eine Art, die weniger etwas mit Schamgefühl zu tun hatte. Und mehr mit einer erotischen Lust, die andere so zu sehen.

Darias unbewegter Miene war nichts zu entnehmen. Sie schaute seit geraumer Zeit mit gerunzelter Stirn ins Feuer.

»Deine Freundin, sie ist sehr geheimnisvoll. Oder?«

Eve drehte das Glas in ihrer Hand. Sie nickte.

»Was, wenn sie dich verlassen hat?«

Eve blickte erschrocken auf. »Das ... das glaube ich nicht«, stotterte sie. Tatsächlich hatte sie bisher überhaupt nicht in diese Richtung gedacht. Nun übermannte sie dieser Gedanke wie eine Panik. Konnte es sein, dass Shenmi eine andere kennengelernt hatte und kurz entschlossen mit ihr auf und davon gegangen war? So, wie mit ihr seinerzeit in Hongkong? Sie hatte sie nie gefragt, ob da jemand anderes gewesen war, bevor sie beide sich trafen.

»Ich sehe, meine Frage erwischt dich kalt«, fuhr Daria fort. Sie blickte Eve forschend an. »Gab es Streit? Hattet ihr Meinungsverschiedenheiten?«

»Nein, nein«, wehrte Eve ab, der nicht nur die Frage nicht behagte, sondern auf eine diffuse Art auch die Tatsache, dass sie diese Angelegenheit ausgerechnet mit Daria besprechen sollte.

Aber stimmte es, was sie da sagte? War es nicht so, dass sie angefressen gewesen war über Shenmis plötzliche Entscheidung, aus Karpathos abzureisen? Und darüber, dass ihre Geliebte ihr partout nicht sagen wollte, warum?

»Denk doch mal drüber nach. Vielleicht will sie ja überhaupt nicht gefunden werden.« Daria trank einen kräftigen Schluck von ihrem Rotwein und stellte das Glas dann auf dem Boden ab. Sie zog ihre Beine in den Schneidersitz und legte die Unterarme auf die Knie.

»So ist sie nicht. Sie würde es mir sagen. Ganz direkt.« Eve legte den Kopf in den Nacken und blickte zur Decke, als würde sie dort die Antwort auf ihre Fragen finden.

»Ich verstehe nichts von solchen Dingen«, sagte Daria nach einer kurzen Pause.

»Was meinst du? Beziehungen?«

»Beziehungen nicht. Und schon gleich gar keine Frauengeschichten.« Sie unterbrach sich und warf Eve einen unsicheren Blick zu, bevor sie fortfuhr. »Also, Frauen mit Frauen.«

Eve musste wider Willen lächeln. »Du bist also nicht lesbisch, willst du mir sagen.« Sie fühlte sich fast erleichtert in diesem Moment.

»Sicher nicht, ich vögle gerne, aber bisher nur mit Männern.«

»Ganz im Gegensatz zu mir.«

Draußen war es dunkel geworden, die Schwärze der anbrechenden Nacht lag dicht vor den Fenstern. Das Zimmer wurde lediglich durch den Feuerschein erhellt. Es wirkte wie eine gemütliche Höhle, in der ihnen keine Gefahr drohte.

Eve unterdrückte den Impuls, die Gardinen zuzuziehen und das Deckenlicht einzuschalten. Auf einmal fühlte sie sich geborgen in der Situation. Mit einer Frau, die sie eigentlich hatte töten sollen ... Ein Schauer lief ihr über den Rücken.

Darias Augen suchten etwas und fanden es nicht. »Wie ist das, mit einer Frau?«, fragte sie schließlich.

Eve verstand die Frage nicht.

»Also, im Vergleich zu einem Mann«, konkretisierte Daria die Frage.

»Das kann ich nicht beantworten«, entgegnete Eve wahrheitsgemäß. »Ich habe es zwar mal mit einem Mann versucht, aber gleich gespürt, dass das nichts für mich ist«.

Eine schwere Stille trat ein. Eve fühlte ein Kribbeln in den Fingern und in der Magengrube. Sie konnte sich der merkwürdigen Situation, die zwischen ihnen entstanden war, nicht entziehen.

»Warum fragst du das?«, wollte sie schließlich von Daria wissen.

»Ehrlich gesagt weiß ich das selbst nicht so

genau.« Die Stimme, die bisher stets so selbstbewusst geklungen hatte, klang nun leise, fast unsicher.

»Probiere es doch einfach mal aus«, hörte Eve sich zu ihrem eigenen Entsetzen sagen. Die Keckheit, mit der sie den Satz aussprach, gab ihren Worten einen Unterton, den sie am liebsten rückgängig gemacht hätte. Besser, sie wechselte das Thema.

»Diese Geschichte mit dem Internat in Bolivien, die nehme ich dir übrigens nicht so ganz ab.«

Daria schaute sie verwundert an. Dann blinzelte sie, als wäre sie aus einem Schlaf erwacht.

»Was ist daran so unglaubwürdig?«, murmelte sie und zeichnete mit dem Finger kleine Muster auf dem Teppich.

»Alles. Also - fast alles. Wer gibt denn seine Tochter ausgerechnet in ein solches Land? England, meinetwegen die Schweiz, aber Bolivien ... Du bist doch keine Südamerikanerin.«

Daria blies kurz die Backen auf, bevor sie antwortete. »Nein. Wie schon gesagt, meine Mutter war gebürtige Kroatin.«

»Die dich um die halbe Welt geschleift hat«, setzte Eve fort. »Warum? War sie Model? Schauspielerin? Im diplomatischen Dienst?«

»So etwas Ähnliches«, antwortete Daria. Eve spürte sofort, dass sie log, schwieg aber.

»Und dein Vater?«, bohrte sie weiter.

Daria schüttelte kurz den Kopf, als müsse sie etwas abschütteln. »Du bist ganz schön neugierig.«

»Bin ich das? Ganz ehrlich: Vor wenigen Tagen noch wolltest du mich umbringen. Nun sitzen wir beide hier gemeinsam am Kamin, am einzigen Ort, der mir zurzeit noch so etwas sie Sicherheit und Geborgenheit bietet. Da muss es schon gestattet sein, ein bisschen nachzufragen, mit wem ich es zu tun habe.«

Sie stand auf, trank im Stehen ihr Glas leer, holte die angebrochene Flasche aus der Küche und schenkte ihnen beiden noch nach.

Daria schien zu überlegen, dann gab sie sich einen Ruck. »Gut, das verstehe ich. Ich denke, dass die vergangenen Tage und das, was wir gemeinsam erlebt haben, für sich spricht. Wenn du noch immer Bedenken hast, nicht weißt, ob du mir trauen kannst, wäre es aber besser, wir trennen uns jetzt und hier. Um dir die Entscheidung zu erleichtern, werde ich dir erzählen, was du über mich wissen musst. Mehr aber auch nicht.«

*

»Meine Mutter hatte keinen schillernden Glamourberuf, mit dem sie durch die halbe Welt reiste. Vielmehr begleitete sie Reiche dabei. Sie hatte eine Ausbildung bei einer paramilitärischen Einheit in Jugoslawien absolviert, als das Land noch so hieß. Nach dem Zusammenbruch machte sie das Beste aus ihrem Können und heuerte als Bodyguard an. Sie arbeitete vorwiegend mit Frauen sehr reicher Männer und erfolgreichen Geschäftsfrauen. Shoppingtrips nach Paris oder Dubai, Besprechungen in New York oder Stockholm. Sie war sehr erfolgreich. Einer ihrer Kundinnen rettete sie einmal das Leben, ohne zu wissen, dass ihr Vater ein hohes Tier bei der Mafia war. Von dem Moment an hatte sie praktisch ausgesorgt, denn der Mann erwies sich als äußerst großzügig. Ein Glück, denn kurz darauf stellte sie fest, dass sie schwanger war.«

Daria machte eine kleine Pause und sah Eve von schräg unten her abschätzend an, bevor sie fortfuhr. »Wer mein Vater war, hat sie mir nie gesagt. Kurz vor ihrem Tod, sie starb nicht im Job, sondern beim Speedbootfahren, fragte ich sie nach ihm. Sie meinte, er wäre tot.«

Daria rückte ein bisschen näher ans Feuer, als brauche sie Wärme. »Zu diesem Zeitpunkt war ich bereits beruflich in ihre Fußstapfen getreten. Denn genau dazu diente das Internat in Bolivien.«

Eve wollte an der Stelle etwas fragen, doch Daria hob nur kurz die Hand, um zu signalisieren, sie solle sich das für später aufheben.

»Es handelt sich um eine besondere Schulungsstätte. Sie liegt mitten im Land, auf einem Plateau. Ringsum gibt es so gut wie nichts. Vor allem nichts, was von dem ablenkt, was junge Frauen, denn nur solche sind zugelassen, dort lernen.«

Sie trank einen Schluck Wein, bevor sie fortfuhr. »Du musst dir das so vorstellen, dass wir im Alter zwischen acht und zwölf Jahren dorthin kommen. Das Erste, was du lernst, ist absolute Disziplin. Der Tag ist so genau getaktet, dass es überhaupt keinen Leerlauf gibt. Wir standen im Morgengrauen auf, hatten genau zehn Minuten für unsere Morgentoilette, dann ging es schon hinaus in den großen Hof. Frühsport, anschließend gab es ein einfaches Frühstück, danach war lernen angesagt. Alle Absolventinnen sprechen mindestens drei Fremdsprachen perfekt, wenn sie das Internat mit achtzehn verlassen. Sie beherrschen Selbstverteidigung, können fechten, klettern, schießen, schwimmen und noch einiges mehr. Darüber hinaus sind alle Absolventinnen durch einen Schwur auf einen Ehrekodex aneinander gebunden. Man lernt dort, was absolute Loyalität bedeutet.«

»Nämlich?«

»Wir unterstützen uns in jedweder Lebenslage bedingungslos. Wer eine eigene hermana, das heißt Schwester, tötet, wird bis ans Ende ihrer Tage von den anderen gejagt.«

»Das klingt ein bisschen wie eine Geheimloge«, kieckste Eve. »Und überhaupt, was geschieht denn, wenn ihr auf unterschiedlichen Seiten kämpft? Der einzige Job, den man mit so einer Ausbildung machen kann, ist doch wohl der, den du ausübst.«

»Möchte man meinen, ja. Aber du glaubst gar nicht, wie viele schwerreiche, prominente oder sogar adelige Familien ihre Töchter ausbilden lassen. Nicht, damit sie andere beschützen können, sondern damit sie sich selbst beschützen können. Sofern sie sich fit und auf dem Laufenden halten, natürlich.«

»Nein, das hätte ich nicht gedacht.«

»Warst du jemals in Südamerika? Entführung ist in einigen Ländern dort fast so etwas wie ein Volkssport. Wenn die Familie reich ist, ist kein Angehöriger sicher. Selbst wenn Lösegeld bezahlt wird, ist noch lange nicht gesagt, dass die Opfer freigelassen werden. Wer sich nicht wehren kann, körperlich oder mental, überlebt das oft nicht oder ist für den Rest des Lebens gezeichnet.«

Eve erschauderte kurz. »Aber trotzdem. Was

wäre geschehen, wenn Katalin wirklich Hunters Freundin gewesen wäre. Du hast ihn umgebracht, also wäre sie dir doch wohl kaum loyal um den Hals gefallen dafür.«

Daria starrte nachdenklich in ihr Glas, in dem sie den samtroten Wein schwenkte.

»Das wäre in der Tat eine schwierige Situation. Im Internat bringt man uns natürlich bei, wie damit umzugehen ist.«

»Beispielsweise?« Eve beugte sich gespannt nach vorne.

»Indem beide eine direkte Konfrontation vermeiden.«

»Hm. Klingt merkwürdig.«

Daria ging auf den Einwand nicht ein.

»Was mich betrifft, habe ich danach noch ein paar zusätzliche Fertigkeiten erworben. In meinem Job ist Stillstand tödlich.«

»Seit wann arbeitest du für deinen Mister X?«

Daria zog die Stirn kraus. »Das ist mein erster Auftrag für ihn direkt. Davor habe ich einen seiner Top-Manager geschützt.«

Sie schwiegen beide eine Weile, jede hing ihren eigenen Gedanken nach.

»So«, Daria richtete sich auf und verkündete, sie sei jetzt müde und würde ins Bett gehen.

»Wir haben morgen eine ganze Menge zu tun.« Sie drehte sich um und verließ den Raum. Eve sah ihr lange hinterher. Dann stand sie auf und überprüfte, ob sämtliche Fenster und Türen geschlossen waren, bevor sie ihr Schlaflager auf der breiten Couch im Wohnzimmer bezog.

*

Der Wind hatte aufgefrischt, er rüttelte heftig an den Fensterläden, als Eve mitten in der Nacht aus dem Schlaf aufschreckte. Die Flammen im Kamin schlugen noch immer recht hoch und malten zuckende Schatten an die Wände. Verwirrt hob Eve den Kopf, als sich aus der Dunkelheit heraus etwas bewegte. Eine Frau. Ihre Augen weiteten sich vor Überraschung, als sie sah, wer auf sie zukam.

Shenmi hielt den Finger an die Lippen. Ihre Augen glänzten wie im Fieber.

»Süße«, murmelte sie dann, als sie sich zu Eve auf die Couch setzte, sich zu ihr hinunterbeugte. Ihr schwarzes Haar fiel über Eves Gesicht, der Duft nach Sandelholz nahm ihr fast den Atem.

»Wie kommst du hierher? Ich habe dich gesucht ...«

»Sccchht«, machte Shenmi und fuhr Eve zärtlich durchs Haar. »Du hast mir doch von diesem Haus erzählt, schon vergessen?«

Eve fiel es schwer, nachzudenken.

»Ich hatte solche Sehnsucht nach dir«, murmelte sie endlich. Shenmi schien es ähnlich zu gehen.

»Lass mich zu dir«, verlangte ihre Geliebte und hob die Bettdecke an. Doch nicht, um darunterzuschlüpfen, sondern, um ihre Geliebte zu betrachten. Eve sah zu ihrem Erstaunen, dass sie lediglich ihr T-Shirt trug, aber kein Höschen. Die warme Luft im Raum und Shenmis Nähe brachten ihre Haut zum Glühen. Sie spürte, wie sich tief unter ihrem Bauchnabel ein leises Klopfen bemerkbar machte. Shenmi lächelte und beugte sich zurück. Sie war so wendig wie eine Tänzerin. Ihre Finger glitten an Eves

Oberschenkeln entlang, streichelten deren Kniekehle, die kleinen Kuhlen neben der Kniescheibe, fuhren das Bein hinab bis zu den Knöcheln und schließlich unter die Fußsohlen. Wie ein vielbeiniges Insekt krabbelte sie zum Ballen und schob einen ihrer schlanken Finger nach dem anderen zwischen Eves Zehen hindurch. Die spürte das Kribbeln und seufzte tief und lang, während ihre Geliebte die Zwischenräume sanft massierte, indem sie ihre Finger vor- und zurückgleiten ließ. Es machte Eve fast verrückt, denn das war eine dieser Stellen, die auf eine lustvolle Art empfindlich war.

Shenmi toppte das Ganze, indem sie sich über Eves Fuß beugte und nun statt der Finger ihre Zunge zwischen den Zehen tanzen ließ. Eve seufzte, stöhnte, sie wand sich unter Shenmis Liebkosungen. Zwischen ihren Schenkeln wurde es feucht, was auch ihrer Geliebten nicht entgangen war.

»Streichle dich«, forderte sie und sah mit großen Augen zu. Eve hatte sich kaum berührt, als die erste Woge herankam, sie fortriss, nach oben schleuderte, mit einer Heftigkeit, die ihr bisher fremd war. Sie wollte schreien, aber Shenmi war auf einmal über ihr, ihre Lippen lagen auf ihren und es war, als verschlucke sie die Lustschreie ihrer Geliebten. Eve bebte, sie schlang die Arme um ihre Freundin, presste sie an sich und fing auf einmal an zu weinen. So heftig, dass ihr Gesicht ganz nass wurde.

»Scchht«, machte Shenmi wieder, schlang ihre Arme um Eves Kopf und legte sich neben sie. »Ruh dich aus«, flüsterte sie. Eve waren auf einmal die Lider bleischwer, sie konnte den Mund vor Müdigkeit nicht mehr öffnen und sank in einen tiefen Schlaf.

*

 Daria lag in dem großen Holzbett, in dem sie bequem beide Platz gehabt hätten, und wartete auf den Schlaf. Es war sehr ungewöhnlich, dass sie nach den Strapazen der letzten Tage, nach der langen Fahrt, nicht einschlafen konnte. Natürlich wusste sie, woran das lag.
 Es war Eve, die ihre Gedanken beherrschte. Sie begehrte sie und wunderte sich gleichzeitig darüber. Noch nie im Leben hatte sie bisher lesbische Anwandlungen gespürt. Sich stets als eine sexuell selbstbestimmte, heterosexuelle Frau betrachtet. Auch wenn häufig nach dem Sex mit ihren nicht wenigen Partnern ein leichtes Gefühl von Unvollkommenheit zurückgeblieben war. Jetzt wusste sie, warum. Nie zuvor hatte sie sich so schmerzhaft und gleichzeitig auch so erfolglos nach jemandem gesehnt wie jetzt nach der Frau, die wenige Meter von ihr getrennt ein Stockwerk tiefer auf der Couch lag.
 Daria drehte sich auf die Seite. Irgendwo im Haus klapperte etwas. Der Wind riss an einem Fensterladen. Sie hob den Kopf, doch als sie nichts mehr hörte, sank sie aufs Kissen zurück. Vorsichtshalber hatte sie, um vor ungebetenem Besuch sicher zu sein, ein einfaches Mittel angewandt, indem sie auf der Innenseite der Tür einen massiven Kleiderbügel an die Klinke gehängt hatte. Sollte jemand in der Nacht versuchen, einzudringen, wäre sie durch den Lärm des herabfallenden Kleiderbügels gewarnt.

Diesen Trick hatte sie Eve bereits in ihrer ersten Nacht verraten und hoffte, dass sie daran gedacht hatte.

Ihre erste Nacht ... Daria spürte, wie ihr der Schweiß ausbrach beim Gedanken, wie sie bereits damals unter Eves direkter Nähe und ihrer gleichzeitigen Unnahbarkeit gelitten hatte. Sie warf sich herum, legte die Hände auf die Decke. Nein, sie wollte dem Brennen ihres Schoßes heute kein Ende bereiten. Hier, im Bett von Eves Großmutter erschien ihr bereits der Gedanke daran schändlich. Sie wollte Eve. Wollte die Nase im Kastanienduft ihres Haares versenken. Die kleinen Brüste in ihren Händen halten. Ihre Hüften streicheln und ihre Scham lecken, sie schmecken, mit ihrer Zunge tief in sie eindringen, aus ihr trinken ...

Die Fantasien in ihrem Kopf machten sie verrückt. Ständig fragte sie sich, wie sich Eves Zunge beim Küssen anfühlte, wie sie auf die Berührungen ihrer intimsten Zonen reagierte. Ob sie sich laut oder leise verhielt beim Sex. Sie stellte sich vor, wie weich ihre Haut sich anfühlen mochte. Und ob sie eher zärtlich geliebt werden wollte, oder vielleicht ein bisschen härter?

Darias Schoß brannte vor Verlangen, aber noch mehr brannte ihr Hirn. Bilder der nackten Eve geisterten durch ihre Gedanken. Wie sie am Haken hing. Wie sie, immer noch nackt, ins Badezimmer kam und sie sich entschieden hatte, sie nicht zu töten. War sie damals schon verliebt gewesen?

Nein, dachte sie. *Aber ich ahnte schon, dass es dazu kommen würde*.

Sie wälzte sich erneut herum. Warum nur

musste sie an eine Frau geraten, die nichts anderes im Kopf hatte als ihre Geliebte. Der ausgerechnet sie auch noch helfen sollte, ebendiese zu finden. Eine Frau, die, wenn sie nicht alles täuschte, ebenfalls eine Menge Probleme an der Backe hatte. Angefangen mit ihrem despotischen Vater.

Sowas braucht kein Mensch!

Erneut hörte sie ein Geräusch. Dieses Mal erkannte sie sofort, worum es sich handelte. Jemand schrie. Es war Eve. Daria war schneller aus dem Bett wie der Blitz. Sie öffnete ihre Zimmertür und horchte ins Treppenhaus. Stockduster war es da. Und still. Gerade, als Daria dachte, sie habe sich geirrt, hörte sie erneut einen Schrei. Tief und guttural, eindeutig ein Lustschrei, der fast sofort in ein heftiges, lautes Weinen überging. Daria stand wie erstarrt. Sie wusste einfach nicht, was sie tun sollte. Dann gab sie sich einen Ruck und rannte die Treppe hinunter. Das über Jahre hinweg durch viele Tritte polierte Holz fühlte sich unter ihren bloßen Füßen kalt und glatt an.

Eves Weinen drang laut und deutlich zu ihr heraus. So weinte nur ein Mensch, der völlig am Ende war. Ohne zu zögern riss Daria die Tür auf und rief Eves Namen. Schon auf der Schwelle blieb sie abrupt stehen. Was sie im diffusen Licht des inzwischen fast völlig heruntergebrannten Feuers sah, brachte ihre Nackenhaare dazu, sich aufstellen. Eve richtete sich mit tränennassem Gesicht im Bett auf und zog dabei die Person, die neben ihr lag, mit sich nach oben.

*

Eben noch hatte sie Shenmis Atem dicht an ihrem Ohr gespürt, die schmalen Hände um ihren Rücken, der vor Schluchzen bebte. Da riss sie lautes Getöse herum. Etwas polterte zu Boden, jemand rief ihren Namen. Sie richtete sich auf und zog Shenmi mit. Es war dunkel im Raum, deutlich dunkler als vor wenigen Minuten. Das Feuer war in sich zusammengesunken, die Holzscheite glühten nur noch und tauchen den Raum in ein schwaches rötliches Licht.
Was war das für ein Lärm an der Tür? Sie erschrak, als eine Gestalt auf sie zukam. Erst, als Daria direkt vor dem Bett stand, erkannte sie sie. Was wollte sie hier unten? Eve hob ihr Gesicht, auf dem die Tränen abgekühlt waren.

»Was ist los?«, murmelte sie verstört.

»Du hast geschrien. Eben dachte ich, dass du nicht alleine bist. Bis ich gesehen habe, was du so fest umklammerst.« Daria zog Eve vorsichtig das dicke Kissen aus den Händen, das diese fest an sich gepresst hielt.

»Shenmi«, hauchte sie. »Oh mein Gott, ich habe von ihr geträumt. Sie war hier, bei mir.« Eve schlug die Decke zurück, auf einmal war ihr furchtbar warm. Sie stand auf und tapste im Pyjama zum Kamin, warf ein frisches Scheit hinein und drehte sich dann zu der noch immer neben der Couch hockenden Daria um.

»Der Traum war so realistisch«, sprudelte es aus ihr heraus. »Eben dachte ich einen Moment lang, sie ist wirklich gekommen.«

Sie ließ sich auf die Couch plumpsen, zog die Beine an und bewegte ihre Zehen auf und ab. Der Höhepunkt, den sie im Traum erreicht hatte, hatte ein dumpfes Echo in ihrem Leib hinterlassen.

»Hast du ihr von diesem Haus erzählt?« Daria starrte Eve eindringlich an. Wenn die Chinesin diesen Rückzugsort kannte, wäre sie nicht nur in der Lage, herzukommen, sondern vielleicht auch dazu, ihn zu verraten, wenn sie jemand dazu zwänge.

»Keine Ahnung. Also, ich glaube nicht. Nein.« Es war ihr im Traum völlig logisch vorgekommen, dass ihre Geliebte sie in dem Haus aufsuchte. Jetzt, in der Realität, sah das anders aus.

»Gut, ich gehe wieder nach oben«, sagte Daria schließlich und erhob sich.

»Kannst du noch ein paar Minuten bleiben? Nur, bis ich eingeschlafen bin?« Eve verspürte auf einmal eine Verwirrung, die sie ängstigte.

Daria zögerte, dann nickte sie. »Rutsch rüber, ich lege mich neben dich.«

Eve rückte bereitwillig nach innen, dicht an die Lehne. Sobald sie Darias Körper an ihrem Rücken fühlte, die starken Arme, die sich zögerlich um ihre Taille gelegt hatten, durchströmte sie das Gefühl von Sicherheit. Eine tiefe Ruhe breitete sich in ihr aus. Fast hätte sie gekichert, als sie Darias warmen Atem an ihrem Hals fühlte. Kurz darauf entspannte sich ihr Körper und holte sich sein Recht auf Schlaf.

*

Der Wind hatte in der Nacht zugenommen und heftigen Regen mitgebracht. Als Eve am nächsten Morgen erwachte, prasselten schwere Tropfen gegen die Fensterscheiben. Im Zimmer war es kühl, die Luft roch nach kaltem Holzrauch. Sie dehnte und streckte sich, - das altertümliche Sofa war zwar groß und verhältnismäßig lang, gleichzeitig über Jahrzehnte hinweg durchgesessen und keineswegs rückenfreundlich -, und sah sich um. Daria war nicht mehr bei ihr, stattdessen lag ein Zettel auf dem Tisch.

»Bin früh raus und in die Stadt gefahren. Habe einiges zu erledigen. Bis bald, D.«

In der Küche roch es schwach nach Kaffee, in der Spüle stand ein benutzter Teller. Also hatte Daria gefrühstückt und, dem Zustand des Badezimmers nach, auch geduscht. War sie dabei so leise gewesen oder hatte Eve so tief geschlafen? Langsam kam die Erinnerung an die letzte Nacht zurück. Ihr Traum, ihre Ängste. Erst in Darias Arm hatte sie sich sicher genug gefühlt, wieder einzuschlafen. Bestimmt hielt die andere sie für ein richtiges Weichei. Jetzt, wo sie wusste, welche Ausbildung Daria durchlaufen hatte, kannte sie zwar den Grund für die buchstäbliche Schlagkraft ihrer Begleiterin, es minderte ihre Bewunderung für deren Mut aber keinesfalls.

Nachdem sie geduscht, etwas gegessen und das wenige Geschirr gespült hatte, kochte Eve sich einen weiteren Kaffee und kehrte ins Wohnzimmer zurück. Etwas beschäftigte sie. Etwas, das mit ihrem Traum zu tun hatte. Nebulöse Bilder zogen an ihr vorbei. Shenmi, die mit glänzenden Augen ins Zimmer gekommen war. Ihre Berührungen, auf die Eve so stark reagiert hatte. Aber da war noch etwas anderes. Doch so sehr sie sich auch bemühte, sie kam einfach nicht darauf, was es war. Je mehr sie in ihrem Gedächtnis kramte, desto stärker schien sich das, wonach sie suchte, ihr zu entziehen.

Dabei hatte sie das Gefühl, es sei wichtig.

Als Daria Stunden später aus der Stadt zurückkam, hatte Eve es immer noch nicht gefunden.

*

Es war eine süße Qual gewesen, so dicht bei ihr zu liegen. Eves Duft einzuatmen, das Heben und Senken ihrer Rippen zu spüren. Irgendwann war sie ganz ruhig geworden in ihrem Arm. Daria war dann ebenfalls eingenickt und hochgeschreckt, als sie plötzlich nur noch einen Herzschlag spürte. Augenblicke später wusste sie, warum. Eves und ihr Rhythmus hatten sich angeglichen, ihre Herzen schlugen nun im selben Takt.

Daria erwachte im Morgengrauen. Eine heftige Böe fegte ums Haus, die alten Fenster klapperten. Vorsichtig erhob sie sich und sah auf die ruhig und tief schlafende Eve hinunter. Betrachtete den schlanken Hals, die halb geöffneten Lippen, und die Schatten, die ihre dunklen Wimpern auf die hellen Wangen warfen.

Eve schlief auch noch, als Daria ungefähr eine halbe Stunde später das Haus verließ, um zur nahegelegenen Tramstation zu gehen. Es gab viel zu tun und ihre Gefühlsverwirrung schien kein Grund, die notwendigen Schritte zu vernachlässigen.

*

»Ich war in der Innenstadt und habe von einem Internetcafé aus ein bisschen recherchiert«, verkündete Daria, nachdem sie den Schirm ausgeschüttelt und sich ein paar verirrte Regentropfen aus den Haaren geschüttelt hatte. Es war bereits nach Mittag und Eve hatte sich schon besorgt gefragt, wo ihre Begleiterin so lange blieb.

»Es gibt ein paar Besonderheiten bei den Telefonnummern. Die meisten davon konnte ich nicht zuordnen. Eine davon allerdings schon.«

Sie legte eine kleine Kunstpause ein, bevor sie fortfuhr.

»Sie stammt aus einer sehr noblen und vermutlich entsprechend teuren Seniorenresidenz bei Morges.«

»Frankreich?«

»Auf der nördlichen Seite des Genfer Sees in der französischen Schweiz. Und jetzt rate mal, wer dort lebt?«

»Na ja, vermutlich Hunters Eltern?«, meinte Eve schulterzuckend.

»Seine Mutter. Sie ist ja Schweizerin. Und hat, wie ich durch eine SMS der Einrichtungsleitung herausfand, noch keine Ahnung vom Ableben ihres Sohnes. Den hat man bis gestern versucht, bezüglich einer Rechnung zu kontaktieren.«

»Hat er nicht bezahlt?«

»Ne. Im Gegensatz zu allen anderen, die er sofort nach Erhalt überwiesen hat.«

Sie grinste ein bisschen vor sich hin, bevor sie fortfuhr. »Das Problem ist jetzt gelöst«, verkündete sie. »Von dort aus dürfte erst mal niemand mehr versuchen, sich mit ihm in Verbindung zu setzen.«

»Und wie hast du bezahlt?«

Daria grinste und hielt die Brieftasche hoch, die sie dem toten Hunter in Dordives abgenommen hatte. »Kreditkarte.«

»Aber ...«, fiel Eve ihr ins Wort. »Nichts aber. Keine Verbindung zu uns. Die Daten habe ich an eine meiner hermanas in Paris weitergegeben. Sollen sie Hunter doch dort suchen.« Sie kicherte kurz, bevor sie einen Block, eine Kladde und zwei Stifte aus ihrem geräumigen Beutel zog, »So, wir ordnen jetzt in Ruhe alles, was wir wissen. Du schreibst alles hier auf, was dir im Zusammenhang mit deiner Shenmi einfällt. Ich übertrage sämtliche harten Fakten in meine Kladde.«

»Haben wir das nicht alles bereits gemacht?«, maulte Eve. Sie war ungeduldig und wäre am liebsten sofort wieder aktiv geworden.

»Nein, haben wir nicht. Jedenfalls nicht in dieser Form. Du hast ein bisschen was erzählt, ich habe ein bisschen was recherchiert, nun kommen hoffentlich neue Erkenntnisse hinzu und ich werde alles in eine Form bringen, nach der wir arbeiten können. Alles aufzuschreiben bedeutete, Ordnung in das Gewirr der Daten und Fakten einer Sache zu bringen. Genau das haben wir nun dringend nötig.«

Sie sah, wie schwer es Eve fiel, sich auf die notwendigen Vorbereitungen aller weiteren Schritte einzulassen. Daher beugte sie sich über den Tisch und legte ihre Hand auf Eves.

»Vertrau mir, ich arbeite immer so. Diese Methode hat sich für mich bewährt.«

Wenig später waren sie beide in ihre Arbeit vertieft. Eve, indem sie alles in Stichworten auf dem Block notierte. Daria, indem sie alles, was sie bisher verlässlich wussten, nach einem bestimmten Muster in ihre Kladde schrieb.

Das dumpfe Gefühl, etwas Wesentliches übersehen zu haben, kam, als Eve Shenmis geplante Reiseroute aufschrieb. Karpathos – Zürich. Paris?
Etwas pochte von innen gegen die Wand ihrer Erinnerung. Erst, als sie die ganzen Stichworte sah, die sie zusammengetragen hatte, fiel es ihr wieder ein. Es hatte etwas mit dem Traum zu tun.
»Das Hotel«, stieß sie aufgeregt aus. »Sie hat ein Hotel gebucht.«
Daria blickte interessiert auf. »Wo?«
»In Zürich, dachte ich. Es war ... sie hat telefoniert und die Flugverbindungen abgefragt. Dabei fiel der Name eines Hotels.«
»Und das fällt dir erst jetzt wieder ein?« Daria wirkte regelrecht empört.
»Ich hatte es total vergessen. Der Traum hat mich wieder darauf gebracht, weil ich etwas zu ihr gesagt habe. So in etwa ›ich dachte, du bist im Hotel‹, worauf sie meinte, ›nein, nicht mehr‹.«
»Da haben wir ja richtig Glück, dass sie dir heute Nacht erschienen ist.«
»Warum hörst du dich so gallig an?«
»Weil wir hier seit Tagen rumeiern und uns den Kopf zerbrechen darüber, wo sich deine Geliebte aufhalten könnte, wobei du mit dieser Information die Sache hättest beschleunigen können, vielleicht?« Daria wirkte verärgert. »Wie heißt das Hotel?«
Eve spürte, wie ihr die Hitze in die Wangen stieg. »Das weiß ich nicht mehr genau«, gab sie dann zu, was bei ihrem Gegenüber für ein genervtes Augenrollen sorgte.
»Das hilft uns dann auch nicht weiter.«
»Es war irgendwas mit einem Namen und

einer Farbe. Blue, also Blau. Daran kann ich mich erinnern. Das war Bestandteil des Hotelnamens. Und noch etwas anderes. Es ist hier drin«, sie klopfte gegen ihre Schläfe, »aber ich komme nicht drauf.«

Daria saß einen Moment unschlüssig da. Sie starrte zum Fenster hinaus. Noch immer regnete es in Strömen. Seufzend gab sie sich einen Ruck. »Gehen wir auf die Veranda und schauen nach, ob wir im Netz mit diesem Stichwort was erfahren.«

Zunächst suchten sie Hotels in Zürich, die den Bestandteil »blue« im Namen trugen. Sie fanden nichts, was Eve bekannt vorkam. Ebensowenig in Paris.

Anschließend gab Daria lediglich die Begriffe »blue« und »Hotel« ein, was zu einer unübersichtlichen Anzahl von Treffern führte. Sie klickten sich dennoch gewissenhaft durch mehrere Seiten der Suchmaschine, bis Eve plötzlich leise aufschrie und mit dem Finger auf einen Treffer zeigte. »Das ist es!«

»Bergson Blue Giant« lautete der Name, auf den sie zeigte. Daria öffnete den Link, den sie schweigend betrachteten.

»Bist du sicher?«

»Ganz sicher. Genau in diesem Hotel hat sie gebucht.«

Vorsichtshalber ließen sie den so gefundenen Namen durch die Suchmaschine laufen. Es gab nur ein Hotel, das genauso hieß.

»Hm«, machte Daria. »Dann ist sie nicht nach Zürich geflogen, sondern nach Island.«

Das Versteck

Im Hotel Bergson Blue Giant teilte ihnen ein Mitarbeiter der Rezeption mit, Miss Waterhouse sei zurzeit nicht im Haus und fragte, ob sie eine Nachricht hinterlassen wollten. Daria verneinte und legte auf.

»Sie ist immer noch dort?« Eve schüttelte verständnislos den Kopf. »Warum hat sie sich nicht gemeldet?«

»Wir können nicht ausschließen, dass sie es inzwischen versucht hat. Auf deinem Handy, das sich noch in Genf befindet.«

Eve riss Daria ihr Mobiltelefon fast aus der Hand. »Dass ich daran nicht gedacht habe«, murmelte sie dabei. »Ich kann die Sprachbox auch aus der Ferne abfragen.« Doch außer zwei anonymen Anrufen, die beide keine Nachricht hinterlassen hatten, befand sich nur Alltägliches darauf.

In stündlichem Abstand versuchten sie nun, Shenmi im Hotel zu erreichen. Doch die Nachricht lautete stets, sie sei außer Haus und habe keine Information dagelassen, wann sie zurückkäme.

»Wir müssen dorthin«, war Eves Meinung. »Ich kann nicht hier herumhocken. Vielleicht braucht sie mich.«

Als Nächstes checkte Daria die Flugverbindungen von Graz nach Reykjavík.

»Morgen früh, viertel vor elf, wir haben einen Stop in Frankfurt.«

Eve nickte gedankenverloren. Sie würde den Fuß auf heimatlichen Boden setzen, nur, um kurz darauf das Flugzeug zu wechseln.

»Nur, womit zahlen wir die Tickets?«

»Kein Problem«, antwortete Eve. »Meine Oma hatte ein Konto, für das sie mir nicht nur eine Vollmacht, sondern auch eine EC und eine Kreditkarte gegeben hat.«

»Sehr fürsorglich«, meinte Daria.

»Na ja, sie wollte wohl sicherstellen, dass ich das Geld auch bekomme, das sie mir zugedacht hat.«

Sie steckte die EC Karte ein reichte Daria die Kreditkarte. »Damit wir beide agieren können.«

Dennoch buchten sie die beiden Flüge nicht online, sondern fuhren umgehend zum Flughafen wo sie ihre Tickets kauften. Danach aßen sie in einem Traditionslokal in der Innenstadt, unterhalb des Uhrturms, etwas.

»Schnitzel, Käferbohnensalat und einen weißen Spritzer«, bestellte Eve grinsend für sie beide, nachdem ihr Daria erzählt hatte, sie sei noch nie in Österreich gewesen.

Als sie in das Haus zurückkehrten, war es später Nachmittag.

»Sorry, ich bin schlagkaputt und lege mich ein bisschen aufs Ohr«, verkündete Daria.

Eve hingegen fühlte sich überraschend aktiv. Die Vorstellung, Shenmis Spur aufgenommen zu haben, beflügelte sie regelrecht, obwohl sie es als schmerzhaft empfand, dass ihre Freundin sie bezüglich ihres Flugziels angelogen hatte. Von Island war überhaupt nie die Rede gewesen.

Die Tür zum Schlafzimmer fiel zu und Eve begab sich seufzend ins Wohnzimmer. Sie hatte keine rechte Lust, etwas zu tun. Musik hören fiel flach, nicht nur, weil die Anlage ihrer Großmutter recht altersschwach war, sondern wegen der

Hellhörigkeit des ganzen Hauses.
So machte sie sich daran, da weiterzuarbeiten, wo sie bei ihrem letzten Besuch in Graz aufgehört hatte. Sie hockte sich vor die Kredenz und ordnete sie Sachen danach, ob sie sie behalten, verkaufen oder wegwerfen wollte.

*

Sie erreichten Reykjavík nach einem angenehm ruhigen Flug am Nachmittag. Es erwartete sie ein klarer, dunkelblauer Himmel sowie ein kühler Wind. Sie nahmen den Bus, der sie vom Flughafen Keflavik in die Stadt brachte. Ihr Hotel lag etwa zehn Fußminuten von der Innenstadt entfernt, oberhalb eines kleinen, innerstädtischen Sees.
Die erneute Anfrage nach Shenmi an der Rezeption ergab kein anderes Ergebnis als ihre Anrufe: Sie sei außer Haus, hieß es. Eve schrieb eine Nachricht auf einen Zettel, bat um ein Kuvert und ließ es für ihre Geliebte hinterlegen.
Daria und Eves Zimmer lagen nebeneinander in der fünften Etage des sechsstöckigen Baus. Nachdem sie ihre Sachen verstaut und sich etwas frisch gemacht hatten, setzten sie sich so in die Empfangshalle, dass sie einen freien Blick auf die Rezeption hatten. Jeder Gast, der kam oder ging, musste an ihnen vorbei. Etliche Tassen Kaffee später steckte das Kuvert noch immer im Nachrichtenfach und Shenmi war nicht aufgetaucht.
»Du bleibst hier«, murmelte Daria irgendwann und erhob sich. Eves Fragen wiegelte sie einfach ab. »Wenn sie kommt und ich noch nicht zurück

bin, halte sie einfach hier fest. Kriegst du das hin?«

»Natürlich«, antwortete Eve leicht patzig. Warum bloß wirkte Daria so genervt?

Die verschwand im Lift. Eve blieb sitzen und versuchte, die Eingangstür zu hypnotisieren. Sie war total durcheinander. Zum einen natürlich durch das Verschwinden ihrer Geliebten. Schon einmal hatte Shenmis Vater sie entführen lassen. Eve hatte nie genau erfahren, was damals passiert war.

»Er glaubt, er kann mich zu einer Hochzeit zwingen«, waren Shenmis bittere Worte gewesen. »Er ignoriert, wer und was ich bin. Aber eines schwöre ich dir: Ich werde niemals heiraten, schon gar keinen Mann und schon gleich gar keinen, den mein Vater mir aus geschäftlichen Gründen aufzwingen will.«
War Shenmis Vater auch dieses Mal der Grund ihres Verschwindens? Oder hatte sie sich vor ihrem alten Herrn versteckt? Dass sie sich bei Eve nicht gemeldet hatte, konnte auch bedeuten, das sie Eve schützen, sie in diese Familienangelegenheit nicht mit hineinziehen wollte.

Nicht zum ersten Mal stellte sie sich die Frage, ob Hunter in Dordives wirklich Madame Ducroix gemeint hatte. Sie war davon ausgegangen, dass sie es war, die er suchte. Was, wenn er hinter Shenmi her war? Konnte sie ausschließen, dass deren Vater diesen Auftrag erteilt hatte?

Vergeblich zermarterte sie ihr Hirn auf Hinweise, dass man sie in Griechenland aufgespürt hatte. Außer dem Einbruchsversuch in ihrem Apartment war nichts wirklich Auffälliges geschehen. Gut möglich, dass es tatsächlich einfache Diebe waren, die versucht hatten, in das Haus in Amoopi einzudringen. Es hatte keinen zweiten Versuch gegeben. Dass ihre Freundin nervös wurde, war dennoch kein Wunder. Andererseits waren sie geblieben, auch Shenmi hatte zu diesem Zeitpunkt noch kein Wort über eine geplante Abreise verloren.

Darias Methode, alles aufzuschreiben, hatte sich auch positiv auf ihre Erinnerung ausgewirkt. Scheinbare Nebensächlichkeiten, die sozusagen im Hintergrund mitgelaufen waren, manifestierten sich auf diese Art und Weise auf dem Papier.

Eve zog den kleinen Block aus ihrer Handtasche, den sie sich am Flughafen gekauft hatte. »Familienangelegenheit« schrieb sie in die Mitte eines Blattes. Das war der Grund gewesen, den ihre Geliebte ihr genannt hatte. Sie hatte das nie hinterfragt. Aber wenn sie nun darüber nachdachte, wunderte sie sich. Welche Familie hatte Shenmi denn? Ihre Mutter war tot, von Geschwistern war nie die Rede. Und ihr Vater war der Letzte, dem sie begegnen wollte. Eve dachte an das Apartment in New York. »Cousine« schrieb sie in die linke obere Ecke und verband die beiden Worte mit einem Strich. Diese Cousine besaß eine Luxuswohnung direkt am Central Park. Eve hatte dort mit Shenmi eine Weile gewohnt, aber jetzt hätte sie beim besten Willen nicht sagen können, wie diese Cousine hieß. Es war vermutlich auch nicht möglich, das herauszufinden. Erst, als sie, ebenfalls eine von Darias Methoden, noch einmal Tag für Tag ihres gemeinsamen Aufenthaltes dort gedanklich durchging, stieß sie auf etwas, das ihnen helfen könnte, die Wohnungsinhaberin zu identifizieren. Oder sie zumindest zu fragen, ob sie wusste, wo Eves Geliebte sich aufhielt. Es gab dort nämlich einen Festnetzanschluss. Der befand sich zwar in der Küche, weil er wohl überwiegend von der Haushälterin genutzt wurde. Aber sie selbst hatte von dort aus einmal sich selbst angerufen.

»Wo ist mein Mobiltelefon?«, hatte sie geklagt, nachdem sie das ganze Apartment abgesucht hatte.

»Ruf dich doch an«, lautete Shenmis amüsierte Antwort. Das hatte sie dann auch getan, von genau dem Apparat in der Küche aus. Die Nummer müsste also noch in ihrem Smartphone auffindbar sein. Wenn sie es denn bei sich hätte. Das Gerät lag immer noch in der Schweiz. Sie schrieb »Telefonnummer New Yorker Apartment/Handy/Genf, Hotel« in die rechte obere Ecke und klappte das Notizbuch zu.

Eigentlich brauchte sie diese Gedächtnisstütze nicht, weil sie hoffte, Shenmi hier in Reykjavík bereits wieder ganz nahe zu sein. Für den Fall, dass sie sich auf einer falschen Fährte befanden, konnte sie ihre Aufzeichnung immer noch nutzen.

Am Hotelempfang hatte sich noch nichts getan. Gäste kamen und gingen, ließen sich auf dem Stadtplan etwas zeigen oder holten Karten für Veranstaltungen ab. Nur die Frau, auf die sie sehnlichst wartete, erschien nicht.

*

Daria drückte leise die Tür zu und lauschte. In Shenmis Hotelzimmer waren die Vorhänge fast ganz zugezogen, der Raum wirkte dämmrig. Kein Laut von draußen drang durch die schallisolierten Fenster herein. Es roch schwach nach irgendeinem Putzmittel. Nachdem sie mindestens eine Minute still und unbeweglich verharrt hatte, bewegte sie sich vorsichtig in die Mitte des Raumes. Das Zimmer war in Bezug auf Größe und Aufteilung eine exakte Kopie ihres eigenen. An der linken Wand befand sich ein Doppelbett, der Tür gegenüber, zwischen zwei Fenstern, ein Schreibtisch mit Stuhl, auf der rechten Seite ging es ins Badezimmer.

Daria nahm sich zuerst den Kleiderschrank vor. Darin hingen zwei schwarze Hosen, zwei weiße Blusen und ein schwarzer Blazer. In keiner der Taschen befand sich etwas, genauso wenig wie in den Schuhen, einem hohe Paar lackschwarzer Laboutins und einem flachen Paar Loafer von Todd's.

Shenmis Hermès Reisetasche stand auf dem Kofferbock und enthielt ein paar Dessous, paarweise in parfümiertes Seidenpapier eingeschlagen, T-Shirts und ein seidenes Nachthemd. Unter dem Bett standen Flipflops, auf dem Nachttisch lagen eine Schlafbrille und zwei Bücher. Eines davon ein Reiseführer für Reykjavík in englischer Sprache, das andere eine Kurzgeschichtensammlung von Somerset Maugham. Sie klappte beide Bücher auf. Im Reiseführer waren ein paar Sachen markiert, die sie mit der Kamera ihres Handys fotografierte. Die Kurzgeschichtensammlung enthielt nichts. Auf dem Schreibtisch fand sich lediglich das übliche Sammelsurium, das Hotels dort auslegen: Speisekarten, Hotelprospekt und die Anleitung für

Safe und Fernseher. Der Papierkorb war leer.

Daria ging ins Badezimmer. Duschgel, Seife und Bodylotion des Hotels waren unangebrochen. Ein schwarzer Lederbeutel enthielt in wildem Durcheinander die persönlichen Körperpflegeutensilien der Bewohnerin. Daria ging ins Zimmer zurück. Sie kippte alles aufs Bett. Zahnpasta, Zahnbürste, ein Kamm, ein paar Haargummis, eine Flasche Kameliensamenöl, eine Tube Make-up, zwei Lippenstifte, ein Deo, eine Mascara, Augentropfen, eine Nagelfeile, Feuchtigkeitslotion sowie eine Puderdose lagen vor ihr. Sie besah sich alles, schoss weitere Fotos und begann, einige Dinge unter die Lupe zu nehmen, indem sie alles aufschraubte, hineinsah und es danach wieder in den Kulturbeutel zurückwarf. Der vorletzte Artikel war die aufklappbare Dose mit einem extrem hellen Kompaktpuder. Sie wirkte wenig benutzt, dennoch konnte sich Daria in diesem Moment vorstellen, wie hell und zart der Teint der Frau war, die Eve liebte. Ein kleiner Stich machte sich in der Herzgegend bemerkbar. Klein, zart, hellhäutig, darauf stand Eve also. Das alles war sie selbst nicht. Sie schüttelte den Gedanken ab, konzentrierte sich wieder auf das, was sie hier tat. Sie wollte die Puderdose gerade wieder zuklappen, als ihr eine Winzigkeit auffiel. Der Spiegel im oberen Teil saß nicht ganz ausgerichtet. So, als sei er nicht richtig aufgeklebt. Daria verstand nicht viel von Kosmetik, aber der Name, der in schwungvoller roter Schrift die schwarze Dose zierte, sagte ihr etwas. Eine sehr hochpreisige Marke. Niemals würde dort ein Stück mit einem Makel das Werk verlassen. Sie versuchte, den kleinen Spiegel mit dem Fingernagel zu bewegen. Er saß bombenfest. Sie zog den Lederbeutel zu sich, um die Feile herauszunehmen, die sie bereits wieder dorthin zurückgelegt hatte. Als sie sie betrachtete, merkte sie, dass sie fast etwas übersehen hätte. Die Spitze der Nagelfeile war nachträglich scharf geschliffen worden. Darias Herz fing auf einmal an, heftiger zu schlagen.

    Sie stand auf und legte die Puderdose mit dem Deckel nach unten auf den Schreibtisch und fuhr mit der Spitze der Nagelfeile am Rand des Spiegels unter die Kunststoffabdeckung, drückte vorsichtig dagegen. Nichts tat sich. Behutsam und hoch konzentriert schob sie die Feile an der Seite entlang. Drückte gegen die Ecke, versuchte es am unteren Rand. Erst, als sie die Spitze der Feile auf der linken Seite wieder nach oben schob, spürte sie eine Unebenheit. Einen Moment lang zögerte sie, bevor sie die Metallspitze tiefer hineinschob. Sofort spürte sie den elastischen Widerstand eines Federmechanismus. Sie drückte die Feile so lange nach unten, bis ein Spalt erschien. Zwischen Spiegel und der Kunststoffhülle der Puderdose befand sich ein kaum erkennbarer Hohlraum. Eng und schmal, aber groß genug, das zu verbergen, was Daria nun mit klopfendem Herzen herausnahm.

*

    Eve schüttelte den Kopf auf Darias stumme Frage.
Shenmi war immer noch nicht aufgetaucht.
»Erzählst du mir bitte erst einmal, was du

gemacht hast?«, forderte sie Daria auf.
»Mach ich, aber flipp bitte nicht aus. Ich habe versucht, in Shenmis Zimmer zu gelangen. Leider keine Chance.«
»Dafür warst du aber lange weg.«
»Ich habe eben alle meine Tricks ausprobiert und dazwischen immer wieder unterbrechen müssen, weil andere Gäste den Gang entlang kamen.«
»Woher weißt du eigentlich, auf welchem Zimmer Shenmi wohnt?« Eve sah empört aus.
Daria grinste und zeigte mit dem Kinn zum Empfangsdesk hinüber. »Das Nachrichtenfach«.
Eve konnte sich noch eine ganze Weile nicht über Darias Versuch beruhigen. »So ein Quatsch«, murmelte sie. »Wenn sie hier ist, finden wir sie auch.
»Okay, wir können nicht ewig hier herumsitzen. Wenn sie kommt, erhält sie deine Nachricht und wird sich melden. Lass uns in die Stadt was essen gehen, ich habe einen Mordshunger.« Daria zog sich mit einer energischen Geste ihren Parka über.
Widerstrebend folgte ihr Eve zum Ausgang. Sie gingen über den Parkplatz des Hotels in Richtung Innenstadt. Nach wenigen Metern bogen sie auf eine Straße ab, die am Tjörnin, einem kleinen See mitten in der Stadt, vorbeiführte. Hier waren um diese Zeit etliche Menschen unterwegs, die Hunde Gassi führten, Schwäne fütterten oder einfach nur am Wasser entlangschlenderten. Die Stimmung war relaxt.
Eve war ungleich nervöser. »Was hättest du denn gemacht, wenn Shenmi plötzlich aufgetaucht wäre?«

Daria murmelte etwas Beruhigendes und wickelte sich enger in ihren gefütterten Parka. Sie hatten am Flughafen in Frankfurt den Aufenthalt genutzt, sich noch ein paar dicke Klamotten zu kaufen. In Island war es wesentlich kälter, als am Genfer See.

Sie kamen auf die Bankstrati, die nach einigen Metern in die Laugavegur überging, die größte Einkaufsstraße der Stadt ein.

Im Vergleich zu anderen europäischen Großstädten wirkte Reykjavík mit seinen bunten, selten mehr als zweistöckigen Häusern, überschaubar und gemütlich.

»Warst du schon einmal in Island?«, wollte Eve wissen. Daria verneinte. »Stand nie auf meinem Plan. Aber was ich sehe, gefällt mir.« Sie sah Eve bei diesen Worten ganz direkt an.

Eve spürte einen Stich in der Magengegend. Etwas an Daria war ihr eindeutig zu gefährlich. Aber etwas anderes vermittelte ihr ein Gefühl der Sicherheit. Nicht zum ersten Mal dachte sie, wie geborgen sie sich bei ihr fühlte.

Ohne es zu wollen, dachte sie an den Moment im Flur, in dem Daria nackt vor ihr stand. An die Nacht, die Daria bei ihr auf dem Sofa verbrachte. Eng aneinandergeschmiegt waren sie dort gelegen. Zum ersten Mal, seit sie Shenmi kennengelernt hatte, war ihr eine Frau so nahe gekommen. Hatte sie fremde Arme an ihrem Körper, einen fremden Atem in ihrem Nacken gespürt. Sie war schnell eingeschlafen in Darias Umarmung. Eve war enttäuscht gewesen, als sie am nächsten Morgen nicht mehr neben ihr lag. An diesem Tag hatte sie die andere sehr aufmerksam betrachtet. Das Gesicht mit dem weich geschwungenen breiten Mund und den hohen Wangenknochen war mehr als attraktiv. Die Figur sexy. Ohne es zu wollen, hatte sie Daria abgecheckt.

»Woran denkst du?«, wollte die ausgerechnet jetzt wissen.

»Wieso fragst du?«

»Du lächelst so still vor dich hin. Ist es die Nähe zu deiner Geliebten, die dich so heiter stimmt?«

Eve blieb stehen und blinzelte Daria überrascht an. »Ja, vermutlich«, meinte sie.

»Das hört sich aber zaghaft an.«

»Hör auf damit«, verlangte Eve und setzte sich wieder in Bewegung. Eine Weile liefen sie schweigend nebeneinander her, bis Daria auf ein Restaurant zeigte. »Wie wäre es damit? Sieht doch gut aus.«

Im Inneren des Lokals war es auf eine helle, luftige Art gemütlich. Man führte sie an einen Zweiertisch. Erst, als sie bestellt hatten, nahmen sie ihr Gespräch wieder auf.

»Es ist merkwürdig«, fing Eve an, während sie mit der Serviette spielte. »Die ganze Zeit über hatte ich Angst um Shenmi. Dachte, ihr wäre etwas passiert oder ihr Vater mache ihr wieder das Leben schwer. Anfangs glaubte ich sogar, dass er es war, der mich durch dich entführen ließ, weil er nicht einverstanden war mit unserer Beziehung. Dass Shenmi womöglich gesund und munter hier abhängt, sich einfach nicht meldet und mich dabei im Unklaren lässt, macht mir schon zu schaffen.«

Daria murmelte etwas Unverständliches.

»Oder würdest du mit einer Freundin so

umspringen?«, wollte Eve von ihr wissen.

Daria sah perplex auf. »Ich? Wie ich schon sagte, habe ich mit Frauen nichts am Hut.«

Eve bemerkte, dass sich ihr Gegenüber nach diesen Worten fast schon erschrocken auf die Lippe biss. Unwillkürlich musste sie auflachen, bevor sie wieder ernst wurde.

»Na ja, angenommen. Oder würdest du mit einem Lover so umgehen?«

Daria atmete hörbar aus und lehnte sich dann im Stuhl zurück. »Ich hatte noch nie eine längere Beziehung. Aber ich weiß, dass ich mich Menschen gegenüber loyal verhalte, wenn ich sie mag.«

»Ich spreche von Liebe!«

»Liebe. Das ist ein Wort.«

»Nein, ich meine Liebe, das Gefühl. Das wirst du doch kennen?«

Eve ärgerte sich über Darias angestrengte Dickfelligkeit. Es war, als wolle sie nicht auf diese Frage antworten. Darum war sie überrascht, als sie jetzt sah, dass sich etwas in Darias Blick veränderte.

»Darf ich dich mal etwas fragen zu dem Thema?«

»Ja, natürlich«, antwortete Eve.

»Wenn du jemanden liebst, würdest du ihn, Pardon, sie, anlügen, um Schaden von ihr abzuwenden? Oder umgekehrt - würdest du das dann als Verrat bezeichnen oder es deiner Geliebten verzeihen?«

Eve starrte Daria verwirrt an. »Was soll denn diese Frage?«

»Sie soll dir mal einen anderen Blickwinkel aufzeigen. Ist es nicht möglich, dass Shenmi sich bei dir nicht meldet, um dich vor irgendetwas oder irgendwem zu schützen? Dass ihr Verhalten keineswegs eigennützig oder gar egoistisch ist?«

»Aber ... aber ...«

»Hast du nicht. Du hast einfach keine Geduld mehr gehabt in Genf.« Jetzt hörte sich Darias Stimme wieder so gereizt an, dass Eve ebenfalls wütend wurde.

»Du hast überhaupt keine Ahnung von der Beziehung zwischen Shenmi und mir.«

Die Wut, falls Daria eine solche überhaupt verspürt hatte, verpuffte sofort.

»Das stimmt. Entschuldige.« Mehr konnte und musste sie nicht sagen. Der Kellner kam mit ihrem Essen. Daria beugte sich über ihr Lamm, während Eve sich auf ihren Lachs stürzte. Sie aßen schweigend.

Eve fühlte sich auf eine schwer greifbare Weise schuldig und versuchte danach mehrfach, Daria aus dem Schneckenhaus zu holen, in das sie sich offenbar verkrochen hatte. Doch die stieg auf kein Thema mehr ein, und so unterhielten sie sich den Rest des Abends über Belanglosigkeiten.

*

Trotz der horrenden Preise hatte Eve im Lokal drei Gläser Wein getrunken. Als sie beide sich auf der Straße unter die zahlreichen Flaneure mischten, war sie sichtlich angetan von dem Leben, das um sie herum herrschte. Es schien, als sei ein Großteil der rund 120.000 Einwohner Reykjavíks an diesem Abend unterwegs. Viele junge Leute standen trotz der Kälte mit Getränken in der Hand vor den Bars und Cafés. Überall herrschte lautstark gute Stimmung.

»Lass uns noch irgendwo einen Absacker nehmen«, bat sie Daria. Die hatte lediglich ein Bier getrunken und fühlte sich inmitten des Trubels viel zu nüchtern. Es ging ihr nicht gut, etwas an diesem Auftrag lief so überhaupt gar nicht in die Richtung, in der sie es gerne gehabt hätte. Darüber hinaus wartete im Hotelzimmer etwas auf sie. Es kribbelte ihr in den Fingern, endlich dort weiterzumachen, wo sie am Nachmittag aufgehört hatte. Sie ahnte, dass es Eve nicht zurückzog, ihre Begleiterin wollte noch ein bisschen was unternehmen und würde das auch ohne sie tun. Aber Daria wollte Eve jetzt keinesfalls alleine lassen. Sie stimmte daher zu und wenig später standen sie inmitten einer lärmenden Gruppe in einer Cafébar an der Theke. Die Menschen um sie herum waren laut, fröhlich. Es wurde getrunken und gelacht.

»Freitagabend geht für die Isländer das los, was sie *rúntur* nennen«, erklärte Eve, die offensichtlich Spaß daran fand, da mitzutun. »Alle stürzen sich nach der Arbeitswoche ins Wochenendvergnügen.«
Sie lachte über Darias hochgezogene Augenbrauen.
»Habe ich im Flugzeug in einem Magazin gelesen.«
Zwei Männer sprachen sie an, verzogen sich aber sofort, nachdem Daria ihnen höflich aber bestimmt eine Abfuhr erteilt hatte. Eve bestellte Margaritas und schaute sich mit glänzenden Augen um. »Gefällt mir hier«, meinte sie. Sie musste sich vorbeugen und ihren Mund dicht an Darias Ohr legen, damit diese überhaupt etwas verstand.

Die stampfende Musik wurde scheinbar minütlich lauter, einige der Gäste sangen lauthals mit, wenn Stücke einheimischer Bands gespielt wurden. Auch von Daria fiel irgendwann im Laufe des Abends so etwas wie eine Last ab. Zumindest für eine Weile fühlte sie sich einfach wie eine lebenslustige Frau, die sich inmitten von gut gelaunten Menschen von den Strapazen der letzten Tage erholte.

Als sie zurück zum Hotel gingen, war es weit nach Mitternacht.

Eve summte leise einen Song, während sie neben der stumm vor sich hinbrütenden Daria herlief. Je weiter sie sich von der Stadtmitte entfernten, desto stiller wurde es. Ein Friedhof tauchte zu ihrer Rechten auf, über den das Mondlicht die düsteren Schatten hoher Bäume warf.

Unwillkürlich griff Daria nach Eve, als diese wegen einer Unebenheit ins Straucheln kam und hielt sie fest. Einen Moment lang standen sie so, eng aneinander, bevor Eve sich befreite, die Schultern nach hinten rollen ließ und sich räusperte. Was dann geschah, überraschte Daria so sehr, dass sie zunächst überhaupt nicht reagierte. Denn Eve trat sofort wieder auf sie zu, legte ihr die Arme um den Hals und zog sie an sich. »Halt mich fest«, murmelte sie, die sich eben noch heftig von ihrer Begleiterin losgerissen hatte. »Ich habe Angst.« Etwas überschwemmte Daria, brachte sie dazu, Eve an sich zu ziehen. Die hob das Gesicht und blickte Daria mit einem schwer einzuschätzenden Ausdruck in den Augen und halb geöffneten Lippen an.

»Du wolltest doch wissen, wie sich das anfühlt«, flüsterte sie und legte ihren Mund auf Darias, während sie ihren Körper eng an sie schmiegte. Ihre Lippen waren kühl von der Luft und sie schmeckten nach Salz, Zitrone und Tequila. Doch das war es nicht, was Daria den Atem raubte. Ein Gefühl, als habe man sie aus der Kälte in ein heißes Bad gesteckt, durchströmte ihren ganzen Körper. Ein Zittern durchlief sie, als Eves Zunge in ihren Mund glitt wie ein kleines, glattes Tier. Mit ihrer spielte, sie zu necken schien, bis Daria reagierte und auch Eve küsste. Ein Summen drang auf einmal in ihre Ohren, als habe sich eine Hummel hineinverirrt. Sie riss sich los, schnappte nach Luft, nur um gleich darauf ihre Hände, um Eves Gesicht zu legen. Die Haut dort war glatt und lag wie poliertes Marmor unter ihren Fingern. Auch Eve seufzte, sie hielt die Augen geschlossen und sah aus, als müsse sie gleich anfangen zu weinen. Daria senkte ihr Gesicht, sie küsste Eve nun heftiger, drang tief in sie ein, presste ihren Mund auf den der Frau, die sie wohl gerade versucht hatte, zu verführen. Und Eve ließ sich fallen, ihr ganzer Körper, ihr Gesicht, alles drängte zu Daria und gleichzeitig bog sie sich, wand sich, um sich dann wieder dem Kuss hinzugeben, der eine schiere Ewigkeit und doch zu kurz dauerte. Endlich ließen sie voneinander ab. Daria starrte Eve an, die tief atmend vor ihr stand, die Augen mit Tränen gefüllt.

»Das dürfen wir nie wieder tun«, sagte Eve schließlich. Sie drehte sich um und rannte davon, als wären Dämonen hinter ihr her.

*

Eve war so erschrocken über sich selbst, dass sie erst in ihrem Hotelzimmer wieder zu sich kam. Noch hatte sich ihr Atem nicht beruhigt. Was war nur in sie gefahren? Wie konnte sie Daria küssen? Die war so etwas wie ihr Bodyguard. Und stand nicht auf Frauen, das hatte sie doch ganz deutlich gesagt. Und sie selbst? Sie war so kurz davor, Shenmi wiederzusehen.

Schwer atmend ließ sie sich aufs Bett sinken und vergrub ihr Gesicht in den Händen.

Das habe ich nun davon, dass ich so viel getrunken habe, schalt sie sich innerlich. Vorhin noch war sie so unbeschwert gewesen. So, als habe sie die Feierlaune der Stadt in sich aufgenommen. Nun hockte sie hier wie ein Häuflein Elend. Einem Impuls folgend wollte sie sofort aufstehen, zu Daria hinübergehen und sich für ihr Verhalten entschuldigen. Doch dann entschied sie sich, bis zum nächsten Morgen zu warten. Manchmal war es besser, eine Nacht über Dinge zu schlafen. Ganz besonders über solche Peinlichkeiten, wie sie sich eine geleistet hatte. Sie öffnete die Minibar, holte eine Flasche Mineralwasser heraus und trank sie in einem Zug aus. Nach einer langen und ausgiebigen Dusche sank sie ins Bett, wo sie sofort einschlief.

*

Daria stand vor Eves Zimmer. Sie hatte bereits die Hand erhoben, um anzuklopfen, entschied sich nach kurzem Zögern aber anders. Es machte keinen Sinn, von Eve eine Erklärung für ihr

Verhalten von vorhin zu erwarten. Sie war angeheitert und durcheinander. Vielleicht hatte das Gespräch in Graz einen falschen Eindruck bei ihr erweckt. Auf jeden Fall sollte sie sich erst einmal ausschlafen.

Daria ging in ihr Zimmer, verschloss sorgfältig die Tür und versicherte sich, dass niemand im Raum war. Dann schob sie den Stick, auf den sie den Inhalt von Shenmis Chip geladen hatte, in das kleine Lesegerät, das sie für solche Fälle immer bei sich trug. Zwar musste sie damit rechnen, dass die Chinesin den Inhalt ihrer Dateien gesichert hatte oder sie sich selbst löschten, sobald ein unberechtigter Zugriff registriert wurde, aber das hatte sie einkalkuliert. Schlimmstenfalls würde sie eben noch einmal in das Zimmer der Chinesin eindringen, sie wusste ja inzwischen, wo sie suchen musste.

Über den kleinen Bildschirm des Lesegeräts flackerten kryptische Textzeilen, dann öffnete sich ein Zugangsfenster und bat um Eingabe eines Passworts. Daria sog die Wangen ein und sah gedankenverloren auf die Eingabezeile. Versuchte, ohne Passworteingabe weiterzukommen, was tatsächlich gelegentlich funktionierte. Dieses Mal nicht. Anhand der Mühe, die sich die Besitzerin des Originalchips mit dem Versteck gemacht hatte, war davon auszugehen, dass es sich um vertrauliche Daten handelte.

Sie schloss die Augen und dachte nach. Nach zehn Minuten stand ihr Entschluss fest. Sie kannte nur eine Person, die ihr jetzt weiterhelfen konnte. Die musste sie persönlich aufsuchen. Eine kurze Recherche ergab, dass in wenigen Stunden ein entsprechender Flug verfügbar war. Daria zögerte nicht. Sie schrieb Eve eine kurze Nachricht, packte ein paar Dinge zusammen, ließ sich von der Rezeption ein Taxi rufen und verließ wenig später das Hotel.

»Zum Flughafen«, bat sie den Fahrer und lehnte sich zurück. Es war fast noch Nacht, aber sie fühlte sich hellwach von all dem Adrenalin, das durch ihre Adern pulste. Möglich, dass die Gefühle, die sie für Eve entwickelt hatte, ihren Realitätssinn trübten. Möglich auch, dass sie dadurch viel zu voreilig eine Beschützerinnenrolle einnahm, gleichzeitig Shenmi voller Argwohn betrachtete, weil sie ihre Geliebte in Genf einfach vergessen zu haben schien. Das durfte sie nicht stören. Ihr Auftrag wäre nun zu Ende gewesen. Eve hatte Shenmi so gut wie wiedergefunden. Aber da gab es etwas, was sie Eve nicht hatte sagen können, ohne zu riskieren, dass die sich von ihr abwendete. Bevor sie Eve das nächste Mal unter die Augen trat, um ihr etwas Wesentliches zu gestehen, musste sie dennoch noch etwas klären. Und genau das hatte sie vor.

*

Daria landete gegen neun Uhr morgens in London. Weniger als eine Stunde später stand sie vor einem Haus im Westen der Stadt, das sie bereits mehrfach betreten hatte. Erst vom Flughafen aus hatte sie Ben angerufen, um ihm mitzuteilen, sie sei auf dem Weg zu ihm.

Zur Begrüßung zog er sie eng an sich. Seine Hände wanderten von ihren Hüften langsam hoch, bis sie unter ihren Brüsten lagen. Dann senkte er seinen Mund auf ihren. Daria ließ sich von ihm küssen. Ben war gut darin, so gut, wie er auch in anderen Dingen war. Der Sex mit ihm war stets so hemmungslos wie phänomenal gewesen. Mit leisem Bedauern strich Daria über die muskulösen Schultern ihres Gegenüber, schob ihn dabei ein kleines Stück von sich weg. Ihr Körper reagierte auf ihn, instinktiv wusste sie sofort, dass es heute lediglich die Erinnerungen an frühere Begegnungen waren, die das auslösten. Sie hatte seinen Kuss genossen. Und doch lagen Welten zwischen dem, was sie am Vorabend bei Eve empfunden hatte. Der Gedanke daran brachte ein brennendes Gefühl in ihr zum Aufflammen, das sie nun rigoros wegschob.

»Ben, ich habe kaum Zeit, muss noch heute wieder weg. Ich brauche dringend deine Hilfe.«

Er sah sie an, in seinen dunkelblauen Augen stand eine Frage, die sie mit einem kurzen Kopfschütteln verneinte.

»Okay, dann schieß mal los«, sagte er gedehnt und ging voraus ins Souterrain. Sie folgte ihm und dachte nicht zum ersten Mal, wie wenig er dem Klischee eines Computernerds entsprach. Ben war groß, muskulös und attraktiv. Seine dunkelbraunen Haare trug er seit einiger Zeit ganz kurz geschnitten, was ihm verdammt gut stand.

Den Keller seines Hauses durften nur sehr wenige Menschen betreten. Daria was sich dessen bewusst, welch ein Vertrauensbeweis es darstellte, dass sie zu dieser kleinen Gruppe von Auserwählten gehörte. Der ganze, große Raum war voller Regale mit Kartons voll technischem Inhalt, auf einem Tisch an der Wand standen drei Drucker. In der Mitte des Raumes hatte Ben mehrere Tische in einem großen Halbkreis angeordnet, darauf rund ein Dutzend Rechner, einige davon übereinander. Ein paar waren eingeschaltet, helle Zeilen voller Ziffern und Buchstaben huschten in flackernden Reihen über die Bildschirme. Ben ließ sich in einen bequem aussehenden Arbeitsstuhl fallen, der in der Mitte der Anordnung stand. Er legte den linken Knöchel locker auf das rechte Knie und faltete die Hände hinter dem Kopf. »Worum geht es?«

Daria holte das Auslesegerät aus der Tasche. »Hier sind zwei komplette Kopien darauf. Die eine stammt vom Mobiltelefon eines Mannes, den ich leider töten musste.« Unsicher blickte sie auf. Bens Brauen zuckten nach oben, aber er sagte nichts. »Ich konnte keine wirklich interessanten Dinge entdecken, aber vermutlich siehst du mehr als ich.« Ben nickte stumm. »Der zweite Datensatz stammt von einem Chip, den ich gestern bei jemandem gefunden habe. Er ist verschlüsselt und ich traue mich nicht dran. Vermutlich gibt es irgendeine Fallgrube darin.«

Sie reichte Ben das Lesegerät. Er drehte sich um, stöpselte es an einen seiner Computer und besah sich das Ergebnis. »Wird eine Weile dauern«, meinte er schließlich. »Du kannst dir oben gerne einen Kaffee machen, auf meinem iPad daddeln oder dich ein wenig aufs Ohr legen. Ich sag dir Bescheid, wenn ich soweit bin.«

Daria vertraute Ben, wie sie keinem zweiten Menschen vertraute. Doch neben ihrer privaten Nähe gab es eine geschäftliche Ebene. »Ben, ich verfüge momentan über keine sichere Kreditkarte und weiß nicht, wann ich wieder zu Hause sein werde, um dich zu bezahlen.«

Er drehte sich kurz zu ihr um und nickte.
»Wann immer es bei dir passt.«
Damit war das Thema durch und Daria stieg die Treppen hinauf in Bens Wohnung. Sie war sich sicher, dass er die Informationen für sie knacken konnte. Es war nur eine Frage der Zeit. Sie hoffte, spätestens am Abend zurück nach Reykjavík fliegen zu können.

Eve hatte sie eine Nachricht hinterlassen, die sie beruhigen sollte, ohne zuviel zu verraten. »Ich muss heute ein paar Dinge erledigen, bin am späten Abend wieder zurück«, stand auf dem Zettel, den sie ihr unter der Tür durchgeschoben hatte.

Drei Stunden später rief Ben sie nach unten. Er sah besorgt aus.

»Womit soll ich anfangen?«, fragte er.

»Mit dem Telefon«, antwortete sie.

Ben klickte eine Sammel-Datei auf dem PC vor sich an.

»Auf den ersten Blick sieht es nach einem ganz gewöhnlichen Smartphone aus. Telefonate, ein paar SMS, ein paar Suchanfragen im Internet. Harmloses Zeug. Bis auf das hier.« Ein weiterer Klick machte einen Ordner sichtbar, die sich hinter einem anderen versteckt hatte.

»Hätte dir anhand des riesigen Inhalts auffallen können«, bemerkte er dabei. Daria beugte sich runter und sah über seine Schulter zu, wie er den Ordner und die sich darin befindlichen Dateien öffnete. Sie stöhnte auf, als ihr ihr eigenes Gesicht von einem Foto entgegensah. Hunter hatte über sie, Siobhan und Tara Dossiers, dazu eine Beschreibung des sicheren Hauses in Genf.

»Hast du ihn dort erledigt?«, wollte Ben

wissen. Daria schüttelte den Kopf. »Er war nicht dort. Hatte seine Leute geschickt, um uns zu töten.« Bens Finger über der Tastatur zitterten leicht. Er war ein begnadeter Hacker, der für ganz unterschiedliche Leute arbeitete, als Söldner im Netz bezeichnete er sich gerne, denn wer ihn bezahlte, war ihm egal. Solange seine Auftraggeber seinen ethisch-moralischen Standards entsprachen. Aufträge außerhalb dieses Rahmens nahm er nicht an, und seien sie auch noch so lukrativ. Mit Mord wollte er gewöhnlich nichts zu tun haben. Jetzt ahnte er wohl, dass Daria nicht zimperlich gewesen sein konnte. Sonst säße sie jetzt nicht neben ihm.

»Jemand hatte ihn oder seine Organisation auf euch angesetzt. Sinnvollerweise hat er alle dazu nötigen Information immer dabei gehabt«, meinte Ben trocken. Daria nickte, immer noch erstaunt, wie viel Hunter über sie und ihre Mädels gewusst hatte. Sogar ihr Porsche war erwähnt. Von Eve jedoch kein Wort.

»Das zweite Dossier hier drin ist dieses hier.« Er tippte einen zweiten Ordner an. Daria erkannte die Frau sofort. Sie hatte bisher lediglich ein leicht verschwommenes Foto von Shenmi gesehen, das Eve einmal heimlich aufgenommen hatte und immer bei sich trug. Die Chinesin ließ es normalerweise nicht zu, dass man sie fotografierte, hatte Eve erklärt. Trotzdem wollte sie ein Foto von ihrer Geliebten haben, sie hatte sie im Schlaf geknipst.
Bereits dieses nicht sehr scharfe Bild hatte sich damals schon in Darias Gedächtnis eingebrannt. Selten hatte sie eine schönere Frau gesehen. Shenmis Gesicht war perfekt. Nur, wie war Hunter

an dieses Foto gekommen? Das eine jüngere Shenmi zeigte, aber eben eindeutig sie.

»Er war auf sie angesetzt«, murmelte Daria, nachdem Ben zu Hunters Notizen unter der Fotografie gescrollt hatte.

»Erst auf uns, dann auf sie.« Daria erhob sich und rieb sich mit der Hand den Nacken. »Ich wüsste zu gerne, wer der Auftraggeber war.«

Ben zuckte mit den Schultern. »Sieh dir alles in Ruhe an, vielleicht kriegst du es raus.«

Er schloss den Bildschirm und öffnete einen zweiten.

»Und nun die Dinge, die aus der zweiten Quelle stammen.«

Shenmis Unterlagen bargen die nächste Überraschung für Daria. Neben einigen Dateien voller Kontaktdaten, Telefonnummern und E-Mail-Adressen, deren Besitzer nicht namentlich genannt, sondern lediglich mit Abkürzungen vermerkt waren, befand sich eine Reihe von Kontoverbindungen in einem der Ordner. Ein zweiter barg drei Firmenorganigramme und schlüsselte auf, wer hinter weitverzweigten Holdings, Subunternehmen und Briefkastenfirmen steckte.

»Warum sammelt jemand solches Zeug?«, murmelte Daria.

»Vielleicht hat sie vor, eine Briefkastenfirma zu eröffnen. Geld zu verstecken in einem verschachtelten System. Oder sie kennt jemanden, der das tut und hat vor, ihn zu erpressen. Oder, derjenige ist bereits tot und sie versucht nun, an das Geld zu kommen. Es gibt sicherlich noch viel mehr mögliche Erklärungen dafür.« Bens Stimme klang, als ob er jeden Tag mit solchen

Sachverhalten konfrontiert sei. Vermutlich war dem auch so.
Im dritten Ordner schließlich hatte Shenmi ein komplettes Dossier über Eve angelegt. Daria schluckte heftig, als sie sah, was dort stand. Eve, die ihr gegenüber stets betont hatte, als Unternehmensberaterin zu arbeiten, war offensichtlich in mehrere Fälle von Wirtschaftsspionage verwickelt. Es war schmerzhaft genug zu sehen, dass die Frau, die ihr seit ihrem ersten Zusammentreffen schlaflose Nächte bereitete, sie angelogen hatte. Daneben fragte sie sich, warum Shenmi ein solches Dossier über die eigene Geliebte anlegte.

*

»Hast du versucht, den Zugang zu knacken?«, unterbrach Ben ihre Gedanken.
Daria verneinte.
»Gut. Denn diese zweite Quelle hat ihre Dateien besonders gut geschützt. Wird das Passwort drei Mal falsch eingegeben, löst sich ein stiller Alarm aus, der direkt auf ein Mobiltelefon läuft.« Er reichte ihr einen Zettel mit einer Nummer. »Die ist hier einprogrammiert. Ich habe sie schon mal gecheckt, muss ein altes Prepaid sein, das nicht registriert wurde. Möglich, dass der Ruf von dort aus auch nur weitergeleitet wird.« Ja, vermutlich Shenmis Handy. »Dann kann man orten, wo sich die SIM-Karte befindet. Allerdings funktioniert das auch, wenn man eine Kopie öffnet.« Daria blickte ihn erschrocken an.
»Keine Angst«, Ben lachte kurz auf. »Ich bin über die Hintertür rein. Niemand hat gemerkt,

dass wir die Nuss geknackt haben.«

Er sah sie einen Moment prüfend an, bevor er mit gedämpfter Stimme fortfuhr. »Ich weiß nicht, wo du da hineingeraten bist. Aber ich kann dir nur zu höchster Vorsicht raten.«

Daria spürte einen Hauch von Angst bei seinen Worten. Sie war daran gewöhnt, sich in außergewöhnlichen, ja, auch gefährlichen Situationen zu bewegen. Auch Ben war keiner, der leicht nervös wurde. Doch etwas an seinem Blick sagte ihr, dass er sich dieses Mal Sorgen um sie machte.

»Wie bist du reingekommen?«, wollte sie wissen.

Ben schaute mit zusammengekniffenen Augen auf den Bildschirm.

»Sagen wir mal so, ich habe die Signatur entschlüsselt. Die Person, die das Programm geschrieben hat, ist in der Szene nicht unbekannt.«

Er hatte ihr einmal erzählt, dass manche Entwickler virtuelle Berührungspunkte hatten.

»Wer ist es?«

Ben schüttelte den Kopf. »Ich nenne keine Namen. Never ever. Du kennst meine Regeln.«

Daria seufzte. »Und jetzt?«

Ben stand auf und trat zu ihr. Er schob einen Finger unter ihr Kinn und hob es an. »Wirklich keinen Abstecher auf mein Futon? Ich kann mich noch gut daran erinnern, wie geil es mit uns das letzte Mal war.« In seinen Augen tanzten kleine Pünktchen. Daria fühlte eine Schwäche in den Knien. Bei ihrem letzten Besuch hatten sie viel Zeit gehabt, eine ganze Nacht voller Leidenschaft. Unwillkürlich erinnerte sie sich daran, wie sich seine Haut unter ihren Fingern, seine Zunge zwischen ihren Schenkeln, sein hartes Fleisch in ihrem feuchten anfühlte. Sie seufzte tief und mit einer gewissen Lust, als er mit dem Daumen über ihre hart gewordene Brustwarze strich.

»Ich kann nicht«, flüsterte sie und ließ offen, ob es lediglich der Zeitdruck oder etwas anderes war, das sie abhielt, sich von ihm ins Schlafzimmer tragen und dort die Kleider vom Leib reißen zu lassen.

»Schade«, flüsterte er und küsste sie leicht auf den Mund, bevor er wieder sachlich wurde.

»Ich ziehe dir die sauberen Dateien auf ein neues, stilles Gerät. Dein altes vernichte ich vorsichtshalber.«

Ein stilles Gerät hatte keinen Internetzugang und konnte nicht geortet werden. Jedenfalls solange nicht, bis es jemandem gelang, einen Sender einzuschleusen. Das konnte beim Auslesen fremder Dateien durchaus passieren, solange sie nicht von unliebsamen Appendixen gesäubert waren. Wofür Ben gründlich gesorgt haben dürfte.

Zwei Stunden später verließ sie Bens Wohnung durch den Hinterausgang. Neben dem Lesegerät hatte Ben ihr noch ein abhörsicheres Handy, eine Kreditkarte mit 10.000 Euro Limit und ein bisschen Bargeld mitgegeben. »Gib es mir zurück, sobald du kannst«, waren seine Worte gewesen. »Ich habe zurzeit genug auf der hohen Kante.« Wie sie ihn kannte, hatte er wieder ein paar Waisenkinder aufgespürt. So nannte er verwaiste Nummernkonten in der Schweiz oder Offshore. Er hatte eine Begabung darin, mit Begeisterung solche Konten ausfindig zu machen, die toten Kriminellen gehörten. Obwohl oft niemand davon wusste, knapste er sich davon immer nur soviel ab, dass es für ihn nicht gefährlich wurde, und peppte damit seine durchaus üppigen Honorare auf.

*

Der Abendflug von London nach Reykjavík war nur mäßig gebucht. Daria war froh, eine ganze Sitzreihe für sich zu haben. Nachdem sie eine Cola und ein Wasser getrunken hatte, schaute sie sich die Dateien noch einmal in Ruhe an.

Hunter hatte den Auftrag angenommen, sie und ihre Mädels auszuschalten und ihn an seine Leute weitergegeben. Er selbst war nicht dabei gewesen in Genf, vielleicht, weil er es nicht für so wichtig hielt oder die drei Frauen unterschätzt hatte. Möglicherweise ein Hinweis, dass sein Informant nicht wirklich Bescheid wusste über sie. Da auch Eve nicht erwähnt war, konnte es nicht um sie gegangen sein. Daria notierte sich das Datum, an dem er diese Akte angelegt hatte, damit sie sie später mit seinen Telefonkontakten abgleichen konnte. Vielleicht kam sie so dahinter, wer ihn beauftragt hatte.
Ob Katalin bereits etwas auf Hunters Laptop entdeckt hatte?
Sicher noch nicht, sonst hätte sie sich gemeldet.
Den zweiten Auftrag hatte Hunter selbst übernommen. Daria nagte nervös an ihrem Daumen, als sie die Unterlagen durchlas. Wer hatte Hunter beauftragt, Shenmi aufzuspüren? Auch hier schrieb sie das Datum auf, blätterte in den Unterlagen. Es stand kaum etwas über die

Gesuchte drin. Hunter hatte sämtliche Bewegungen anhand ihrer Kreditkarten und einiger Telefonate nachvollzogen. Dazu besaß er eine Reihe von Adressen - Häuser, Apartments. Unter anderem auch das der Ducroix. Daria fiel es plötzlich wie Schuppen von den Augen. Hunter hatte in Dordives nicht nach der Asiatin gefragt, die sie tot im Keller gefunden hatten. Er war auf der Suche nach Shenmi gewesen. Von Eve und ihrer Verbindung zu der Chinesin hingegen schien er überhaupt nichts gewusst zu haben.

Auch Shenmis Unterlagen sah sie sich noch einmal in aller Ruhe durch. Sie wurde nicht schlau draus. Die Unternehmen, die in den Organigrammen auftauchten, sagten ihr nichts. Oder hatten sie etwas mit Eves eigentlicher Tätigkeit zu tun? Hatte Shenmi Eve beauftragt, etwas für sie in Erfahrung zu bringen? Oder hatte Eve Daria getäuscht und war doch diejenige, die die brisanten Unterlagen besaß, hinter denen Darias Auftraggeber her war? Das und die Frage, warum Shenmi über ihre eigene Geliebte ein Dossier angelegt hatte, blieben rätselhaft und unbeantwortet.

*

Auf ihr Klopfen antwortete niemand. Als sie Eve weder im Restaurant noch an der Hotelbar fand, begab sich Daria zur Rezeption. Dort war bereits die Abendschicht eingetroffen, beide Mitarbeiter befanden sich in Gesprächen mit anderen Gästen. Daria trommelte nervös mit den Fingern auf den Tresen. Erst jetzt fiel ihr auf, dass

die Nachricht, die sie und Eve für Shenmi hinterlassen hatten, nicht mehr im Fach steckte. Eine leichte Unruhe erfasste sie. Als sich ein Mitarbeiter ihr zuwandte und sie ihn nach Eve fragte, erhielt sie die Antwort, sie sei abgereist.
»Und Miss Waterhouse?«
»Ebenfalls«. Und nein, niemand hatte eine Nachricht für Daria hinterlassen.

Wie vor den Kopf geschlagen schleppte sie sich auf ihr Zimmer und ließ sich rücklings aufs Bett fallen. Wie war das möglich? Waren sie sich nicht näher gekommen? Erst gestern noch hatte Eve sie geküsst. Und nun verschwand sie, ohne auch nur eine Nachricht zu hinterlassen. Ohne ein Wort, ohne ein Adieu. Daria drehte sich auf die Seite und zog die Beine an.

Shenmi ist gekommen und Eve hat sich jauchzend in ihre Arme geworfen. So wird es gewesen sein. Ein heftiger Schmerz durchzog ihre Brust bei diesem Gedanken.

Was habe ich erwartet? Sie wollte immer nur zu ihr zurück. Daraus hat sie nie einen Hehl gemacht. Daria drückte den Kopf tief in das Kopfkissen, es nützte nichts. Tränen stiegen in ihren Augen auf. Sie konnte sich nicht erinnern, wann sie das letzte Mal geweint hatte. Nun ließ es sich nicht aufhalten. Enttäuschung, Schmerz und Wut vermischten sich in ihrem Inneren und so lag sie da und heulte hemmungslos, bis sie irgendwann vor lauter Erschöpfung einschlief.

Zweiter Teil

Mörderischer Auftrag

Singapur. Drei Tage später.

Er hatte sie richtig zur Sau gemacht. Sie hatte weitestgehend stumm über sich ergehen lassen. Immer noch besser, so einen Tobsuchtsanfall ertragen, als entlassen oder gar tot zu sein.
»Was fällt dir ein, nach Gutdünken darüber zu entscheiden, ob du jemanden laufenlässt oder nicht«, hatte er gebrüllt. Sie hatte ihn schon oft verärgert erlebt, aber so noch nie. Mit gesenktem Kopf war sie vor ihm gestanden. Hatte ihm anschließend versichert, sie mache ihren Fehler wieder gut.
Nach dem Treffen trat sie aus dem Gebäude, einem Hochhaus aus Glas und Stahl, auf eine der unfassbar sauberen Straßen von Singapur hinaus, reihte sich ein in die Menge der freundlichen, gut gekleideten Menschen aus aller Herren Länder.
Natürlich wusste sie, dass es nicht einfach werden würde. Wäre Mister X, wie sie Bao Fremden gegenüber stets nannte, nur ihr Boss, hätte sie mit wesentlich härteren Konsequenzen rechnen müssen. Aber er schuldete ihr etwas, ihr und ihrer Mutter. Nur aus dem Grund lebte sie überhaupt noch. Jetzt musste sie ihm beweisen, dass das kein Fehler von ihm gewesen war.
Ihr Auftraggeber Bao Kirk war das Kind eines Kanadiers und einer Chinesin. Von seinem Vater hatte er ein kleines metallverarbeitendes Unternehmen geerbt, dessen Stammsitz sich in

Hongkong befand. Binnen kürzester Zeit hatte Bao den anderen Anteilseigner, Lomb, zu einem reichen und stillen Teilhaber gemacht und danach das Unternehmen in rasantem Tempo vergrößert. Heute war Kirk & Lomb eines dieser weltumspannenden Unternehmen, das in so vielen Branchen mitmischte, dass Daria sich gar nicht die Mühe machte, den Überblick zu behalten. Sowieso verstand sie sich als Angestellte des Konzerns, die stets nur in Europa für Bao tätig war. In Singapur hatte sie ihn bisher nur zwei Mal besucht. An seinem Stammsitz in Hongkong, wo auch sein privates Büro lag, noch nie.

Sie war nach Eves Abreise noch einen halben Tag in Reykjavík geblieben. War von morgens bis abends durch die kleine Stadt gelaufen, hatte in jedes Café und in jedes Restaurant geschaut. Immer in der Hoffnung, Eves Kastanienhaar irgendwo zu entdecken. Es war so sinnlos gewesen. Sie hatte Island vermutlich bereits verlassen. Daria musste über Graz fliegen, wo ihr Porsche am Flughafen stand. Natürlich war sie an Eves Haus vorbeigefahren. Es war still, dunkel, keine Spur von der Frau, mit der sie die letzten Tage verbracht hatte. Danach ging es in zwei Etappen zurück nach Luxemburg. In ihrer Wohnung hatte sie sich nur kurz aufgehalten, bevor sie nach Singapur geflogen war. Um sich dort den Kopf waschen zu lassen. Nein, Bao hatte ihr kein Wort geglaubt.
»Diese Frau hat dich reingelegt«, tobte er. »Sie hat meine Unterlagen gestohlen, und wenn du sie nicht zurückbringst, wird es jemand anderer tun.«
Damit knallte er ein paar Fotos vor sie auf den

Tisch. Daria musste hart schlucken, als sie die Frau darauf sah. Größe, Statur, alles stimmte.
»Man kann das Gesicht nicht erkennen«, trumpfte sie auf und deutete auf die Baseballkappe, die die Frau auf den Fotos, sie stammten offensichtlich aus einer Überwachungskamera, trug.

»Brauchen wir nicht«, schnaubte Bao. »Wir wissen, dass es diese Schlampe ist. Sie ist eine Spionin, die versucht, mein Eigentum zu verscherbeln. Sie hat Spuren hinterlassen und ich erwarte jetzt von dir, dass du dieses Aas zur Strecke bringst!«

Es war wie ein harter Schlag auf den Kopf gewesen. Eve war die Diebin.

»Unmöglich, dass sie das alleine geschafft hat«, murmelte Daria noch. Es machte die Sache nicht besser. Bao lachte kurz und freudlos auf. »Hat sie. Sie ist sehr gerissen.«

Und verdammt sexy.

Letzte Chance. Das war seine Ansage gewesen. »Auch für dich. Wenn du das nicht hinkriegst, sind wir geschiedene Leute.«

Jetzt war sie soweit, wie am Anfang. Sie musste Eve finden, ihr die Unterlagen abnehmen und sie dann töten. Nur, dass sie dieses Mal alleine war und dazu noch keine Ahnung hatte, wo die andere steckte.

*

Als Eve die Augen aufschlug, noch gefangen in der Innigkeit der vorangegangenen Nacht, den Geschmack ihrer Geliebten auf der Zunge, war Shenmis Haar das Erste, was sie sah. Glänzend wie Seide schlangen sich die schwarzen Strähnen um die schmalen Schultern und Arme der Chinesin. Eve betrachtete neben sich. Sie schlief so ruhig, strahlt selbst jetzt eine Gelassenheit aus, die sie angesichts ihrer beider Situation nicht wirklich empfinden konnte.

Seit sie sich am Vortag wieder getroffen hatten, schwebte Eve auf einer Wolke des Glücks. Zwar verstand sie immer noch nicht genau, warum Shenmi so ein Geheimnis aus allem machte, ihrer Abreise aus Griechenland, ihrem Nichterscheinen in Genf, ihrem Aufenthalt in Island. Doch bei Eve hatte die Freude überwogen.

Es war der merkwürdige Morgen gewesen, an dem Daria verschwunden war. Lediglich einen Zettel mit einer kurzen Nachricht hatte sie hinterlassen. Kurze Zeit später war diese junge Frau gekommen, die sie bereits einmal am Hotelempfang gesehen hatte. Freya hieß sie, Freya Bransdottir. Die Frau mit den Huskyaugen und dem schwarzen Haar, dessen Spitzen auf Kinnhöhe in alle möglichen Richtungen abstanden, als sei gerade der eisige Nordwind durchgefegt, hatte sie höflich gebeten, eintreten zu dürfen. Im Zimmer hielt sie Eve ein Smartphone hin. Auf dem Display erschien Eves Gesicht. »Du musst sofort auschecken. Freya wird alles regeln. Sie bringt dich zu mir.«

Die Isländerin erwies sich als effizient, innerhalb einer Viertelstunde hatten sie Eves Zimmer geräumt. Danach fuhren sie an der Westküste der Insel entlang, in nördlicher Richtung aus Reykjavík heraus. Sie begegneten kaum einer Menschenseele. Gelegentlich passierten sie eine Koppel mit stämmigen Islandpferden, die unter ihren dicht in die Augen hängenden Mähnen gleichgültig zu ihnen herübersahen. Nach ungefähr einer Stunde bog Freya, die während der Fahrt stumm wie ein Stockfisch geblieben war, von der Straße ab in eine kleine Siedlung von Wochenendhäusern. Als sie ausstiegen sah Eve gedankenverloren zum Himmel. Von Osten jagten düstere Wolken über die Berge in der Ferne vor ihnen. Auch sie fühlte sich aufgewühlt, ihr Magen schmerzte und etwas, das sie nicht greifen konnte, beunruhigte sie. Nur der Gedanke, Shenmi bald wiederzusehen, munterte sie ein wenig auf.

In einem der bunt gestrichenen, einfachen Holzhäuser angekommen, rief Freya Shenmi an und reichte Eve das Telefon. Die Chinesin bat Eve eindringlich, im Haus zu bleiben. »Geh nicht raus, geh nicht zurück ins Hotel, rufe niemanden an. Versprich es!«
Eve hatte versprochen, alles so zu machen.
»Ich bin morgen bei dir. Unternimm vorher nichts«, ließ Shenmi verlauten, dann war die Verbindung unterbrochen. Freya steckte das Mobiltelefon mit undurchdringlicher Miene ein.

»Was läuft denn hier?«, versuchte Eve, die inzwischen mehr als beunruhigt war, herauszufinden.

»Mach einfach, was sie sagt«, lautete die Antwort. »Dann kann ihr nichts passieren.«

»Ihr? Ist sie in Gefahr?« Eve riss erschrocken die Augen auf. Hörte das denn nie auf? Freya zögerte kurz, dann nickte sie.

»Hier ist alles, was du brauchst. Wasser, etwas zu essen. Bettwäsche.« Sie klopfte gegen die Lamellentür eines Einbauschranks.

»Ich komme morgen, um nach dir zu sehen.

Geh nicht raus.« Damit verschwand sie. Als das Röhren ihres Landrover verklungen war, herrschte nur noch Stille um das Haus herum. Nichts war zu hören. In westlicher Richtung lag das Meer, doch entweder so weit entfernt, dass man weder das Rauschen noch die Schreie der Möwen bis hierher hören konnte. Oder der stetige Wind nahm diese Geräusche mit sich fort, bevor sie menschliche Ohren erreichten.

Im Verlauf der nächsten Stunden fragte sich Eve immer wieder dieselben Dinge: Wohin war Daria gegangen und was würde sie denken, wenn sie Eve nach ihrer Rückkehr nicht mehr im Hotel fand? Freya hatte Eve nicht gestattet, eine Nachricht für ihre Begleiterin zu schreiben. »Aus Sicherheitsgründen«, wie sie meinte. Dennoch kam sich Eve schlecht dabei vor, die Frau, mit der sie einige Tage durch die Ereignisse so eng zusammengeschweißt gewesen war, einfach im Unklaren über ihren Verbleib zu lassen. Immerhin hatte sie diese Frau noch am Vorabend sogar geküsst. Sie spürte, wie sie beim Gedanken an diese spontane und vermutlich dem Alkohol geschuldeten Aktion errötete. Was Daria jetzt wohl von ihr hielt?

Nach einem endlos lang scheinenden Tag, im Verlauf dessen sie immer wieder die Geschehnisse der letzten Tage rekapitulierte, schlief Eve in der Nacht angesichts ihrer Situation erstaunlich gut. Am Vormittag schließlich hörte sie ein Auto vorfahren. Mit klopfendem Herzen stand sie hinter dem Fenster und sah zu, wie Shenmi aus dem Wagen kletterte. Einen Moment lang stand sie dort draußen, als horche sie auf etwas. Dann, vermutlich als sie sicher war nicht verfolgt worden zu sein, kam sie mit zügigen Schritten auf das Wochenendhaus zu.

»Endlich!« Eve hatte die Tür aufgerissen und sich stürmisch in Shenmis Arme geworfen. Natürlich wollte sie sofort all die Fragen beantwortet haben, die im Raum standen. Doch Shenmi war noch nicht gewillt gewesen, sie zu beantworten.

»Ich will dir etwas zeigen«, sagte sie. »Dann wirst du es verstehen.«

Aber vorher stand der Chinesin der Sinn nach etwas Anderem.

»Ich hab dich vermisst«, murmelte sie in Eves Haar. Statt einer Antwort auf Eves noch immer nicht verstummte Fragen zu geben, umschlang sie sie, ließ ihre Hände unter Eves Pullover gleiten und knabberte an ihrer Unterlippe.

»Komm ins Bett«, hauchte sie mit aufregend heiserer Stimme und zog Eve mit sich. Die sträubte sich nicht, als Shenmi sie rücklings aufs Bett warf, sich über sie hockte und sie entkleidete, Stück um Stück. Eve kam sich vor wie eine Pralinenschachtel, die voller Vorfreude ausgepackt wurde.

Eve seufzte lautlos, als sie daran dachte, wie Shenmis Finger schnell und zielsicher ihr feuchtes Fleisch gefunden hatten, während sie sich gleichzeitig auf eine sehr hungrige Art küssten. Eve war schnell gekommen, es war, als habe sich etwas in ihr angestaut. Ihr klang noch Shenmis Kichern im Ohr. »Na, da hat aber jemand mächtig Sehnsucht gehabt«, gurrte sie. Eve widersprach nicht. Das stimmte, ihre Sehnsucht nach ihrer Geliebten war stark gewesen und sie hätte sich liebend gerne gleich wieder Shenmi hingegeben.

Gleichzeitig hatte sich etwas verändert. Etwas, das sie nicht benennen konnte.

Später hatte sie ihr in einer sehr gerafften Version erzählt, was in Genf geschehen war.

»Man hat mich aus dem Hotel entführt. Eine Verwechslung«, meinte Eve. »Man hat mich für jemanden gehalten, die etwas hat mitgehen lassen. Keine Ahnung, wie die auf die Idee gekommen sind, ausgerechnet mich zu kidnappen. Sie haben es dann eingesehen. Eine der Frauen hat sich später um mich gekümmert.« Sie erwähnte weder den Besuch in Hunters Haus noch die ermordete Familie in Dordives. Ersteres, weil sie nicht glaubte, dass es wichtig war. Zweites, weil sie hoffte, einen besseren Moment zu finden, um Shenmi den Tod ihrer Freunde schonend beizubringen.

»Sie hat mich dann hierher begleitet«, fuhr Eve fort.

»Woher wusstet ihr, wo ich bin?«

Eve erzählte ihrer Freundin von dem Hotelnamen, an den sie sich erinnert hatte.

»Ach so«, murmelte die und wickelte nervös eine Haarsträhne um den schlanken Finger. »Das war eigentlich nur als Ausweichmanöver gedacht, falls auf meiner Reise etwas schiefgeht. Aber gut, dass du da bist.« Shenmis Miene verfinsterte sich nach dem Gespräch. Dann griff sie nach Eves Hand und sah ihr tief in die Augen.

»Du wirst morgen alles erfahren, hab noch ein wenig Geduld«, bat sie.

*

Shenmi erwachte, träge wie immer. Hob die

Arme über den Kopf, streckte und rekelte sich. Eve sah fasziniert zu, wie die Bettdecke verrutschte und neben dem Anblick ihrer bloßen Arme und Schultern auch den ihrer Brüste unter dem dünnen, naturweißen Stoff ihres Nachthemdchens preisgab.

Die Chinesin lächelte und legte eine Hand an Eves Wange. »Gut geschlafen?«

Eve nickte und sah Shenmi nach, als die gleich darauf ins Badezimmer hinüberging. Dann erhob sie sich, um in der Küche Kaffeewasser aufzusetzen. Nachdenklich betrachtete sie das Auf und Ab des dunklen Suds im Filter. Ob Shenmi ihr heute sagen würde, wie es jetzt weiterging? Sie schien selbst auf etwas zu warten.

Als Eve mit zwei Tassen in der Hand zurück ins Schlafzimmer ging, kam Shenmi gerade aus dem Bad. Sie war nackt, ihr Körper tropfte und sie rieb mit einem Handtuch über ihr Haar. Im Raum lag der Duft ihres Sandelholzduschgels.

»Shenmi, können wir heute mal darüber reden, wie es weitergeht?«

Die Angesprochene drehte sich um. Eve meinte, einen Anflug von Ärger über ihr Gesicht ziehen zu sehen. Doch gleich darauf lächelte Shenmi. Sie ließ sich aufs Bett fallen. »Heute noch. Hab noch ein wenig Geduld mit mir. Auch für mich waren die letzen Wochen und Tage nicht einfach. Außerdem bin ich total verspannt«, meinte sie, wobei sie ihre Schultern kreisen ließ.

Eve verstand die Aufforderung und trat neben ihre Geliebte. »Soll ich dich massieren?«

Shenmi gurrte Zustimmung und band ihr Haar hoch auf dem Kopf zu einem Knoten. Ihre Schultern waren schmal, die helle Haut warm von der heißen Dusche. Eve kniete sich hinter sie. Ihre Daumen kreisten auf der weichen Haut, entlang der Halswirbelsäule, zwischen den Schulterblättern durch, den ganzen Rücken hinunter. Die Haut ihrer Geliebten fühlte sich glatt und weich wie Seide an. Shenmi seufzte unter Eves Berührungen, dann griff sie nach ihrer Hand, zog sie herunter auf ihre Brust. Eve spürte, wie sich die kleine, braunrosa Warze unter ihrer Berührung zusammenzog. Shenmi ließ ihren Kopf nach hinten an Eves Bauch sinken und zog auch deren zweite Hand nach vorn. Eve sog den Sandelholzduft der feuchten Haare ein und schloss kurz die Augen. Etwas irritierte sie, sie konnte nicht sagen, was es war. Sie öffnete die Augen wieder. Shenmis sah sie über den Spiegel gegenüber hinweg direkt an, um die halb geöffneten Lippen spielte ein lüsternes Lächeln. Eve fühlte sich einen Moment lang fremd in der Situation. Shenmis Schenkel öffnete sich wie in Zeitlupe. Eve sah zu, wie ihre Finger ein Eigenleben führten, sich um die Brüste ihrer Geliebten legten, sie liebkosten. Blickte dann wie gebannt auf deren Schoß. Zwischen den hellen, fleischigen Halbmonden schimmerte es verheißungsvoll rosa. Eve spürte ein Ziehen im Unterleib, das mit jedem Schlag ihres Herzens stärker wurde. Shenmis Finger legten sich wie beiläufig auf den Bauch, wo der Drache zu flattern schien. Schob sie tiefer. Zog ihre Schamlippen weiter auseinander. Eve griff nach dem Kinn ihrer Freundin, zog ihren Kopf zu sich herum, beugte sich über sie und küsste sie tief und voller Lust, bevor sie ihre Hand auf Shenmis legte. Ihre miteinander verflochtenen Finger tauchten ein in die seidige Hitze. Ihre Bewegungen vermischten sich mit Shenmis Seufzern und dem Heben ihres Beckens in einem immer schneller werdenden Rhythmus, bis ein lang gezogener, zweistimmiger Schrei das Zimmer erfüllte.

Circa eine Stunde später kam Freya. Sie trug eine Tüte mit Lebensmitteln ins Haus. Danach standen sie und Shenmi längere Zeit am Wagen. Eve schien es, als diskutierten sie heftig. Freyas Gesicht erschien ihr finsterer als am Vortag, als sie Eve schließlich einen großen, braunen Umschlag in die Hand drückte. Erst, als sie abgefahren war, konnte Eve wieder frei atmen.

*

»Ich habe dir ja bereits erzählt, dass mein Vater mich mit aller Macht mit einem Mann verheiraten will, der ihm geschäftlich von Nutzen ist. Das ist in meiner Heimat immer noch ein probates Mittel, um Macht zu erhalten oder zu stärken.«

Eve hockte, die Beine angezogen, auf einem Stuhl. Shenmis saß ihr gegenüber, den immer noch geschlossenen Umschlag schob sie auf der Platte des Tisches, der zwischen ihnen beiden stand, hin und her.

»Bereits einmal hat er mich praktisch kidnappen lassen, damals, als wir in Amsterdam waren. Ich kam nur frei, weil ich hoch und heilig versprochen habe, seinen Anordnungen Folge zu leisten.« Ihr Gesicht verfinsterte sich bei den letzten Worten. »Aus diesem Grund hat er den Hochzeitstermin angesetzt. Natürlich habe ich die Feier platzen lassen. Allerdings wollte ich mich vorher mit ihm aussprechen. Ein letzter Versuch. Wir waren in Paris verabredet. Zu dem Abendessen im Restaurant eines Nobelhotels, das nur zu zweit hätte stattfinden sollen, kam dann auch der Mann, dem er mich versprochen hat. Ein schlimmer Typ, ein Gangster im Maßanzug. Ohne Umschweife forderte er mich auf, mit ihm auf sein Zimmer zu kommen. Er wolle mich, so seine Worte, von meinen perversen Neigungen heilen. Die Andeutungen darüber, wie gut er dafür ausgestattet sei, waren mehr als eindeutig.« Sie verzog angeekelt das Gesicht und Eve ergriff tröstend ihre Hand. »Mein Vater saß neben mir, ohne eine Miene zu verziehen. Kannst du dir das vorstellen?« Sie schüttelte sich. »In diesem Moment war mir klar, dass mein Vater mich nicht nur nicht verstehen konnte, sondern es auch überhaupt nicht wollte. Für ihn bin ich nicht mehr als Manövriermasse, ein gutes Geschäft, das er sich nicht kaputt machen lassen will. Vermutlich spielt inzwischen auch die Tatsache eine Rolle, dass er sich in seiner Ehre gekränkt sieht durch meine Weigerung. Er will ein Exempel statuieren.«

Sie biss sich auf die Lippe und starrte auf die Tischplatte.

»Was hast du dann gemacht?«

»Ich bin ohne ein weiteres Wort an meinen Vater aufgestanden und mit diesem grinsenden Typ nach oben gegangen. Habe so getan, als wäre ich ganz wild auf die Erfahrung mit ihm. Als er mit heruntergelassener Hose vor mir stand, habe ich seine Hoden gegriffen, sie einmal um sich selbst gedreht und dann nach unten gerissen. Er klappte zusammen wie ein Taschenmesser und bekam mit der Faust noch eins in die Fresse, bevor ich ihn mit den Handschellen, die er für mich vorgesehen hatte, ans Bett gefesselt und ihm seine Unterhosen in den Mund gestopft habe.«

Sie holte tief Luft und sah einen Moment lang fast betrübt aus.

»Danach hatte ich genügend Zeit, meinen Kram zusammenzupacken und abzuhauen.«

Sie seufzte und beugte sich zu Eve hinüber. »Leider habe ich die Reaktion meines Vaters nicht vorhergesehen. Statt mich einfach laufen zu lassen, mich meinetwegen zu enterben, und endlich diesen blöden Plan aufzugeben, hat er mich zum Abschuss freigegeben und dafür erneut verfolgen lassen. Zwar konnte ich ihn abschütteln, aber inzwischen hatte er deine Spur aufgenommen.«

»Er weiß, wer ich bin?«

»Schon seit längerer Zeit. Nun hat er jemanden beauftragt, sich an deine Fersen zu heften.« Shenmi zog den Umschlag zu sich und öffnete ihn.

»Er hat ein paar Leute, die Dinge für ihn erledigen, die nicht so richtig zu seinem Image als sauberer Geschäftsmann passen. Jemand hat dich in Genf aufgespürt und dich seither nicht mehr aus den Augen gelassen. Nach allem, was du mir gestern erzählt hast, hat sich diese Person unter Vorspiegelung falscher Tatsachen an dich herangemacht.«

Eves Herz hatte pochte auf einmal ganz heftig. Ein leichtes Schwindelgefühl zwang sie, die Beine auf den Boden zu stellen und sich mit den Unterarmen auf dem Tisch abzustützen. Shenmi meinte Katalin. Ganz sicher war es kein Zufall gewesen, dass ausgerechnet sie in Hunters Haus aufgetaucht war. Oder vielleicht meinte sie Hunter selbst? Natürlich. So musste es sein. Seine Leute hatten versagt, danach hatte er persönlich sie verfolgt. Hatte er nicht nach einer Asiatin gefragt? Hunter war derjenige, der den Auftrag erhalten hatte, sie aufzuspüren. Shenmi wusste einfach noch nicht, dass er tot war. Genauso wenig, wie sie vom Tod ihrer Freunde in Dordives wusste. Eve zumindest hatte es nicht über sich gebracht, ihrer Freundin diese schreckliche Nachricht zu vermitteln. Shenmis nächste Worte jedoch zeichneten ein ganz anderes Bild.

»Die Frau, vermutlich hat er sie ganz bewusst ausgewählt, ist eine der gefährlichsten Killerinnen, die für ihn arbeiten. Sie sollte dein Vertrauen gewinnen, dich aushorchen. Dich dazu bringen, dass du sie zu mir bringst. Sobald du sie zu mir geführt hättest, wären wir beide tot gewesen.«

Eves Blick löste sich schwer von Shenmis Gesicht. Sie wollte nicht, wollte das Foto, das nun direkt vor ihr lag, nicht ansehen müssen. Als sie es doch tat, setzte ihr Herz einen Moment lang aus. Als es wieder einsetzte, schmerzte jeder einzelne Schlag.

Daria! Sie hatte ihr vertraut und war verraten worden.

»Deshalb konnte ich mich in Reykjavík nicht bei dir melden, solange ihr zusammen wart.«

*

Ben empfing sie an der Tür zu seinem Domizil mit einem Grinsen. »Dass du so schnell Sehnsucht wieder nach mir bekommst, hätte ich nicht gedacht!« Er zog Daria an sich und küsste sie aufs Haar.

»Ich benötige bereits wieder deine Hilfe.« Sie war müde, hatte auf dem Flug von Singapur nach London nur schwer Ruhe gefunden. Immer wieder tauchte Eves Gesicht vor ihrem inneren Auge auf. Sie dachte an den wütenden Ausdruck ihrer hellgrünen Augen bei ihrer ersten Begegnung. An ihr in weichen Wellen fallendes kurzes Haar. An die Nacht in Graz, in der sie neben ihr schlief. Wie sich Eves Atem in ihrer Umarmung beruhigte. Wie weich sich ihre Haut anfühlte. Einen Moment lang glaubte sie, den warmen Duft nach Apfel und Kastanie in der Nase zu spüren. Hatten nicht ihre Herzen geschlagen wie eins, als sie eng umschlungen auf dem alten Sofa in dem kleinen Haus in Graz lagen? Die Sehnsucht nach Eve traf sie wie ein Schlag. Ein höchst unwillkommenes Gefühl, das sie gerne zur Seite geschoben hätte. Wenn sie nur wüsste, wie.

Vor ihr ging Ben. In seiner perfekt sitzenden Jeans und dem eng anliegenden, langärmeligen dunkelblauen T-Shirt fand sie ihn unverändert attraktiv. Dennoch schienen die Zeiten, in denen sie sich mit ihm lustvoll auf seinem Futon gewälzt hatte ferner denn je.

»Was kann ich tun?« Sie war ihm in seinen Keller gefolgt, wo sich seit ihrem letzten Besuch nichts verändert hatte. Ein Gerät piepste in regelmäßigen Abständen, auf einem der Tische stand ein Becher mit dampfendem Tee.

»Auch einen Earl Grey?« Sie nickte und legte die Finger um die Tasse, als müsse sie sich wärmen.

»Jemand hat mich verarscht«, begann sie ihre Erklärung. »Eine Frau. Ich habe sie in Reykjavík verloren und muss sie wiederfinden.«

Ben hatte sich in seiner üblichen Haltung, Knöchel auf Knie, Arme hinterm Kopf verschränkt, in seinem Stuhl weit nach hinten gelegt. Er hörte ihr schweigend aber sehr aufmerksam zu.

»Sie ist zusammen mit der Frau, deren Chip ich kopiert habe.« Ben nickte langsam. »Mir hat sie erzählt, dass sie zusammen sind. Es ist nicht auszuschließen, dass sie sie ebenfalls benutzt, wie mich.« Sie hielt kurz inne. »Möglich auch, dass die beiden gemeinsame Sache in einer sehr heiklen Angelegenheit machen, die ich aufklären muss.«

Sie trank in kleinen Schlucken von dem starken, aromatischen Tee.

»Gut. Fangen mir damit an, was du weißt.« Ben ließ seinem Stuhl nach vorne schnellen und öffnete ein Fenster an dem PC, der vor ihm auf dem Tisch stand. Es erschien ein Luftbild der isländischen Hauptstadt.

Daria nannte ihm den Namen des Hotels, er markierte den Standort.

»Handy?« Daria nickte. »Eines von den sicheren, die ich mal von dir hatte. Darin eine der komplett anonymen Prepaidkarten, für die ich mir mal in weiser Voraussicht rechtzeitig einen Vorrat angelegt hatte.«

»Welches Gerät hast du ihr gegeben?«, wollte Ben wissen.

Daria sagte es ihm. Sie wusste, dass er das Gerät damit auch so orten konnte, egal, ob es eingeschaltet war oder nicht. Eine Weile schwiegen sie, während Ben einige Eingaben am Computer machte.

»Laut der Ortung ist das Gerät ausgeschaltet. Es befindet sich genau hier«, er deutete auf das Luftbild. Daria blickte ihm über die Schulter und seufzte. »Sie hat es im Hotel gelassen.«

»Oder man hat es ihr dort abgenommen. Vielleicht in einen Müllschlucker geworfen. Oder in den Safe gelegt.« Ben drehte sich zu ihr um. »Wenn die Frau so wichtig für dich ist, warum hast du ihr nicht einfach einen Sender untergejubelt?«

Daria biss sich auf den Daumen. »Ehrlich gesagt dachte ich nicht im Traum daran, dass sie mich in die Irre führen könnte. Ich habe ihr vertraut.« Es tat weh, das zu sagen. Obwohl es immer noch die Dinge gab, die sie Eve nicht gesagt hatte, fühlte sich Daria umgekehrt doch wesentlich mehr hintergangen.

»Okay«, meinte Ben gedehnt. »Du sagst, sie ist mit der anderen Frau zusammen. Der, die diesen Chip bei sich trägt?«

Daria nickte.

»Die wiederum hat sich ihr Verschlüsselungsprogramm von jemandem schreiben lassen, an den ich herankommen könnte.«

Daria schob skeptisch die Unterlippe nach vorn. »Das kann doch werweißwer und vor allem werweißwo gewesen sein. Selbst wenn du denjenigen identifizieren könntest, sitzt er vielleicht in Hongkong ...«

»Sicher nicht«, unterbrach Ben sie. »Erstens handelt es sich nicht um einen Mann. Sondern um eine Frau. Und zweitens ...«, er drehte sich nun zu

Daria um, »ist diese Frau eine Isländerin oder arbeitet von dort aus.«

»Was?« Daria sprang auf und ging aufgeregt ein paar Schritte hin und her.

»Das Land ist ziemlich klein und nicht gerade üppig bevölkert.«

»Jepp. Genau deshalb ist es einen Versuch wert. Die Frau ist keine Unbekannte in unserer Szene. Wenn ich an sie herankomme, kann ich vielleicht in Erfahrung bringen, wo diejenige ist, die du suchst. Falls die beiden noch in Verbindung stehen.«

»Und wenn nicht?«

»Müsste ich mal prüfen, ob sie bereit ist, ihre Klientin zu orten. Sie kann das mit Sicherheit.«

»Das alles wäre jedoch gegen jede eurer Regeln, die du mir ja bereits so oft erklärt hast. Du wolltest mir nicht mal verraten, wer hinter dem Schutzprogramm steckt. Und ganz gewiss wird die, die es geschrieben hat, nicht ihre Klientin verraten.«

»Das ist das Problem«, gab Ben zu. »Und ehrlich gesagt, würde ich dir die Informationen auch nicht einfach in die Hände drücken, so ich sie denn bekäme. Sondern sie bereithalten. Für alle Fälle.«

»Welche Fälle wären das? Mein Leben ist bereits bedroht. Wenn ich Eve nicht finde, lässt mich mein Auftraggeber umbringen, soviel ist sicher.«

Ben sah sie aufmerksam an. »Dachte ich mir. Und bevor das geschieht, würde ich dir helfen. Aber nur dann. Und auch nur, weil dich und mich eine sehr lange Freundschaft, und eine fast genauso lange Geschäftsbeziehung verbindet. Und darüber hinaus, was mich betrifft, einige der aufregendsten Begegnungen, die ich mit dem anderen Geschlecht je hatte.« Er grinste ganz kurz, wurde dann sofort wieder ernst. »Ich werde tief eintauchen müssen ins Darknet, die Welt, die hinter dem offenen Internet liegt. Das kann dauern. Ich schlage daher vor, du fliegst nach Reykjavík und hältst dich bereit, gleich die Spur aufzunehmen, sobald ich eine gefunden habe, bevor sie sich wieder verflüchtigt.«

»Sie könnten inzwischen überall sein«, wandte Daria ein.

»Wir müssen dahin, wo die Frau verschwunden ist. Ich virtuell, du physisch. Verlass dich nicht auf mich alleine, es kann sein, dass ich gar nichts herausfinde. Dann wirst du vor Ort Detektivin spielen müssen.«

*

Freya holte sie am nächsten Morgen ab. Eve war es gewohnt, die Isländerin mit einer unbewegten bis finsteren Miene zu sehen. Doch an diesem Tag schien sie richtig schlechte Laune zu haben. Es regnete und der Wind pfiff, sodass sie sich alle drei in ihre Kapuzenmäntel wickelten und stumm zu Freyas Landrover gingen. Den Wagen, mit dem Shenmi gekommen war, ließen sie stehen.

»Wir reisen mit leichtem Gepäck. Nimm nur Sachen für eine Übernachtung mit. Den Rest kannst du hierlassen, den schickt Freya uns nach«, hatte Shenmi ihr erklärt. Wohin es ging, wusste Eve nicht.

»Lass dich überraschen«, hatte Shenmis Antwort

gelautet. Sie wirkte dabei keineswegs kokett, sondern nervös und ernst. Freya zu fragen kam überhaupt nicht infrage, so stieg Eve schließlich leicht verärgert, sie mochte diese Geheimnistuerei nicht mehr, und schulterzuckend auf den Rücksitz, während Shenmi vorne auf dem Beifahrersitz Platz nahm.

Sie fuhren in Richtung Norden. Shenmi starrte wortlos aus dem Fenster, als sähe sie überhaupt nichts. Schließlich bogen sie ab und fuhren auf ein offenes Gelände zu. Rund ein Dutzend Helikopter und Kleinflugzeuge standen dort auf einem kleinen Flugplatz.

»Wohin fliegen wir?«, fragte Eve, der die ganze Geschichte inzwischen mächtig auf die Nerven ging. Was sollte das alles überhaupt? Sie verstand sehr gut, dass sich Shenmi vor ihrem Vater verstecken musste. Wenn es stimmte, was sie sagte, würde sie vermutlich den Rest ihres Lebens untertauchen müssen. Allerdings hatte sie sie nie gefragt, ob sie bereit dazu wäre, mit ihr zu gehen. Eve hatte sich Hals über Kopf in die Chinesin verliebt, dennoch meldeten sich jetzt Bedenken. War es richtig, was sie tat? Warum zog Shenmi sie in diese Sache hinein? Sie hatten nie über eine gemeinsame Zukunft gesprochen. Shenmi hatte jedes Gespräch, das in diese Richtung gegangen war, vehement abgeblockt. Und nun blieb Eve nichts anderes übrig, als in diese Zukunft mit hineinzugehen. Wohin sie jetzt auch flogen, es war weder ihre Entscheidung, noch hatte man sie gefragt. Und genau das gefiel ihr nicht.

»Beeilung, wir müssen starten, bevor das Wetter noch schlechter wird.« Zwischen Freyas

Huskyaugen, die skeptisch zum Himmel sahen, bildete sich eine tiefe Falte.

Schweigend marschierte sie zu einem der Kleinflugzeuge hinüber. Freya ging voran und begrüßte den Piloten dort per Handschlag. Wenige Minuten später waren sie in der Luft. Eve sah nach unten. Der Anblick der Insel von oben war atemberaubend und einen Moment lang vergaß sie den Ärger über Shenmis Eigenmächtigkeit. Dann sah sie, in welche Richtung sie flogen. Erstaunt drehte sie sich zu Shenmi um. Die grinste jetzt, beugte sich zu Eve hinüber und griff beruhigend nach deren Hand.

»Du wolltest doch schon immer mal nach Grönland, oder?«

Eve ließ sich in ihren Sitz zurückfallen. Unten tauchten nach kurzer Zeit die ersten Eisschollen auf. Grönland. Sie hoffte nur, dass ihre Thermounterwäsche den Temperaturen dort standhielt.

*

Die Anlage rund um das aus riesigen Eisplatten gebaute Eishotel war das beeindruckendste Bauwerk, das Eve je gesehen hatte. Staunend stand sie vor dem Gebäude, das wie ein Iglu geformt war und in der schwachen Sonne schimmerte wie ein blauer Märchenpalast. Unter hohen, aus Eis geformten Bogen ging es zum Empfangsbereich. Die Schneelandschaft um sie herum glitzerte in bläulich-weißen Farben. Eve und Shenmi blieben vor dem Eingang stehen, während Freya sie drei drinnen eincheckte. Dann gingen sie hinüber zu den Gästezimmern. Rund herum waren rund ein Dutzend kleinere Iglus angeordnet. Eines davon betraten sie. Es war, im Gegensatz zu einigen anderen, zwar nicht aus Eis gebaut, dennoch herrschten es innen relativ kühle Temperaturen. Drei Zimmer waren im Halbrund von einem kleinen Vorraum aus angeordnet. Freya bezog eines davon, ein zweites teilten sich Eve und Shenmi. Die Einrichtung war eher spartanisch, dennoch macht das Zimmer auf Eve einen gemütlichen Eindruck. Auf den Betten lagen edle, dicke Schlafsäcke, darüber hatte man Felle von Moschusochsen gebreitet.

»Mein Gott, das ist ja irre hier!« Eve ließ sich auf das harte Möbelstück plumpsen. Die Tür zum Badezimmer stand offen und gab den Blick auf einen Whirlpool frei.

»Länger als eine Nacht werden wir aber nicht hierbleiben können, oder? Das sieht mir eher nach einer Hotelanlage für Kurzzeittouristen aus.« Eve stand auf und trat direkt vor Shenmi. »Wie soll das weitergehen? Wir können doch nicht planlos durch die Gegend ziehen.«

Die Chinesin sah angespannt zu Boden.

»Nein, das können wir nicht. Ich wollte dich heute Abend fragen, ob du mich begleiten willst. Ich fliege morgen von hier aus nach Kanada. Falls du mitkommen willst, würde ich mich freuen. Falls nicht, verstehe ich das. Ob wir uns dann jemals wiedersehen werden, steht dann in den Sternen.« Sie griff nach Eves Händen und zog sie dichter zu sich. »Überleg es dir.«

*

Daria war nach ihrer Rückkehr nach Island

dieses Mal in einem anderen Hotel in Reykjavík abgestiegen. Von ihrem Fenster im fünfzehnten Stock hatte sie einen atemberaubenden Blick über die Faxaflói-Bucht und die winzigen Inseln, auf denen, wie sie gelesen hatte, lediglich die putzigen Papageientaucher zu Hause waren.
Dass Eve zurückkommen und nach ihr suchen würde, erschien ihr unwahrscheinlich. Auf jeden Fall wäre es aber für Daria von Nachteil gewesen, wenn Eve oder ihre Begleiterin Verbindungen zu jemandem in der Belegschaft dort gehabt hätten. Dieses Mal musste sie selbst die Fäden und sämtliche Trümpfe in der Hand behalten. Und den Überraschungsmoment für die nächste Begegnung.

Zunächst hatte sie keine Ahnung gehabt, welche Vorgehensweise am besten war. Auf dem Flug war dann ein Plan entstanden.

»Arnar Johannson« stand auf dem Schild an der Vesturgata. Der höchstens 30-jährige Privatdetektiv mit dem sandfarbenen Haar trug Flanell und Cord, wirkte dabei kompetent und forsch und machte den Eindruck, es kaum erwarten zu können, mit der Suche nach Eve loszulegen.

»Ich muss nur wissen, wann genau, mit wem und wohin sie Reykjavík verlassen hat«, instruierte Daria ihn. Sie unterschrieb den Auftrag, händigte ihm einen Vorschuss aus und steckte die Quittung in die Hosentasche. Wie der Detektiv - »nennen Sie mich Arnar, wir Isländer sprechen uns alle mit dem Vornamen an« - an die Informationen kam, war ihr egal. Er würde es auf jeden Fall schneller schaffen als sie, falls man ihr überhaupt irgendetwas sagte. Schon allein die

Landessprache zu beherrschen war da von Vorteil. Daria selbst sprach mehrere Sprachen, darunter Mandarin, ihre Muttersprache Serbokroatisch und seit der Zeit in Bolivien Spanisch. Das, was man in Island sprach, kam ihr dennoch vor, wie ein Kauderwelsch von einem anderen Stern. Den Rest des Tages streunte sie durch die Stadt, gönnte sich im Café »Solon« ein Stück Blaubeerkuchen und genoss den *Kaffi,* der ihr, wie hierzulande üblich, noch einmal nachgeschenkt wurde.

Danach trieb es sie hinaus, am liebsten wäre sie auf einen der Gletscher gekraxelt, doch sie wollte die Stadt nicht verlassen. Arnar Johannson machte nicht den Eindruck, zu trödeln. Sie erwartete kurzfristig eine Nachricht von dem Detektiv. Daher zog sie sich ihre Sportklamotten an und joggte an der Promenade, entlang des wild bewegten Meeres voll heller Schaumkronen auf den dunkelgrauen Wellen. Die Gischt sprühte mehrfach zu ihr herüber und sie genoss die Kälte, den Geschmack von Salz und die Kraft, die sie aufwenden musste, um sich gegen den Wind zu stemmen. Am alten Hafen dehnte und streckte sie ihre Muskeln, umgeben vom Geruch nach Tang und Meer, in den sich der Duft aus den Küchen der angrenzenden Fischlokale mischte, bevor sie den Rückweg antrat. Angenehm ausgepowert kehrte sie ins Hotel zurück und begab sich nach einer heißen Dusche noch in die kleine Sauna im Spa-Bereich. Dort oben war es angenehm ruhig, als sie kam, war sie der einzige Gast. Sie saß schon eine Weile, als sich die Tür erneut öffnete. Eine junge Frau kam herein, die Eve auf den ersten Blick erschreckend ähnlich sah. Der schmale

Körper, das kurze, wellige Haar. Es versetzte Daria einen Stich, sie verließ die Sauna wenige Augenblicke später. Eine eiskalte Dusche und eine Runde im Kaltwasserbecken kühlten sie im wahrsten Sinne des Wortes ab. Als sie auf ihr Zimmer kam, lag noch keine Nachricht von Johannson vor. Sie trank eine Flasche Wasser, zappte sich durch das Programm ihres Fernsehers, surfte planlos im Internet herum und versuchte verzweifelt, nicht an Eve zu denken. Es gelang ihr nicht.
Seit Eve sie verlassen hatte, tatsächlich kam es Daria genau so vor, fragte sie sich immer und immer wieder, wie sie sich so hatte täuschen lassen können. Die ganzen Tage über war sie stets heftig zwischen zwei Gefühlen geschwankt. Einerseits fühlte sie sich immer noch von Eve angezogen. Wie sehr spürte sie jedes Mal, wenn sie an sie dachte. Es war wie ein kleiner, elektrischer Schlag unterhalb der Gürtellinie. Einen Moment lang war sie in London versucht gewesen, die Sehnsucht nach Eve mit einem bislang probaten Mittel zu bekämpfen. Mit Ben ins Bett zu gehen, sich von ihm jede Illusion über Eve aus dem Hirn vögeln zu lassen. Aber erstens wollte sie ihn nicht täuschen. Zweitens wusste sie mit beängstigender Sicherheit, dass es nichts bringen würde. Sie war dieser Frau total verfallen. Einer Frau! Verfallen! Daria schüttelte sich, als wäre sie ein Hund voller Flöhe.
Sie hat mich um den Finger gewickelt.
Aber war das wirklich so? Weil die Gedanken so verwirrend waren, gestattete sie sich schließlich doch einmal einen anderen, emotionslosen Ansatz. Ihre Intuition hatte sie

noch nie im Stich gelassen. Das war der Grund, warum die andere überhaupt noch lebte. Hätte Daria Eve nicht aus dem Haus bei Genf mitgenommen, wäre sie schon längst tot. Umgekehrt hätte Eve die Möglichkeit gehabt, Daria auszuschalten. Das hatte sie nicht getan. Warum nicht? Nur, weil sie ihre Hilfe bei der Suche nach ihrer Geliebten brauchte?

Darias Mund wurde bei diesem Gedanken trocken. Shenmi war bei Eve. Beide mussten sterben!

*

Darias Handy klingelte scheinbar mitten in der Nacht. Wobei diese um diese Jahreszeit, wenn der kurze Sommer vorbei war, in Island bereits früh am Tag einsetzte. Sie fragte sich, wie Menschen so einen Winter mit langen, dunklen Tagen, der praktisch Ende September begann und erst im April aufhörte, überhaupt durchhielten. Die Isländer allgemein machten auf sie einen pragmatischen Eindruck. Deprimiert kamen sie ihr dabei allerdings nicht vor.

Johannson bestätigte diesen Eindruck sogleich. Er hörte sich, um ein Uhr morgens, unverschämt gut gelaunt an. Ob die Geräusche im Hintergrund, die eindeutig auf eine Bar hindeuteten, etwas damit zu tun hatten?

»Ich habe die Informationen, die Sie brauchen. Morgen früh um 9 in meinem Büro? Ist das in Ordnung?«

»Können Sie es mir nicht sofort sagen? Ich kann Ihnen Ihr Honorar umgehend online überweisen.« Daria verspürte ein Kribbeln in den

Fingern. Egal, wo Eve zurzeit war, sie würde sofort dorthin aufbrechen.

Johannson lachte kurz auf. »Können Sie machen, Lady. Dann schicke ich Ihnen eine SMS mit allem, was sie benötigen. Allerdings - nach dort abzureisen können Sie sich abschminken. Das geht vor morgen früh nicht.« Er machte eine kleine Kunstpause und als Daria die SMS, die gleich darauf auf ihrem Display aufploppte, geöffnet hatte, wusste sie auch warum.

»Grönland« stand da.

»Meine Güte, was machen sie denn da?«, entfuhr es ihr unwillkürlich.

»Ist eine beliebte Gegend für Flitterwochen«, meinte Arnar trocken.

Es dauerte einen Moment, bis Daria begriff. Hierzulande waren gleichgeschlechtliche Beziehungen nichts Besonderes, nicht erst, seit das Land einmal eine lesbische Ministerpräsidentin gewählt hatte. Aber dass Shenmi und Eve sich jetzt in Grönland vergnügten, gefiel Daria überhaupt nicht.

»Sind Sie sicher?«, fragte sie vorsichtshalber nach.

»Ganz sicher. Ich habe mit dem Piloten des Flugzeugs gesprochen, der die drei Ladys geflogen hat.«

»Drei?« Darias Verwirrung wuchs.

»Steht alles in meinen Unterlagen.«

Wenig später, sie hatte dem Detektiv sein Honorar überwiesen, schickte er ihr alles, was er herausgefunden hatte. Schon kurz, nachdem Daria alles gelesen hatte, griff sie erneut zum Hörer.

»Ich brauche morgen einen Flug nach

Grönland. Den frühestmöglichen.« Eine Viertelstunde später schickte der Empfangsmitarbeiter ihr die Bestätigung. Ein Blick auf die Uhr zeigte Eve, dass ihr nur noch wenige Stunden im Hotel blieben. Bemerkenswerterweise schlief sie sofort wieder ein und wachte fünf Minuten vor dem Weckerklingeln wieder auf. Draußen war es stockdunkel und bestimmt auch kalt. Doch das hielt Daria nicht ab. Wenn alles klappte, wie vorhergesehen, würde sie am Ende des Tages ihrem Boss die freudige Nachricht senden können, dass Eve tot war.

Tödliches Eis

Eve fühlte sich durch und durch erhitzt, als sie aus dem Whirlpool stieg. Ihr Zustand war nicht allein dem heißen Wasser zu verdanken, sondern gleichzeitig dem, was sie und Shenmi dort in der letzten halben Stunde getrieben hatten.

»Ich bin vielleicht fertig«, murmelte sie und ließ sich, eingewickelt in ein dickes Frotteebadetuch, aufs Bett sinken. Ihre Freundin stand ein paar Augenblicke an der offenen Badezimmertür. Ihr vom Wasserdampf feuchtes Gesicht war so schön, dass Eve innerlich aufseufzte. Es war nicht das Einzige, was sie an der Chinesin anzog. Sie hätte sofort mindestens X weitere Dinge aufzählen können. Ihr Duft. Die Art, wie sie sie küsste. Die dunklen Augen voller Verheißungen und voller Geheimnisse. Ihre Hemmungslosigkeit im Bett. Dass sie sie liebte auf eine ihr bislang völlig unbekannte Weise. Sie würde sie dennoch verlassen. Shenmi hatte es mit unbewegter Miene aufgenommen. Das war, bevor sie in den Whirlpool gestiegen waren. Ihrem Verhalten nach nahm sie es Eve nicht übel. Gesagt hatte sie dazu noch nichts.

»Ich schaffe das einfach nicht. Mein ganzes Leben so hinter mir zu lassen. Ganz abgesehen davon, dass ich arbeiten muss. Ersparnisse habe ich keine.«

»Ich habe genügend Geld für uns beide«, lautete Shenmis Antwort. Doch darüber, wie sie in Zukunft gedachte, an dieses Geld zu kommen, schwieg sie sich aus.

»Dein Vater sucht dich. Wenn du jetzt untertauchen musst, bin ich dir ein Klotz am Bein.

Alleine schaffst du es.«

Eve hörte ihre eigene Stimme Dinge sagen, die wie Phrasen klangen. Gleichzeitig spürte sie sehr deutlich, dass sie dieser Einschnitt ihres Lebens stärker belasten müsste. Ihr schwerer fallen müsste. Noch konnte sie es sich nicht vorstellen, Shenmi niemals wiederzusehen.

»Vielleicht können wir uns wiedersehen, wenn das alles ... vorbei ist.«

»Ach Eve. Du weißt genauso gut wie ich, dass das niemals vorbei sein wird, solange mein Vater lebt.«

Unbehaglich drehte Eve sich auf die Seite, als sie an ihr Gespräch dachte. Ihre Geliebte schien den bevorstehenden Abschied jedoch bereits verdaut zu haben. Es schien, als wolle sie Eve noch einmal mit Haut und Haaren besitzen, bevor sie sich für immer verabschiedeten.

»Lass uns anstoßen. Darauf, was war. Und darauf, was vielleicht irgendwann wieder kommt«, schnurrte sie und reichte Eve ein Glas Rotwein.

Eve trank einen winzigen Schluck und drehte das Glas zwischen ihren Fingern. Sie fühlte sich schuldig und gleichzeitig befreit. Die Zeit mit Shenmi war wunderschön gewesen. Geheimnisvoll. Gefährlich. Ganz anders als alles, was sie vorher erlebt hatte. Nun ging sie zu Ende und Eve spürte, dass es gut war. Auch für sie war etwas zu Ende gegangen. Sie wusste auf einmal ganz sicher, dass sie sich nie mehr wiedersehen würden. Und dass sie das in Kauf nahm. Dass es die richtige Wahl gewesen war.

Shenmi ließ ihr Badetuch achtlos auf den Boden fallen und zog sich einen weißen, gesteppten Seidenkimono mit einem chinesischen Schriftzeichen auf dem Rücken über.

»Was bedeutet das Zeichen?«, fragte Eve mit bereits schläfrigem Zungenschlag.

»Freiheit«, lautete die Antwort. Shenmi blickte sie über die Schulter hinweg an und lächelte. Wieso kam ihr dieses Lächeln auf einmal vor, als gehöre es einem Hai?

Eve gähnte laut und ungeniert. Fast hätte sie das leise Klopfen an der Tür überhört.

»Auf uns«, sagte Shenmi mit leichter Hektik in der Stimme und hob ihr Glas. Eve trank ebenfalls. In ihr Badetuch gewickelt auf dem Bett liegend sah sie stirnrunzelnd, wie Shenmi ihr Glas auf dem Nachttisch abstellte und zur Tür ging. Freya stand da draußen. Erschien es Eve nur so, oder blickte die Isländerin mit finsterer Miene zu ihr herüber? Die beiden Frauen redeten so leise, dass Eve nichts verstehen konnte. Vermutlich ging es um Shenmis geplante Abreise. Sie gähnte erneut. Shenmi sah kurz zu ihr, bevor sie einen Schritt nach draußen trat und dabei die Tür fast ganz hinter sich zuzog. Die Stimmen wurden etwas lauter. Gab es Schwierigkeiten?

Eve wurde auf einen Schlag hundemüde. Das Wasser im Whirlpool war wohl doch zu heiß gewesen. Oder waren es die unanständigen Sachen, die Shenmi mit ihr angestellt hatte? Eve grinste kurz und spürte selbst, wie ihr ihre Gesichtszüge dabei entglitten. Sie hatte eindeutig genug getrunken. Sie erhob sich mühsam aus ihrer halb liegenden Position und schüttete den Rest des Weins in Shenmis Glas. Sie schaffte es danach gerade noch in ihren Pyjama, dann rollte sie sich auf dem Bett zusammen und schlief sofort ein.

*

Ein Whispern und Knacken drang durch die Dunkelheit. Jemand lachte leise, eine andere Person antwortete mit einem Seufzen. Das Boot schwankte. Sie wollte sich festhalten, aber es gab nichts, wohin sie auch griff, ihre Hände landeten im Leeren.

»Ich liebe dich«, flüsterte Shenmi. Eve lächelte geschmeichelt. Wann hatte sie das von ihrer Geliebten zuletzt gehört?

»Ich dich auch«, antwortete jemand. Eve verstand nicht, warum sich ihre Stimme so fremd anhörte.

»Oh ja«, seufzte Shenmi. Dieses Gurren, dieses Flirren in der Stimme. »Du machst mich verrückt.«

Warum war es nur so dunkel um sie herum? Eve spürte auf einmal ihr Herz schlagen. Nicht nur in ihrer Brust, im ganzen Körper. In den Schläfen, hinter den Augen, im Hals. Ihre Hände waren unter der Decke hervorgerutscht und eiskalt, ebenfalls ihr rechter Fuß. Jemand hatte ihr die Augen verbunden! Darum konnte sie nichts sehen.

Shenmis Lustschrei, gedämpft und doch so laut, dass er wie ein Messer in ihr Herz fuhr. Was war hier los? Endlich gelang es ihr, die bleischweren Lider zu heben. Ihre Augen waren nicht verbunden. Leider. Was sie sah, war schlimmer als Dunkelheit. Drüben, im Badezimmer, saß Shenmi auf dem Rand des Waschtisches. Ihr Kimono klaffte weit auf.

Jemand, den Eve nur von hinten sehen konnte, stand zwischen ihren Beinen. Es war eindeutig, was die beiden da trieben. Eves Augen glitten millimiterweise nach oben. Von den schmalen Hüften in einer Thermohose über ein graues Tanktop. Höher. Zu den schwarzen Haaren. Deren Spitzen nach allen Richtungen abstanden, als habe ein Sturmwind durchgepustet.

Noch konnte ihr Gehirn nicht zusammensetzen, was sie sah und hörte. Shenmi sank nun mit einem ekstatischen Gesichtsausdruck nach vorne, in Freyas Arme. Eve schloss die Augen bis auf einen kleinen Spalt. Shenmi musste glauben, dass sie noch schlief. Was auch immer da vor sich ging, es war klar, dass sie es nicht sehen sollte, nicht sehen durfte.

Die beiden küssten sich lange und geräuschvoll.

Warum trieben die beiden es direkt vor ihrer Nase? Sie mussten denken, dass sie schlief wie eine Tote. Wie eine Tote? Wie eine Bewusstlose. Der Wein! Jetzt fiel der Groschen.

Danach blieb es eine Weile still. »Ich muss noch ein bisschen schlafen«, flüsterte Shenmi. »Wir machen es morgen wie abgemacht.«

»Willst du sie wirklich ...«

»Ja!« Das war Shenmis Stimme. Klar und eiskalt wie die Blöcke, aus denen das Hotel gezimmert war. »Es muss wie ein Unfall aussehen. Nur wenn sie ... von der Bildfläche verschwindet, ist die Angelegenheit erledigt.«

»Aber wir hatten etwas anderes vereinbart. Du hast nie davon gesprochen, dass sie ...«

»Kein Aber«, unterbrach Shenmi. »Der Plan ist perfekt. Ich breche morgen mit ihr wie vereinbart zu einer Tour mit den Schneeschuhen auf. Du nimmst einen Hundeschlitten. Wir treffen uns ein Stück weiter draußen. Abseits der Route an der vereinbarten Stelle. Wir lassen sie dort, wo keiner sie so schnell findet. Sie wird erfrieren. Du bringst mich dann zum Treffpunkt mit meinem Piloten. Ich fliege nach Kanada. Du kehrst zurück in die Anlage. Man wird Eve irgendwann finden und denken, dass auch ich tot bin. Jedenfalls wird das alles nicht so schnell geschehen, sodass ich Zeit habe, unterzutauchen. Du kommst nach, sobald ich meine neue Identität habe.«

»Warum hast mir eigentlich nie gesagt, dass ihr beide Mal ein Paar wart?« Freya, etwas mürrisch und verärgert.

»Es ist jetzt nicht der richtige Zeitpunkt, um darüber zu reden.«

Shenmi kam ins Zimmer und trat ans Bett. Eve hörte vor Schreck fast auf zu atmen, als das Gesicht der Chinesin fast direkt vor ihrem auftauchte.

»Und?«

»Sie schläft tief und fest. Morgen früh, unterwegs, flöße ich ihr noch etwas von dem Stoff ein, jetzt kenne ich ja die richtige Dosis. Und dann - bye, bye.« Sie kicherte auf eine Art und Weise, die Eve bis ins Mark erschütterte.

»Komm her.« Freya zog Shenmi noch einmal an sich, bevor sie das Zimmer verließ.

Eve hörte die Frau, die bis vor wenigen Stunden noch ihre Geliebte war, im Badezimmer vor sich hinsummen. Dann kam sie ans Bett zurück. Das Letzte, was Eve noch mitbekam, bevor ihr die Augen wieder zufielen, war, dass Shenmi das Weinglas auf ihrem Nachttisch anhob. Sie

hörte das Geräusch, mit dem sie es in einem
Rutsch leer trank. Wie sie das Glas zurückstellte.
Dann nichts mehr.

*

Es stiegen nicht viele Passagiere in die kleine
Maschine, die sie von Reykjavík aus nach
Grönland bringen sollte. Die Hauptsaison war zu
Ende, es waren nur noch wenige Touristen
unterwegs. An Bord befanden sich eine
Reisegruppe von älteren Briten sowie zwei junge
US-amerikanische Paare, die fortlaufend mit ihren
Smartphones Selfies schossen. Neben Daria gab es
noch einen weiteren allein reisenden Mann, der
ein paar Sitze vor ihr saß und den ganzen Flug
über zu schlafen schien.

Beim Anflug auf Grönland genoss Daria für ein
paar Minuten den atemberaubenden Anblick der
schnee- und eisbedeckten Landschaft unter einem
klaren, blauen Himmel. Einen kurzen Moment
lang stellte sie sich vor, wie es wohl wäre, einen
Ausflug mit einem Hundeschlitten oder einem
Snowbike zu machen. Vielleicht sollte sie einmal
wiederkommen, später, wenn dieser Auftrag
beendet war. Sie ließ sich in ihren Sitz
zurückfallen und schloss kurz die Augen. Das, was
vor ihr lag, erforderte höchste Konzentration.
Anhand dessen, was Johannson ihr mitgeteilt
hatte, war sie sich sicher, Eves aktuellen
Aufenthaltsort zu kennen. Sie war nicht allein.
Shenmi war für Daria schwer einzuschätzen. Und
wer war die dritte Frau? Noch in der Nacht hatte
sie Ben den vermutlichen Standort der Gesuchten
durchgegeben. Noch hatte er sich nicht wieder

gemeldet.

Die Passagiere verließen das kleine Flugfeld. Während die Briten von einem Führer abgeholt wurden, verschwanden die Amerikaner in einem nahe gelegenen Verleih für Snowbikes. Daria schlug den Weg zu der Eishotel-Anlage ein, in der die drei Frauen eingecheckt hatten, denen sie auf der Spur war. Erst nach einer Weile bemerkte sie den stummen Fluggast, der ebenfalls in ihre Richtung ging. Obwohl er die richtige Kleidung für Wintersport trug, wirkte er nicht wie ein Tourist. Daria fragte sich unwillkürlich, was er hier machte. Er schien sich umgekehrt dasselbe zu fragen. Als er sie überholte, warf er ihr einen prüfenden Blick zu, bevor er mit schnellen Schritten verschwand. Erst, als sie auf den Hoteleingang zuging, sah sie ihn wieder. Er schien genau zu wissen, wohin er musste. Ohne das Hotel betreten zu haben verschwand er in Richtung der Iglus, die im Halbkreis um das Hauptgebäude angeordnet waren. Nachdenklich betrat Daria die Rezeption. Dort erlebte sie eine herbe Enttäuschung. Weder Eve noch Shenmi waren hier abgestiegen.

»Drei Freundinnen von mir sind gestern von Island aus hergekommen«, versuchte Daria es erneut. Die Empfangsdame schaute unsicher zu einem ihrer Kollegen. Sie wechselten ein paar Worte, die Daria nicht verstand. Dann schüttelte die Frau den Kopf. »Wenn Sie uns die Namen der Damen, die sie suchen, nicht nennen können, kann ich Ihnen leider nicht helfen.«

Daria blieb nicht anderes übrig, als sich zu bedanken und das Hotel zu verlassen. Johannson war sich sicher, dass die drei Frauen hier waren. Sie zückte ihr Smartphone, öffnete die Datei, die er ihr in der Nacht geschickt hatte, und scrollte sich durch den Text. Irgendwo musste doch stehen, wie die dritte Frau hieß. Schließlich entdeckte sie den Namen.

»Freya? Ja, die ist hier. Sie hat zwei Zimmer gemietet.« Die Empfangsdame deutete auf das Telefon. »Soll ich Sie anmelden?«

»Nicht nötig, ich gehe direkt zu ihr rüber«, brummte Daria, nachdem sie endlich die Nummer des Iglus erhalten hatte.

Es lag ein ganzes Stück weit weg und sie fragte sich unwillkürlich, ob sie Eve dort finden würde. Ein Kribbeln lief ihre Wirbelsäule entlang und sie vergewisserte sich, dass sie ihre Messer dabei hatte. Dann hob sie die Hand und klopfte an.

*

Eve kämpfte sich mühsam durch die Dunkelheit. Mit hämmernden Kopfschmerzen erhob sie sich wie in Zeitlupe. Wer klopfte da so heftig an ihre Tür? Durch das runde Oberlicht konnte sie in den immer noch nachtschwarzen Himmel sehen. Wie spät war es? Ihre Lider schienen aneinanderzukleben, nur mit Mühe gelang es ihr, das Display neben dem Bett zu fokussieren, um die Uhrzeit zu erkennen.

»Es ist erst halb sieben«, murmelte sie erschöpft.

Erneutes Klopfen. Vorsichtig schob sie die Beine unter dem mollig warmen Bettzeug hervor. Irgendwo mussten doch ihre Socken sein. Mühsam streifte sie die über und tappte zur Tür.

»Morgen.« Freya stand da und sah sie mit ärgerlich gerunzelter Stirn an. »Wo bleibt ihr denn? Wir wollen in einer halben Stunde los.«

Eves Gehirn schien einer lichtlosen Rumpelkammer zu gleichen. Alles kreuz und quer und nicht eindeutig zu identifizieren, wo was lag und wo es hingehörte. Sie räusperte sich. Ihre Zunge war belegt und sie fühlte sich wackelig wie auf hoher See.

»Du fährst auch mit?« War es nicht abgemacht gewesen, dass nur sie und Shenmi heute mit den Snowbikes herumfahren wollten und Freya eine Hundeschlittenfahrt plante?

Freya starrte sie an und ähnelte mehr denn je einer Außerirdischen. »Sicher. Ich begleite euch ein Stück, bevor ich mein eigentliches Ziel ansteuere«, antwortete sie und versuchte zum gefühlt hundertsten Mal, an Eve vorbei ins Zimmer zu blicken. Dort lag Shenmi im Bett und schlief. Etwas streifte Eves Bewusstsein wie ein Schatten. Unwillkürlich schauderte sie.

»Dir ist kalt, du solltest dir was anziehen und Shenmi wecken. Ich warte vor der Anlage auf euch.« Damit drehte die Isländerin sich um und stapfte davon.

Eve schloss die Tür und ließ sich von innen dagegen fallen. Ihr Kopf brummte noch immer, hatte sie etwa zu viel getrunken? Erst, als sie unter der heißen Dusche stand, klärte sich ihr Bewusstsein. Langsam fiel ihr wieder ein, was am Vorabend geschehen war. Shenmi und sie im Whirlpool. Sie hatten Rotwein getrunken. Und danach? Verzweifelt grapschte Eve nach den Erinnerungsfetzen, die in ihrem Kopf aufploppten wie die unerwünschte Werbung im Internet. Da war doch etwas gewesen. Gedankenverloren kehrte sie ins Zimmer zurück. Shenmi schlief immer noch. Tief und fest. Eve trat näher zum Bett und sah auf ihre Geliebte hinab. Ihre Schlafmaske lag neben ihr. Dass die sie nicht trug war völlig ungewöhnlich. Sie hatte auch keines ihrer Nachthemden an, was angesichts der kühlen Raumtemperatur nicht verwunderlich war. Dünne Seidenhemdchen und Grönland passten nicht wirklich zusammen. Dass sie allerdings ihren Kimono trug und keines ihrer übergroßen T-Shirts, wunderte Eve.

Sie wollte sich gerade herunterbeugen und ihre Freundin wecken, als erneut etwas Dunkles an ihr vorbeizuziehen schien. Waren das diese merkwürdigen Nordlichter auf die alle immer so scharf waren? Oder gar Elfen und Trolle, an deren Existenz die Isländer steif und fest glaubten?

Ein merkwürdiges Gefühl beschlich sie, als sie die Hand auf Shenmis Schulter legte. Erschrocken fuhr sie zurück. Die Chinesin war eiskalt. Und jetzt erst bemerkte Eve, dass sie nicht mehr atmete.

»Nein«, stammelte sie und drückte beide Fäuste auf ihren Mund. Sie taumelte rückwärts durchs Zimmer, fiel fast über einen kleinen runden Tisch. Gerade eben so konnte sie verhindern, dass er umkippte und sie mit ihm. Einige von Shenmis Sachen fielen zu Boden. Eve war so durcheinander, dass sie in blinder Panik alles, was auf den Teppich gefallen war, zusammenschob, um es in die Handtasche zurückzustopfen. Ihre Finger zitterten dabei so sehr, dass sie das Durcheinander nur noch schlimmer machte. Sie handelte völlig irrational, war überhaupt nicht fähig, an etwas anderes zu denken als daran, alles möglichst schnell aufzuräumen.

Shenmis Handy landete in der Tasche, ein Lippenstift, eine Packung Kaugummi, ein paar Haarringe. Die Brieftasche lag umgedreht und aufgeklappt vor ihr. Als sie danach griff, fiel eine Kreditkarte heraus. Eve hatte sie bereits wieder in die Brieftasche zurückgesteckt, als sie mitten in der Bewegung erstarrte. Sie sah zum Bett hinüber. Zog die Karte heraus. Ihr Herz schlug jetzt wie ein Dampfhammer. »Mimi Ducroix« stand auf der Karte. Eves Bewusstsein setzte einen Moment lang aus, bevor es schmerzhaft zurückkehrte. Warum hatte Shenmi die Kreditkarte der toten Madame Ducroix bei sich? Einen Moment lang suchte sie nach einer entschuldigenden Erklärung. Fand eine. Shenmi musste in Dordives gewesen sein und ihrer Freundin erzählt haben, dass ihr Vater sie suchte. Die hatte ihr die Karte gegeben, weil sie ihre eigene nicht mehr benutzen konnte.

Eve klappte die Brieftasche zu und starrte einige Augenblicke vor sich hin. Dann öffnete sie sie wieder. Holte nach und nach alles heraus, was drin war. Keine weiteren Dinge von Mimi Ducroix. Sie warf alles in die Tasche zurück. Jetzt fiel ihr ein verschlossenes Seitenfach auf. Sie zögerte kurz, bevor sie den Reißverschluss öffnete. Was sie fand, erschreckte sie so sehr, dass sie aufsprang. Am liebsten hätte sie ihre Freundin an den Schultern gepackt und geschüttelt. Nur, dass das jetzt rein gar nichts mehr nützte!

Und in diesem Moment fiel der letzte Schleier von ihrer Erinnerung. Als habe jemand einen Vorhang beiseitegezogen, stand Eve klar und deutlich vor Augen, was sie am Vorabend gesehen hatte. Kurz klammerte sie sich an die Vorstellung, alles sei nur ein Traum gewesen. Dass das nicht stimmen konnte, erkannte sie an ihrem eigenen Gefühl. Sie sah Shenmi an, die bleich wie eine Marmorstatue im Bett lag. Wo war die Liebe, die sie für sie empfunden hatte? Wie weggeblasen. Eves Blick fiel auf Shenmis Nachttisch, auf das Glas, das noch einen winzigen Rest von etwas Roten enthielt. Der Wein! Jetzt war ihr alles klar. Nicht genug damit, dass Shenmi sie mit dieser Freya betrogen hatte. Sie wollte Eve auch noch ausschalten, vermutlich töten. Nur - warum?

Noch bevor sie dieser Frage gedanklich weiter nachgehen konnte, klopfte es erneut an der Tür.

*

Freya!

»Shenmi ist tot!«, rief Eve, als sie schwungvoll die Tür aufriss. Es war nicht Freya, die vor der Tür stand, sondern ein Mann, den sie noch nie im Leben gesehen hatte. Er sagte nichts. Er schlug einmal zu, kurz und präzise. Eve kam erst wieder zu sich, als sie mit gefesselten Händen und Füßen auf dem Bett saß. Der Fremde stand über Shenmi gebeugt, die Finger an ihrem Hals. Wären nicht seine eiskalten Augen und die Waffe in seiner Hand gewesen, hätte man ihn für einen besorgten Arzt halten können.

»Wer sind Sie?« Ihre Worte waren kaum zu verstehen. Der Geschmack von Blut lag auf ihren Lippen.

»Tut nichts zur Sache. Ihr beide seid sowieso gleich erledigt.«

Eve stöhnte auf. Wer war das nun schon

wieder?

»Sie ist schon tot. Mich können Sie doch jetzt laufenlassen«, versuchte sie es.

Der Mann erhob sich und blickte mit gerunzelter Stirn im Zimmer herum.

»Sie hätte sich nicht mir dir einlassen dürfen. Und du dich nicht mit ihr.«

»Schickt ihr Vater Sie?« Hatte sie nicht mal gelesen, dass man in solchen Fällen versuchen sollte, ein persönliches Verhältnis zum anderen aufzubauen?

»Ihr Vater?« Der Mann lachte kurz auf. »Ich kenne da einen, der ist viel wütender als der alte Herr.«

»Ach, der Kerl mit den malträtierten Eiern und der davongelaufenen Braut.« *Reden, reden, reden!*

»Halt die Schnauze, sonst stopfe ich sie dir!« Der Fremde machte eine vielsagende Bewegung mit seinem Pistolenknauf. Dann ging er an ihr vorbei ins Badezimmer. Gleich darauf hörte sie das Wasser des Whirlpools rauschen. Was hatte er mit ihnen vor? Dass es nicht darum ging, sie einfach umzubringen, war ihr inzwischen klar geworden. Verzweifelt versuchte sie, ihre Fesseln zu lockern. Vergeblich, sowohl ihre Handgelenke als auch ihre Fußfesseln saßen extrem stramm.

»Ihr beiden Lesben werdet ein schönes Bild abgeben - vereint im Tod, weil eure Liebe keine Chance mehr hatte.« Er kam aus dem Badezimmer. Aus der Tasche seines Parkas holte er zwei silberglänzende Blisterstreifen.

Oh Gott, er wollte ihre Ermordung als gemeinsamen Selbstmord tarnen.

»Niemand, der die Fesselspuren an meinen Handgelenken entdeckt, wird das glauben.«

Er hielt mitten in der Bewegung inne. Sie hatte recht, sie wusste es. Würde er sich darauf einlassen, ihre Fesseln zu lockern? Es war eine winzige Chance. Es war ihre einzige Chance. Sie atmete flach aus, als er die Tabletten ablegte, um zu ihr herüberzukommen.

*

Das Klopfen an der Tür unterbrach ihn. Noch bevor Eve darauf reagieren konnte, hatte er ihr die Hand auf den Mund gelegt. Mit der anderen bedeutete er ihr, still zu sein. Sein Kinn wies auf die Waffe, die er auf dem Nachttisch abgelegt hatte. Eves Augen weiteten sich vor Verzweiflung. Freya stand dort draußen. Sie musste ungeduldig geworden sein. Der Blick des Mannes irrte durch den Raum, fand nicht, was er suchte. Er griff kurzerhand nach Shenmis herumliegender Schlafmaske und stopfte sie Eve in den Mund. Angsterfüllt beobachtete sie ihn, wie er einen Schalldämpfer auf seine Waffe schraubte.

»Ganz still, sonst war das der letzte Laut in deinem Leben!«, raunte er Eve zu, als er ihrem Blick folgte, der hilfesuchend zur Tür gewandert war. Wieder klopfte es, dieses Mal lauter und nachdrücklicher. Der Mann rührte sich nicht. Die Person, die draußen stand, versuchte nun, den Griff zu drehen. Da er von innen verriegelt war, blieb die Tür geschlossen. Nach einiger Zeit hörten sie, wie sich die Person entfernte. Es konnte nur Freya gewesen sein. In diesem Iglu waren nur ihre beiden Zimmer belegt.

Als er sicher war, dass die Person dort draußen weggegangen war, bedeutete der Fremde

Eve, sich nach vorne zu beugen. Er lockerte ihre Handfesseln ein kleines Stück. Eve war sich sicher, dass die Kabelbinder tiefe, rote Einschnitte hinterlassen hatten. Tatsächlich hörte sie ihn leise fluchen. Das Risiko, dass man sie mit diesen Fesselspuren entdeckte, konnte er nicht eingehen, wenn er es wie Selbstmord aussehen lassen wollte. Eve begriff, dass sie etwas Zeit gewonnen hatte. Doch wozu? Es gab nichts und niemanden, der oder die sie aus dieser Situation befreien würden.

*

Niemand hatte auf ihr Klopfen reagiert, in keinem der beiden Zimmer. Dennoch war sich Daria sicher, dass jemand in dem war, vor dessen Tür sie jetzt stand. Ein kaum wahrnehmbares, schleifendes Geräusch war zu ihr herausgedrungen. So, als ob jemand etwas über eine Fläche geschoben hätte. Erst, als sie zwei Schritte in Richtung Ausgang gemacht hatte, wurde ihr klar, was sie sonst noch wahrgenommen hatte. Ein leichter Duft nach Sandelholz schwebte in der Luft. Ein Duft, den sie zweifelsfrei Shenmi zuordnen konnte. Also war sie hier! Möglich, dass sie die Unterkunft bereits wieder verlassen hatte. Aber sie war hier gewesen. Und Eve befand sich bei ihr.

Daria trat durch die massive Tür des Iglus hinaus in die kalte Luft. Der Schnee knackte leise unter ihren Schritten, als sie um das runde Gebäude herumging. Im ersten der drei Zimmer waren die Vorhänge aufgezogen. Es stand leer. Im zweiten Zimmer konnte man durch einen Spalt

hindurchsehen. Eine Reisetasche stand am Boden.
»Suchen sie etwas?« Sie fuhr erschrocken herum, sie hatte die andere Frau nicht näherkommen hören. Es dauerte einen Moment, bis sie begriff, wen sie vor sich hatte. Die Frau mit den eisblauen Augen kannte sie. Sie arbeitete an der Rezeption des Bergson Blue Giant Hotels in Reykjavík. Das also war Freya! Jetzt fiel der Groschen bei Daria. Diese Frau hatte Shenmi geholfen, vermutlich war sie es gewesen, die Eve im Hotel kontaktiert hatte. Daria glaubte keine Sekunde daran, dass sie so harmlos war, wie sie nun zu wirken versuchte. Die Isländerin hatte sie erkannt, und wusste nicht, was sie tun sollte. Man konnte es förmlich hinter ihrer Stirn arbeiten sehen.
»Ein schönes Zimmer«, antwortete Daria. »An der Rezeption sagte man mir, ich solle mir das leer stehende hier mal ansehen. Leider ist die Tür verschlossen.«
»Ach ja?« Freya kam einen Schritt näher und legte den Kopf schief. Dann schien sie es sich anders zu überlegen, drehte sich um und rannte davon.
Daria war schneller als sie. Ihr Bein schoss nach vorn, als sie die Isländerin fast eingeholt hatte. Der Tritt gegen ihren Oberschenkel brachte Freya zu Fall. Daria schlug ihr zwei Mal hart ins Gesicht, bevor sie sie nach oben zog. Mühsam stand Freya auf den Beinen. Sie war jung, vermutlich Ende Zwanzig, und nicht ganz unsportlich. Aber jemandem mit Darias Übung und Kondition nicht gewachsen.
»Wir gehen jetzt dort hinein und du erzählst mir, wo Shenmi und Eve sind.«

Freyas Blick flackerte. Sie schien keine Heldin des Alltags zu sein und entschied sich angesichts der Situation, mit offenen Karten zu spielen.

»Die beiden sind noch auf ihrem Zimmer. Wir wollten ... einen Ausflug machen. Ich warte schon seit über einer halben Stunde auf sie.«

Von weiter vorne ertönten Stimmen, ein Grüppchen Menschen trat aus einem der anderen Gebäude. Daria packte Freya fest um die Taille und zog sie mit sich ins Innere des Iglus.

»Klopf an«, flüsterte sie ihr ins Ohr. »Und mach dich bemerkbar.«

Freyas Miene verriet, wie wenig ihr diese Vorstellung gefiel. Sie zog die Mundwinkel nach unten und blitzte Daria an. »Warum sollte ich ...«

»Weil du verantwortlich bist, wenn den beiden was geschieht. Los jetzt!« Sie schob Freya vor die Tür und knuffte sie heftig in den Rücken.

»Shenmi!« Freyas Faust donnerte gegen die Tür, als müsse sie Tote aufwecken. Es kam keine Antwort.

»Eve, hörst du mich? Mach auf!«, versuchte Freya es noch einmal. »Ich bin es, Freya. Ist alles in Ordnung bei euch? Ich warte seit einer halben Stunde.«

Plötzlich entstand Bewegung hinter der Tür. Sie wurde schwungvoll aufgerissen, ein Arm schnellte heraus und zog Freya hinein. Bevor die Tür wieder zugehen konnte, stellte Daria ihren Fuß dazwischen und stürmte hinter Freya ins Innere des Raumes. Der Mann hatte nur mit einer Person gerechnet, sie sah es an seinem erstaunten Blick. Sie erkannte ihn ihm sofort den schweigsamen Fluggast. Noch bevor er sich von seiner Überraschung erholt hatte, traf ihre

Schuhspitze einen empfindlichen Teil seiner Anatomie. Er klappte unwillkürlich nach vorn, mitten in einen Schwinger. Seine Nase brach mit einem unschönen Geräusch. Blut schoss heraus, der Mann taumelte. Daria schlug ihm die Pistole aus der Hand. Nun schien auch Freya, die während des Handgemenges dastand wie eine Salzsäule, zum Leben zu erwachen. Sie griff nach einer Lampe und schlug sie dem Kerl auf den Hinterkopf. Der sackte zusammen und machte keinen Mucks mehr.

*

Eve hockte schreckensstarr auf dem Bett und verfolgte die Szene, die sich im Zimmer abspielte. Daria hatte den reglos am Boden liegenden Kerl durchsucht und anschließend mit seinen eigenen Kabelbindern verschnürt wie ein Paket. Freya hingegen starrte seit Minuten auf Shenmi, die wie eine weggeworfene Puppe auf der anderen Seite des Bettes lag. Ihre Lippen zitterten unkontrolliert, sie wirkte, als würde sie gleich in einen Schreikrampf ausbrechen.

Erst, als Daria sich schwer atmend erhob, kam Bewegung in die Isländerin. Es war die Pistole des Fremden, die sie plötzlich in beiden Händen hielt und auf Daria richtete. Eve stöhnte auf. Shenmis Schlafmaske im Mund bereitete ihr Übelkeit. Sie würgte an dem Stofffetzen, konnte ihn aber nicht ausspucken.

»Was geht hier vor sich?« Freyas Gesichtsausdruck zeigte Panik und Unsicherheit. Eve hätte höhnisch gelacht, wenn sie es nur gekonnt hätte angesichts einer solchen Heuchelei. Waren es nicht Freya und Shenmi gewesen, die gestern Nacht noch Mordpläne gegen sie geschmiedet hatten?

»Das wüsste ich auch gern.« Daria schien wenig beeindruckt von der Waffe. Sie ging zu Eve hinüber und riss ihr den speichelfeuchten Knebel aus dem Mund. Einen Moment lang tauchte ihr Blick ein in Eves hellgrüne Augen. Was schimmerte darin? Angst? Scham? Hoffnung? Sie drehte sich abrupt um und zeigte auf die Chinesin.

»Du solltest sie zudecken«, meinte sie dann, an Freya gewandt. »Sonst holt sie sich noch den Tod. Viel fehlt nicht.«

»Was?« Die Isländerin blickte auf die unbeweglich daliegende Shenmi. Der Moment reichte Daria, um sie zu entwaffnen. Nun war sie es, die die Pistole auf die drei Frauen im und am Bett richtete.

»Was ist los mit ihr?«, wollte Daria wissen.

»Sie hat ein Betäubungsmittel intus. Das war ursprünglich für mich vorgesehen.« Eve schaute flehentlich zu Daria. »Mach mir doch endlich die Fesseln ab.«

Daria schüttelte stumm den Kopf.

»Ich will wissen, was hier für ein Spiel gespielt wird. Ohne Umschweife und ohne Ausreden. Und eines sage ich euch - ich mag diesen Kerl da überwältigt haben«, sie stieß den Gefesselten mit der Fußspitze an -, aber das heißt noch lange nicht, dass ich euch nicht auch gefährlich werden kann.«

Sie ging rückwärts und ließ sich in einen Sessel neben der Tür fallen. »Und bitte keine falsche Bescheidenheit. Wer von euch anfängt, ist mir egal.«

*

Eve war die Erste, die sprach. »Freya hat mich zu Shenmi gebracht. Und die hat mir gesagt, wer du wirklich bist.« Die letzten Worte spuckte sie schon fast in Darias Richtung.

»Ach ja, wer bin ich denn?«

Eve schaute mürrisch zu Freya hinüber, die eine Decke über Shenmi gezogen hatte und verwirrt auf die Reglose herunterblickte.

»Du hast dir mein Vertrauen erschlichen, um Shenmi zu finden. Ihr Vater hat dich engagiert. Ich war so blöd, dir zu glauben. Dabei hast du mich nur ausgenutzt.«

Daria beobachtete die Frauen noch immer aufmerksam, hatte die Waffe aber in ihren Schoß sinken lassen.

»Ihren Vater? Den kenne ich doch gar nicht.« Daria lachte amüsiert auf. »Deine saubere Freundin hat dir Märchen erzählt. Frau Wirtschaftspionin.«

Freyas Kopf ruckte nach oben. Sie blickte verwirrte von Daria zu Eve. Die riss erschrocken die Augen auf. »Woher ... ach egal. Ich hätte es dir sagen müssen. Aber ich dachte, dann glaubst du mir nie, dass ich nichts mit dem Diebstahl dieser Unterlagen zu tun habe, nach denen du suchst.«

»Allerdings hätte ich das nicht. Es hilft dir aber nicht, jetzt das Mäuschen zu spielen. Darauf falle ich nicht mehr herein. Das Dossier, dass deine Geliebte über dich angelegt hat, zeigt ganz deutlich, wer du wirklich bist. Und die Bilder aus den Überwachungskameras haben dich aufgenommen, als du meinen Auftraggeber

bestohlen hast.«
»Blödsinn!«, schrie Eve. Ihre Verzweiflung schien echt. In Darias Hals begann ein Kloß zu wachsen. Sie musste gegen das starke Gefühl ankämpfen, Eve jetzt sofort von diesem Bett zu reißen, ihre Fesseln zu lösen und sie mit sich zu nehmen. Egal wohin, Hauptsache weg von all diesen undurchsichtigen Geschichten. Hauptsache, nur sie zwei. Ein Neuanfang, das war es, was sie sich wünschte. So verzweifelt wie vergeblich. Sie blickte auf Eves geschwollenen Lippen, die sie sicherlich dem Fremden verdankte, und fühlte eine völlig irrationale Lust, sie zu berühren, die Schmerzen wegzuküssen. Eve in ihre Arme zu nehmen. Ganz behutsam ...
»Äh«, durchbrach Freya die Stille, die auf einmal im Raum lag wie ein schwerer Teppich. »Sie lebt!«
Daria und Eve blickten zu ihr hinüber. Sie stand neben Shenmis Seite des Bettes und zeigte auf die Chinesin. Deren Kopf bewegte sich wie in Zeitlupe von einer Seite zur anderen. Dann schlug sie die Augen auf. Als ihre flatternden Lider sich beruhigt hatten, wanderte ihr Blick von Freya zu Eve. Und dann zu Daria. Die beiden Frauen sahen sich lange schweigend über die ganze Distanz des Raumes hinweg an.
Dann öffnete Shenmi die Lippen.
»Hallo Schwesterherz«, sagte sie.

*

Man hätte eine Stecknadel fallen hören können.

Eves hysterisches Kichern durchbrach die Stille. »Sie hat zuviel von dem Zeug intus. Ist noch weggetreten.«

»Bin ich nicht.« Shenmi schob sich ganz langsam ein Stück nach oben, bis ihr Oberkörper halbwegs aufgerichtet war. Sie drehte sich zu Eve um und musterte sie auf eine merkwürdige Weise.

Daria starrte die Frau an, die sie noch nie in ihrem Leben gesehen hatte. Schon beim ersten Wort hatten sich ihr sämtliche Nackenhaare aufgerichtet. Für Eve mochte Shenmi einfach nur die schöne Geliebte sein. Sie, Daria, spürte, dass das viel mehr unter der glänzenden Oberfläche lag. Sie erkannte Skrupellosigkeit und Härte, wenn sie ihr begegnete. Und die Chinesin, die sie mit kalten Augen fixierte, war gefährlich. Sehr gefährlich. Unwillkürlich schlossen sich Darias Finger fester um den Griff der Pistole.

»Was ... wie ...«, Freya wirkte wie jemand, dem man ins Gesicht geschlagen hatte. »Sie ist ...«

Langsam sollte sie sich mal angewöhnen, Sätze zu Ende zu sprechen.

»Meine Schwester. Halbschwester, genauer gesagt.« Shenmi wandte sich wieder Daria zu. »Daria, der Liebling unseres Vaters. Die Toughe. Die er auf eines der exklusivsten Internate geschickt hat. Jedenfalls für Frauen, die das werden sollen, was sie ist.«

Eve war verstummt. Freya taumelte zu einem Stuhl und ließ sich darauf sinken. Sie verbarg ihr Gesicht in beiden Händen und murmelte etwas aus Isländisch, das sich anhörte wie eine Beschwörung. Ob Teufel oder Engel konnte man nicht sagen.

Daria lachte tonlos auf. »Du hast wohl keine

Zeit verschwendet, alles, was ich dir über mich erzählt habe, brühwarm deiner Geliebten weiterzugeben«, sagte sie zu Eve gewandt.

»Nein«, schrie die empört auf und sah Shenmi halb verwirrt, halb wütend an. »Von mir weiß sie nichts. Ich habe doch gar nicht mit ihr über dich gesprochen.«

Um die Lippen der Chinesin spielte ein feines, gemeines Lächeln. Sie hob die Hand an ihre Schläfe, als habe sie Kopfschmerzen.

»Er wollte wohl, dass du so wirst wie deine Mutter«, fuhr sie fort, als habe es keinen Wortwechsel zwischen Daria und Eve gegeben. »So gut ausgebildet, wie seine Ex-Bodyguard.«

Daria schwieg verwirrt. Hatte sie Eve so viel über ihre Mutter erzählt?

»So sexy wie sie war, bist du nicht. Sie war die einzige Frau, die er wirklich geliebt hat. Wusstest du das?« Shenmi redete immer weiter.

Freya hockte im Sessel, ihre Hände hängen herab, als gehörten sie nicht zu ihr und sie starrte blicklos vor sich hin.

»Meine Mutter, Lady Waterhouse, war dagegen ein kurzes Intermezzo in seinem reichhaltigen Liebesleben. Dennoch habe ich einen Vorteil dir gegenüber.« Mit einer kleinen Kunstpause spannte sie alle drei auf die Folter. Drei Augenpaare waren nun auf sie gerichtet.

»Ich war noch sehr klein, als meine Mutter starb. Daher hat er sich um mich persönlich gekümmert. Und mich all das gelehrt, was ihn so erfolgreich macht.«

»Du meinst Kaltblütigkeit, Skrupellosigkeit und Machthunger?« Daria lächelte höhnisch.

»Oder meintest du, dass du eine genausogute

Märchenerzählerin bist wie er?«

»Slavica aus Kroatien. Militärausbildung bei einer geheimen Einheit im damals noch existierenden Jugoslawien. Die schönsten Brüste der Welt, hat er gesagt. Gestorben, als sie ihn vor einem Attentat bewahrte, das einer seiner engsten Vertrauten in Auftrag gegeben hatte. Sie hatte ihn gewarnt, er hat nicht auf sie gehört. Sie starb und das hat er sich nie verziehen. Dir hat er erzählt, sie sei bei einem Unfall ums Leben gekommen.«

Daria spürte, wie ihr sämtliches Blut aus dem Gesicht wich.

»Hast du dich nie gefragt, warum er dir so viel Vertrauen schenkt? Warum du nicht bestraft wirst für Fehler, so, wie andere? Er sieht in dir deine Mutter.«

Daria schüttelte fassungslos den Kopf. Woher kannte Shenmi solche Details aus ihrem Leben? Dinge, die sie Eve gewiss nicht erzählt hatte. Eve sollte nicht wissen, wie eng die Verbindung zwischen Daria und ihrem Auftraggeber war. Eine enge Beziehung, die sie dem Umstand verdankte, dass Bao bereits ihre Mutter als Bodyguard beschäftigt hatte und ihr, der Tochter, stets mehr entgegenbrachte als ein Arbeitgeber einer Untergebenen. Dass sie mit ihm darüber hinaus noch enger verbunden, er ihr Vater sein sollte, schockierte sie. Womöglich log Shenmi, um sie zu destabilisieren. Oder sie war verrückt geworden.

»Ich sehe kein bisschen chinesisch aus«, brachte Daria schließlich das Augenscheinliche auf den Punkt.

Shenmi zog die Brauen nach oben. »Nein. Du siehst aus wie sie. Ganz die Mutter. Aber eines solltest du doch wissen über deinen - sorry, unseren - Vater: Er ist Halbchinese. Sein kanadisches Blut sieht man ihm kaum an, dennoch hat er diesen Teil an dich weitergegeben. Und bei mir schlug eben das chinesische Erbe durch. Meine Mutter war eine englische Rose. Nicht stark genug für ihn. In keiner Beziehung.«

*

In Eves Kopf ratterte es.

Sie versuchte zu verstehen, wer Shenmi wirklich war. Dabei ging es nicht um die genauen Verwandtschaftsverhältnisse. Sie hatte ihrer Geliebten geglaubt, als sie ihr erklärte, Daria habe sich im Auftrag ihres Vaters an sie herangemacht. Nun, nach den Erkenntnissen der vergangenen Nacht und dem, was sie gerade erfahren hatte, lagen die Dinge wieder ganz anders. Und warum war Daria so sauer auf sie? Was glaubte sie, dass Eve getan hatte? Es fiel ihr schwer, den Überblick zu behalten. Dann war da noch Freya, die wirkte, als würde sie am liebsten davonlaufen. Hatte sie gewusst, auf wen sie sich einließ oder hatte auch sie sich blenden lassen von Shenmis Schönheit und ihrer erotischen Ausstrahlung?

»Welche Rolle genau hast du denn deiner isländischen Freundin zugedacht?«, murmelte sie daher in Richtung der Chinesin. Shenmis Blick war wie dunkles Eis, Freyas helle Augen schimmerten dagegen wie eine zugefrorene Pfütze bei Tauwetter.

»Was meinst du?« Shenmi schob die Beine aus dem Bett, was ihr einen sofortigen Anpfiff von Daria eintrug. »Bleib wo du bist«, zischte die und hob die Pistole. Shenmi verdrehte die Augen, als amüsiere sie das Ganze, zog sich allerdings unter die Decke zurück.

»Gestern Nacht. Ich habe dich und Freya gehört!« Eve schluckte schwer. Der Schmerz über das, was sie gesehen hatte, die Erkenntnis, dass Shenmi sie nicht nur betrogen, sondern sogar ihren Tod geplant hatte, tat unendlich weh.

»Uns gehört?« Shenmis glatte Stirn legte sich in Falten. »Was meinst du damit?«

Freya rutschte nervös in ihrem Sessel herum. Daria sah verwirrt zwischen den Frauen hin und her.

»Ihr habt es getrieben. Hier nebenan«, Eves Kopf ruckte herum, »im Badezimmer. Und du wolltest mich heute umbringen, damit du fliehen kannst.«

Shenmis Mund verzog sich hässlich. »Dummkopf!«, schalt sie Eve. »Du hast schlecht geträumt, das ist alles.«

»Ach ja? So wie du? Was hast du mir ins Glas gekippt?«

Freya sprang auf. Sie knetete ihre Finger ineinander. »Mir reicht es jetzt. Soweit wollte ich nicht gehen. Ich dachte, es wäre ...« Sie sagte nicht, was sie dachte, dafür schüttelte sie den Kopf und stampfte mit dem Bein auf. »Das hier ist zu krass!«

»Ihr wolltet Eve umbringen?« Daria sah perplex auf die drei Frauen vor ihr.

»Sie spinnt«, giftete Shenmi. »Niemand hier wollte irgendjemanden umbringen.«

Das Stöhnen, das der Mann hinter Daria von sich gab, erinnerte sie allerdings daran, dass das wohl nicht ganz zutraf.

*

Daria hatte den Fremden schon fast vergessen. Als er nun wieder zu sich kam, sprang sie auf und fuhr zu ihm herum.

»Erzählen Sie uns, wer sie beauftragt hat, die beiden Frauen zu überfallen.«

Während sie mit der Pistole immer noch Freya und Shenmi in Schach hielt, stieß sie den Mann mit der Fußspitze an. Der stöhnte erneut leise, sprach aber kein Wort.

»Es ist Shenmis verlassener Bräutigam«, schaltete Eve sich ein. »Sie hat ihm die Eier malträtiert, bevor sie abgehauen ist.«

Der Mann lachte dumpf. »Das hat sie dir erzählt? Du bist wirklich gutgläubig.«

»Dann erzähl uns die Wahrheit«, forderte Daria ihn auf.

»Er ist tot. Verblutet. Mit Handschellen ans Bett gefesselt. Mit ihrem Slip im Mund. Sie hat zugesehen.«

Daria wurde leicht flau im Magen. Sie konnte sich zusammenreimen, was geschehen war.

»Er war der einzige Sohn eines jetzt sehr rachsüchtigen Vaters«, fuhr der Fremde fort.

»Oh nein!« Eve fing an zu zittern und vor sich hin zu jammern.

»Halts Maul!« Shenmi schlug ihrer Ex-Geliebten kräftig ins Gesicht.

»Untersteh dich!« Daria bekam nun eine derartige Wut auf die Chinesin, dass sie sie am liebsten erwürgt hätte.

»Schau an. Da ist wohl jemand besorgt um die arme, süße Eve«, spottete Shenmi unterdessen. »Hat sie dich mit ihrer kleinen, unschuldigen Pussy verhext? Habt ihr beide es womöglich schon miteinander getrieben?« Ihre Stimme triefte vor Hohn. »Aber nein, ich vergaß ja, dass meine liebe Halbschwester nur auf Männer steht. Wobei sie nicht wählerisch ist, der Anzahl von Liebhabern nach zu schließen. Wichtig scheint ihr nur eines zu sein.« Sie lachte böse auf und hielt die Hände in gehörigem Abstand auseinander.

Eve schluchzte leise vor sich hin.

Daria sah einen Moment lang rot. Es hätte nicht viel gefehlt und sie wäre auf Shenmi losgegangen. Doch mit einem lichten Teil ihres Gehirns wusste, sie, dass es genau das war, was ihre Widersacherin bezwecken wollte.

»Halt dein loses Mundwerk«, sagte sie daher nur. »Was war Ihr Auftrag?«, wandte sie sich erneut an den Fremden. Der wirkte nicht, als wolle er reden. Womöglich war aber auch schon alles gesagt.

»Vielleicht können wir einen Deal machen«, schlug Daria vor. »Sie kriegen die Isländerin und die Chinesin, ich nehme Eve mit. Dann haben wir beide unseren Auftrag erfüllt, gehen unserer Wege und sehen uns nie mehr wieder.«

Etwas wie Interesse blitzte in den Augen des Mannes auf. »Wer sagt mir, dass Sie mich nicht linken?«, brachte er an.

»Niemand. Nur ich. Sie sehen doch, dass ich an den beiden hier nicht interessiert bin.« Ihr ausgestreckter Arm zeigte auf Shenmi und Freya.

»Nein, nein, nein!« Freya wedelte mit beiden Händen in der Luft herum. »Ich nicht, ich will nach Hause. Ich habe mit dieser ganzen Sache nichts zu tun.«

»Du hast dich an Shenmi rangemacht!«, schrie Eve. War sie etwas immer noch eifersüchtig?

»Habe ich nicht!«, entgegnete Freya ebenfalls sehr laut. »Sie hat mich kontaktiert.« Sie schwieg so abrupt, dass es auffiel.

»Wegen deiner schönen Augen, vermutlich«, ätzte Daria.

Freya starrte erschrocken im Raum umher. In diesem Moment wusste Daria Bescheid.

Was hat Ben gesagt über die Person, die das Verschlüsselungsprogramm für Shenmi geschrieben hat?

Alles passte auf Freya.

»Du bist diese sagenhafte isländische Hackerin. Du hast ihr geholfen, alle ihre Daten sicher zu verschlüsseln. Aber das ist nur ein Teil der Wahrheit. Dafür hätte sie dich nicht gebraucht. Es gab noch einen anderen Auftrag, nicht wahr?«

Die Isländerin wirkte wie ein Kaninchen im Angesicht der Schlange. Wie paralysiert starrte sie auf Daria.

»Du sagst gar nichts«, fuhr Shenmi dazwischen und griff nach dem Handgelenk der anderen. »Daria behauptet gerne mal etwas, um andere zu provozieren.«

»Das sagt gerade die Richtige«, feuerte die zurück.

»Lass Freya in Ruhe«, forderte Shenmi jetzt.

»Sonst?«

Die beiden vermeintlichen Halbschwestern blitzten sich an.

»Ihr ist die Sache zu heiß. Wer weiß, was du ihr erzählt hast, damit sie dir hilft. Meiner bescheidenen Meinung nach sind alle, die dir bisher geholfen haben, tot.«

»Ach, du meinst den Kerl, der sich mein Verlobter nannte.« Shenmi begleitete ihre Worte

mit einer abwertenden Handbewegung.
»War er es, der dir geholfen hat, deinem Vater die Unterlagen zu stehlen? Wolltet ihr ihn erpressen mit euren Kenntnissen über sein Netzwerk von Scheinfirmen, über die er nicht nur Steuern spart, sondern auch überall auf der Welt Anteile an Rüstungsfirmen kauft?«
Es war nach den Unterlagen, die Shenmi so sorgsam hütete, ein Schuss ins Blaue, aber der Einzige, der jetzt die Wahrheit ans Licht bringen konnte.
Shenmi kniff die Augen zusammen. »Dieser Idiot. Für ein bisschen Kinky-Sex mit mir war er bereit, sich mit meinem alten Herrn anzulegen. Sorry. Mit UNSEREM alten Herrn.« Ein gefühlloses Grinsen begleitete die Worte.
»Du hast mich angelogen«, bemerkte Eve tonlos mit Blick auf Shenmi.
»Und was war in Dordives?« Daria war ein paar Schritte auf das Bett zugegangen. Sie stand nun bedrohlich nahe bei der Chinesin, die sie von unten herauf anstarrte. Ihre Miene war jetzt völlig unbewegt. Sie musste doch Angst haben, wütend sein, nach einem Ausweg suchen?
Seit Daria erfahren hatte, dass sie beide angeblich denselben Vater hatten, fühlte sie sich wie ein angeschlagener Boxer im Ring. Bao hatte niemals etwas gesagt. Natürlich wusste sie, dass er ihre Mutter geschätzt hatte. »Die beste Personenschützerin. Absolut zuverlässig«, hatte er sie genannt. »Ich konnte ich mein Leben anvertrauen.« Kein Wunder! Er hatte gewollt, dass sie in ihre Fußstapfen trat. Kein Wort, niemals, darüber, dass er und Slavica sich auch persönlich nahe gestanden hatte. Gab es noch mehr Kinder

mit anderen Frauen?
»Dordives?« Shenmi bequemte sich nun, auf Eves Frage zu antworten. Eve schien den Atem anzuhalten. Ihr Gesicht war rot angelaufen und Daria ahnte, dass ihre Aufregung mit dem Thema zusammenhing.
»Die tote Familie Ducroix.«
Shenmi antwortete nicht. Sie schob die Unterlippe nach vorn und suchte anscheinend nach einem Ausweg. Fand keinen.
»Sie hat sie erschossen. Eine andere Erklärung gibt es nicht«, antwortete schließlich Eve an ihrer Stelle. Ihre Stimme klang wie ein Roboter. Dann stöhnte sie auf und krümmte sich auf dem Bett zusammen. Freya hockte bleich wie der Tod in ihrem Sessel. Der gefesselte Mann brummte etwas Unverständliches.
»Sie? Sie hat ihre Freunde getötet? Aus welchem Grund?« Daria war so bestürzt, dass sie kaum reden konnte. Mit einem Mal stand wieder das Bild vor ihrem inneren Auge. Der Mann. Die Frau. Das tote Kind.
»Sie brauchte die Papiere von Mimi Ducroix. Die beiden sehen sich ähnlich. Vermutlich gelang es ihr damit, vor ihrem Verfolger zu flüchten. Sie hat sich hier andere Papiere besorgt. Kanadische. Ich habe alles in ihrer Handtasche gefunden. Auch die K.O. Tropfen, mit denen sie mich außer Gefecht gesetzt hat. «
Shenmi zischte etwas Unaussprechliches. Sie sah aus, als würde sie schäumen.
Bevor Daria oder eine der anderen anwesenden Personen etwas auf Eves Worte sagen konnte, klingelte ihr Handy. Sie zog es aus der Tasche und warf einen Blick darauf. Ben! Mit

ihm musste sie sprechen.

»Ihr rührt euch nicht«, befahl sie den drei Frauen, was bei Eve ein empörtes Schnauben auslöste.

»Daria?« Bens Stimme klang gehetzt, ein äußerst besorgter Unterton schwang mit, der Daria sofort in Alarmbereitschaft versetzte.

»Du musst deine Suche nach den Frauen sofort abbrechen. Sofort! Hörst du? Keinesfalls darfst du in der Nähe der Isländerin oder deiner Freundin Eve sein. Die Sache ist zu groß ...«

Was er weiter sagte, hörte sie nicht mehr. Einige Sekundenbruchteile der Ablenkung hatten Shenmi gereicht. Etwas schlug hart gegen Darias Kopf. Mit der Waffe in der Hand sank sie zu Boden, bevor ein schmaler Fuß auf ihre Finger trat und ihr die Pistole abnahm.

Daria stöhnte, sie war durch die Flasche, die Eve ihr an den Kopf geworfen hatte, betäubt. Aber nicht betäubt genug, um nicht noch mitzubekommen, was im Zimmer ablief.

Jemand schrie angstvoll auf. Eve. Eine andere Person riss Shenmi von Daria weg. Freya. Dann stand plötzlich jemand vor ihr. Der Fremde. Sie hatte nicht die Zeit, sich zu fragen, wie er sich von seinen Fesseln befreit hatte, aber es war ihm ganz offensichtlich gelungen. Er holte aus, Freya segelte durchs Zimmer und blieb bewusstlos auf dem Bett liegen. Shenmi hob die Waffe, zielte auf ihn, drückte den Abzug. Nichts geschah. Der Mann ließ sich nicht beirren, er stürmte weiter nach vorn. Schlug Shenmi die Waffe aus der Hand. Um Daria wurde es dunkel.

*

Eve war sich sicher, dass ihr letztes Stündlein geschlagen hatte. Egal, wer jetzt hier die Oberhand bekam, ob es Shenmi oder der Fremde war, sie würde sterben. Völlig unbeeindruckt packte der Mann Shenmi am Nacken, als wäre sie eine Katze. Er schleppte sie trotz heftiger Gegenwehr ins angrenzende Badezimmer und es war wohl nur eine Frage von Minuten, bis er sie dort ertränken würde. Freya kam wieder zu sich und folgte ihm. Ihre Augen waren riesig, als habe sie irgendeine Droge geschluckt. Sie sagte nichts, hob lediglich die Waffe und legte auf den Killer an. Doch außer einem leeren Klicken war nichts zu hören. Klemmte die Waffe oder hatte sie keine Munition mehr? Eve riss an ihren Fesseln wie verrückt. Daria lag bewusstlos am Boden, sie konnte ihr nicht helfen. Doch dann kam Hilfe aus einer unerwarteten Richtung. Freya, deren Augen schreckgeweitet verfolgten, was geschah, schien eine schnelle Entscheidung getroffen zu haben. Sie wusste wohl, dass sie ohne Pistole gegen den Mann keine Chance hatte. Stattdessen hechtete sie aufs Bett und löste Eves Fesseln. »Raus hier, los«, raunte sie der Frau zu, die sie vor wenigen Stunden noch hatte ihrem Schicksal überlassen wollen.

»Nicht ohne Daria«, antwortete die. Freya schüttelte den Kopf und rannte zur Tür, riss sie auf und war weg. Würde sie sich aus dem Staub machen, weil sie selbst viel zu tief in der Sache drin hing oder die Polizei holen? Egal, die Zeit reichte nicht. Aus dem Badezimmer drangen Kampfgeräusche. Ein Gluckern, Keuchen, unterdrückte Schreie. Wasser wurde

aufgepeitscht.
»Daria, komm zu dir«, rief Eve und klatschte ihrer Freundin ins Gesicht. Die reagierte zuerst nicht, dann gab sie einen merkwürdigen Laut von sich. Wälzte sich in Zeitlupentempo herum.
Starrte Eve einen Moment lang verständnislos an. Griff nach ihrem Handy, das sie im Fallen unter sich begraben hatte.
»Daria«, flüsterte Eve. »Gottseidank, du lebst.«
Daria hob den Kopf, die Geräusche aus dem Bad wurden schwächer.
In Eves Augen stand eine Bitte. Daria war spontan geneigt, ihr nachzugeben. Nur wenige Sekunden lang.
»Er darf sie nicht töten«, flüsterte sie stattdessen und sprang auf. Schwankte wie ein Baum im Wind. Ging aufs Badezimmer zu.

*

Shenmis Oberkörper lag im Wasser, während ihre Beine wild strampelten. Der Fremde kniete auf ihrem Rücken und drückte sie nach unten.
»Lass Sie los!«, forderte Daria. Der Mann kümmerte sich überhaupt nicht um sie. Er war ein Profikiller, er würde tun, was man ihm aufgetragen hatte. Daria blieb keine andere Wahl. Sie zog ein Messer aus der Halterung an ihrem Bein und ließ es fliegen. Er musste ausweichen und dabei sein Opfer kurz loslassen. Das Messer verfehlte ihn nur knapp und landete im Whirlpool. Shenmi schnellte im selben Moment blitzartig aus dem Becken heraus. Sie holte keuchend Luft, griff zeitgleich nach dem Messerschaft, zog die Waffe aus dem Wasser und

wollte sie ihm ins Herz bohren. Er griff nach ihrem Arm und bog ihn ab. Dabei geriet er auf den nassen Bodenfliesen ins Straucheln. Shenmi hüpfte wie ein Sprungteufel nach vorn und der Mann fiel rücklings. Sein Kopf knallte auf den Wannenrand und machte ein schrecklich lautes, knackendes Geräusch. Schlaff wie eine abgeschnittene Marionette sank er zu Boden. Er würde nie wieder aufstehen.

    Daria sah entsetzt zu den beiden hinüber. Sie hatte nicht zulassen wollen, dass Shenmi umgebracht wurde. Gleichzeitig hatte sie die Chinesin unterschätzt. Sowohl, was Schnelligkeit als auch was Skrupellosigkeit betraf. Shenmi starrte sie an, das Messer immer noch in der Hand. Jetzt erwachte Daria aus ihrer Erstarrung, sie holte ihre zweite Waffe aus dem Futteral. Wenn Shenmi das Iglu verlassen wollte, musste sie an ihr vorbei. Die sprang jetzt nach vorne und stieß mit dem Messer nach Daria. Als die zum Gegenangriff überging, hüpfte Shenmi zwei Schritte zurück, drehte sich einmal um ihre eigene Achse. Ihr Bein schnellte nach oben, gegen Darias Oberschenkel. Die wich gerade noch rechtzeitig aus. Um einem weiteren Schwinger von Shenmi zu entgehen, bog sie ihren Oberkörper nach hinten. Shenmi beugte sich blitzschnell nach unten und zog am Badezimmerteppich, auf dem Daria stand. Die verlor das Gleichgewicht, stolperte rückwärts, stieß gegen die Umrandung des Whirlpools und fiel, mit heftig rudernden Armen hinein, wobei sie sich heftig den Kopf anstieß. Das lauwarme Wasser drang sofort in ihre Kleidung ein. Daria wusste, dass sie nicht ohnmächtig werden durfte. Benommen kämpfte sie sich aus der Wanne. Jetzt erkannte sie Shenmis Plan. Die hatte schon längst den Raum verlassen, die Badezimmertür war verschlossen. Triefnass stolperte Daria zur Tür und versuchte, sie aufzustoßen. Vergeblich. Sie war von außen verbarrikadiert. Im Zimmer schrie jemand, war es Eve? Ein Tumult entstand, dann war es auf einmal ganz still. Außer sich vor Sorge und Wut zog und zerrte Daria erneut heftig am Knauf und drückte gegen die Tür, ohne Erfolg. Sie saß in der Falle.

Verzweifelt suchte sie einen Ausweg. Es gab kein Fenster und keinen zweiten Zugang. Wütend schlug sie gegen das Türblatt. »Hallo! Ist da draußen jemand!« Minutenlang war ihre Stimme das Einzige, was sie hörte. Dann antwortete ein Stöhnen. Ein Möbelstück fiel um, gleich darauf nahm sie ein Geräusch von der anderen Seite wahr. Etwas wurde mit lautem Ächzen bewegt. Endlich öffnete sich die Tür. Eve stand dort. Sie war kreidebleich und blutete aus einer Wunde am Kopf.

»Sie ist weg«, flüsterte sie, bevor die restliche Farbe auch noch aus ihrem Gesicht wich und sie zu Boden sank.

*

Daria war wütend. Vielleicht schlug sie aus diesem Grund stärker zu, als eigentlich nötig. Eve stöhnte auf, als die Ohrfeigen sie trafen. Der Schmerz brachte sie wieder zu Bewusstsein. Ihre Lider bewegten sich flatternd, bevor sie die Augen aufschlug. Sie war wieder wach, das war erst einmal das Wichtigste. Bevor sie sich weiter um die andere kümmerte, wollte Daria wissen, was es mit Bens Warnung auf sich hatte und tippte auf ihrem Handy sein Nummer ein.

»Gottseidank. Was war bei dir los?«, wollte er sofort wissen.

»Jemand hat mich überfallen«, antwortete sie. Sie hatte keine Zeit, alles lang und breit zu erklären.

»Hör mir zu, es ist wichtig«, verlangte Ben.

Fünf Minuten später wusste Daria, dass sie keine Alternative hatte, als sich mit Eve gemeinsam auf den Weg zu machen, um die beiden Frauen einzuholen.

»Wohin sind sie? Wir müssen hinterher!« Es war zum Verrücktwerden. Eigentlich sollte sie Eve fassen, ihr die Informationen wieder abluchsen und sie danach töten. Nun wusste sie, dass sie auch Shenmi keinesfalls einen Vorsprung lassen durfte.

»Du kannst so das Gebäude nicht verlassen«, schnaufte Eve. Sie setzte sich unbeholfen auf. »In dieser nassen Kleidung holst du dir den Tod.«

»Sie ist auch so raus«, wandte Daria ein, die Shenmi keinesfalls entkommen lassen wollte.

»Nein.« Eve deutete auf den feuchten Kimono, der am Boden lag und die offen stehende Tür des Kleiderschranks.

»Warum hast du sie nicht daran gehindert zu fliehen?«, wollte Daria barsch wissen, während sie sich ihre pitschnasse Kleidung vom Körper riss. Eve deutete einen Vogel an. »Sie hätte mich umgebracht. Ich bin nur deshalb noch am Leben, weil ich mich unter dem Bett versteckt hatte.«

»Und das Geschrei?«

»Freya, sie hat sie aus ihrem Zimmer gezerrt, bevor sie abhauen konnte. Jetzt sind sie zu zweit unterwegs.«

»Scheiße, die hole ich nie wieder ein!«, ärgerte sich Daria.

»Ich weiß, wohin sie wollen«, antwortete Eve halblaut. »Damit haben wir wenigstens eine Chance.«

Daria starrte sie einen Moment lang misstrauisch an. War das wieder ein Trick? Offensichtlich war es vorbei mit den beiden. Sann Eve jetzt auf Rache? Und selbst wenn. Sie war es, die Daria genauso dingfest machen musste wie Shenmi und Freya. Auf jeden Fall würde sie die Behauptungen der Chinesin überprüfen müssen. Wenn es stimmte, was sie sagte, war Bao Daria noch eine Reihe von Erklärungen schuldig.

Sie hatte sich inzwischen ausgezogen und rannte ins Badezimmer, um sich mit einem Handtuch trockenzureiben. Danach durchsuchte sie den Toten.

Eve betrachtete die Pistole, die am Boden lag. »Warum hat sie nicht funktioniert?«

»Vermutlich ein personalisiertes Modell, das seinen Besitzer am Fingerabdruck erkennt. Nur der Besitzer selbst kann sie entsichern.«

»Darum war er so gelassen. Er wusste, dass wir nichts damit anfangen können«, murmelte Eve.

»Wir nehmen die Waffe mit und entsorgen sie unterwegs. Nichts darf darauf hindeuten, dass der Mann ein Profikiller war. Denn das würde für reichlich Unruhe sorgen.«

Eve fing an, ihre Sachen in die Tasche zu stopfen.

»Ich brauch was Trockenes zum Anziehen«, schrie Daria aus dem Badezimmer.

»Meine Sachen passen dir nicht«, verwies Eve auf das Offensichtliche.

Daria fluchte. »Hast du nicht etwas Weites mitgenommen?«

»Warte«, entgegnete Eve. Kurze Zeit später stand sie mit einem Haufen Klamotten vor Daria. »Das gehört Freya. Ihre Tasche steht noch im anderen Zimmer.«

Hastig zog Daria die warme Kleidung über. Eine dicke Hose und einen der typischen Wollpullover. Sachen, wie sie Isländerinnen gerne trugen. Darüber zog sie ihren Parka, der unversehrt auf dem Sessel lag.

»Zieh dich an«, forderte sie Eve auf, die noch immer in ihrem Pyjama herumstand und offensichtlich von den Ereignissen dieses Morgens überfordert war.

»Was machen wir mit ihm?«, jammerte sie und wies mit dem Kopf auf die Leiche des Mannes im Badezimmer.

»Entscheiden wir später«, antwortete Daria knapp und hängte das rote »Bitte nicht stören«-Schild von außen an die Zimmertür.

»Nimm alles mit, was dir gehört. Besonders das, was Hinweise auf deine Identität geben kann«, wies Daria Eve an, bevor sie das Iglu verließen.

*

Es stimmte nicht ganz, was sie Daria erzählt hatte. Eve wusste nicht wirklich definitiv, wo Shenmi und Freya sich befanden. Einige Gesprächsfetzen der vorangegangenen Nacht hatten sich mit dem, was sie sonst noch so mitbekommen hatte, zusammengesetzt. Daher konnte sie sich inzwischen einen Reim darauf machen, was Shenmi und Freya vorhatten. Überhaupt war das ihre einzige Chance, die beiden Flüchtigen überhaupt noch einzuholen. Sie rannten zum Hauptgebäude und schnappten sich zwei der Motorschlitten, die für die Gäste in einem offenen Port an der Längsseite des Gebäudes untergebracht waren. Eve gab die Ziel-Koordinaten des von ihr vermuteten Ortes in ihr Handy ein. »Dort befindet sich eine Heli-Station. Ich bin sicher, sie wird sich damit an die westliche Küste fliegen lassen. Sie will von dort aus mit einem Schiff nach Kanada.« Sie war sich selbst nicht sicher, ob sie es noch schaffen würden, die beiden aufzuhalten. Ein Blick auf Darias grimmige Miene zeigte ihr, dass es ihrer Begleiterin wohl ähnlich ging. Sie hatten viel Zeit verloren, seit Shenmi geflüchtet war.

    Eve gab Gas und fuhr voraus, Daria folgte ihr. War der Schnee rund um die Hotelanlage bereits von vielen Spuren durchzogen, gerieten sie schon wenige Minuten später auf relativ unberührtes Gelände. Als sie die Linien sahen, die die beiden Bikes vor ihnen gezogen hatten, wusste Eve, dass sie richtig lagen.

    Es war eiskalt, aber relativ windstill. Ein blauer Himmel spannte sich an diesem Tag über das schimmernde Weiß der Schneelandschaft. Außer den Motoren ihrer Bikes war nicht zu hören. Eva hatte die Kapuze ihres gefütterten Parkas fest zugezurrt, ihr Gesicht jedoch fühlte sich bereits nach kurzer Zeit an wie mit Dutzenden von Eisnadeln gespickt.

    Eine Weile fuhren sie immer den beiden

Spuren nach und holten dabei alles raus, was ihre Maschinen hergaben. Etwa eine halbe Stunde später erreichten sie die Spitze einer lang gezogenen, sichelförmigen Anhöhe. Etwas tiefer erkannten sie zwei Baracken auf einer großen, wie planiert wirkenden Fläche. Darauf standen drei Helikopter, wie sie für Rundflüge benutzt wurden. Daria gab noch einmal kräftig Gas und sie hielten beide darauf zu, indem sie schräg den sanften Hang hinabfuhren. Wenig später stiegen sie steifbeinig von ihren Motorschlitten. Sie liefen zu einem Hangar hinüber, in dem sich zwei Personen aufhielten. Ein Mechaniker schraubte dort an etwas herum. Der zweite Mann, offensichtlich ein Pilot, bereitete sich, eine Checkliste auf einem Klemmbrett in der Hand, auf einen Abflug vor.

»Zwei Frauen. Eine Asiatin und eine Isländerin. Waren sie hier?« Daria schrie die beiden Männer schon fast an mit ihrer Frage.

Die beiden warfen sich einen fragenden Blick zu. Der Pilot antwortete. »Sind vor ein paar Minuten gestartet.«

»Können Sie den Piloten erreichen?«

Der Mann blickte sie mit einem merkwürdigen Gesichtsausdruck an. »Warum? Was ist los?«

Daria stampfte mit dem Fuß auf. »Er muss umkehren. Die beiden wieder zurückbringen.« Im selben Moment, in dem sie die Worte aussprach, wusste sie, wie verrückt das Ganze war. Sie besaß keinerlei Handhabe gegen Shenmi. Sie war nicht befugt, irgendetwas zu verlangen.

Der Pilot sah sie stirnrunzelnd an. »Wenn ein Notfall vorliegt, können wir es natürlich versuchen.«

»Rufen Sie ihn an!«, verlangte nun auch Eve.
»Nicht ihn. Sie«, korrigierte der Mann. »Es ist die Asiatin selbst, die den Helikopter fliegt.«

*

Sie kehrten nicht ins Hotel zurück, sondern verließen Grönland umgehend.
»Freya hat euch beide mit falschen Namen eingecheckt, mich kennt niemand. Der Mann ist in euer Zimmer eingedrungen, letztendlich wurde er aber nicht umgebracht, sondern starb infolge eines Unfalls. Es wird so aussehen, als wärt ihr schon weg gewesen. Alles, was darauf hindeutet, dass er ein Profikiller war, haben wir an uns genommen.« Die Pistole lag irgendwo im ewigen Eis und würde hoffentlich nie wieder auftauchen.
Noch am selben Tag flogen sie nach Kopenhagen.
Daria hatte lange darüber nachgedacht, wo sie Eve verstecken konnte, bis sie Klarheit darüber hatte, was sich wirklich zugetragen hatte. Sie konnte und wollte die andere nicht aus den Augen lassen. Zu tief saß die Angst, tatsächlich von ihr verraten worden zu sein. Andererseits spürte sie, dass sie sie Bao nicht zum Fraß vorwerfen durfte. Noch immer wussten sie nicht, wo sich die gestohlenen Unterlagen befanden. Daria wollte auf keinen Fall riskieren, dass Bao einen anderen seiner Spezialisten auf Eve ansetzte. Denn das würde sie keinesfalls überleben. Egal, ob sie schuldig war oder nicht.
»In Kopenhagen gibt es eine sichere Wohnung«, hatte Daria also gesagt. Vom Flughafen aus fuhren sie in die Brøbergsgade. Das

Haus selbst wirkte von außen unscheinbar. Doch als Daria den Zugangscode eingegeben hatte, und sie das Apartment betraten, konnte Eve einen erstaunten Ausruf nicht unterdrücken.

»Das ist ja eine WOW-Wohnung«, meinte sie, während sie bewundernd in dem hellen, großzügig geschnittenen Räumen umherging. Man hatte einige Wände rausgenommen, den Boden dunkel gebeizt und sämtliche Wände weiß gestrichen. Mobiliar in skandinavischem Design, eine große, moderne Küche und einige sparsam verteilte Kunstdrucke an der Wand dominierten die Einrichtung. »Wer wohnt hier?«

»Niemand. Es ist ein Apartment für Geschäftsfreunde und leitende Angestellte, wenn die mal in der Stadt sind.«

»Hier sind wir sicher?«, fragte Eve.

»Ganz sicher. Dies ist der letzte Ort, an dem man dich suchen wird.«

»Wem gehört die Wohnung?«

Daria gluckste kurz auf, bevor sie antwortete. »Sie gehört dem Mann, der dich sucht. Du befindest dich hier sozusagen im Auge des Taifuns.«

*

Eve hatte eine Weile gebraucht, um sich von dem Schock zu erholen, den ihr Shenmis Verhalten verpasst hatte. Den ganzen Tag über hatte sie nur funktioniert. Zu viele Dinge waren auf sie eingestürmt. Shenmis Verrat, die Tatsache, dass die sie offensichtlich töten wollte. Nur das »Warum« war ihr unklar. Weil sie nicht mit Shenmi weggehen wollte? Ein Argument, das angesichts ihres Verhältnisses mit Freya nicht zog. Die war jetzt offensichtlich mit Shenmi zusammen. Obwohl sie mitbekommen haben musste, wie skrupellos die Chinesin war. Warum hatte Shenmi ihr die angeblichen Beweise gegen Daria gezeigt, aber nicht gesagt, dass es sich um ihre Halbschwester handelte? Was hatte es mit Darias Auftrag überhaupt auf sich? Waren sie sich nicht einig gewesen, dass Eve die Unterlagen nicht gestohlen hatte, vielmehr ihre Entführung, von der sie ursprünglich glaubte, dass Shenmis Vater dahinter steckte, ein Missverständnis war? Das schien alles nicht mehr zu gelten.

Daria hatte sich nach ihrem Abflug aus Grönland recht wortkarg und grüblerisch gezeigt.

»Es gibt hieb- und stichfeste Beweise gegen dich«, waren die einzigen Worte gewesen, die sie ihr in dieser Angelegenheit hatte entlocken können. Dennoch schien auch sie nicht wirklich überzeugt. Etwas nagte an ihr, doch war Eve jetzt wohl die Letzte, die sie in ihre Gedanken einweihte.

Eve bedauerte es, dass sich ihr Verhältnis so verändert hatte. Daria hatte keinen Hehl daraus gemacht, dass sie sie nur in Sicherheit bringen würde, wenn sie einige dafür unabdingbare Voraussetzungen erfüllte. Daria hatte Eve alles abgenommen: Das sichere Handy, ihren Pass, sogar die EC- und Kreditkarten.

»Wenn du fliehen möchtest, sobald ich dich aus der Bredouille geholt habe, bitte sehr. Dann bin ich raus aus der Nummer und Bao lässt einen anderen Kettenhund los. Du willst aber nicht wissen, was die mit dir machen würden.«

Nein, Eve glaubte Daria und sie wollte

schmerzlich intensiv wieder zu der Vertrautheit zurück, die sie kurzzeitig verspürt hatte. Sie dachte an die Nacht in Graz, in der sie nur hatte einschlafen können, weil Daria sie im Arm hielt. An ihren Kuss. Etwas tat weh. Aber das war nicht alles. Der Bruch mit Shenmi, der Schock über ihr Verhalten. Dass sie nie den wahren Charakter der Frau erkannt hatte, mit der sie über Monate eine Liebesbeziehung verband, das traf sie so tief, dass kaum etwas anderes noch in ihren Inneren Platz hatte. Auch wenn sie es schaffte, zu funktionieren, einen Schritt vor den anderen zu setzen, fühlte sie sich innerlich wie ausgehöhlt. Shenmi hatte ihr nicht das Leben genommen, aber sie hatte sie auf eine andere Weise tödlich verletzt. Eve fürchtete, dass diese Wunde niemals heilen würde.

*

Es gab im Apartment nur ein Schlafzimmer. Das Bett dort war riesig, aber für Daria nicht groß genug. Eve schlief auf der einen Seite, eingerollt wie ein kleines Tier im Winter. Unter der Decke zeichneten sich ihre Konturen ab, nur leicht hob und senkte sich ihr Körper unter den flachen Atemzügen. Daria brachte es nicht über sich, sich auf die andere Seite zu legen. Jede körperliche Nähe zu Eve war eine Qual für sie. Besonders, seit sie wusste, dass Eve sie immer noch belog.
Leise zog sie die Tür zu und ging ins Wohnzimmer zurück. Sie loggte sich in ihren Laptop ein und wählte auf dem Handy Bens Nummer. Er war so schnell am Apparat, als habe er auf ihren Anruf gewartet. Was in Anbetracht der Dinge, die sie ihm nach ihrer Ankunft in

Kopenhagen mitgeteilt hatte, nicht verwunderlich war.

»Du hast den Stick?«

»Ja.« Wie zur Bestätigung zog sie ein massives, silberglänzendes Speichermedium aus ihrer Hosentasche. Vielleicht sollte sie es in Zukunft machen wie Freya. Die hatte das Teil in einer innen liegenden, schmalen Tasche ihres Hosenbundes versteckt gehabt. Daria hatte es auf der Flugzeugtoilette bemerkt. Hatte etwas Hartes ertastet, als sie die Hose, die sie sich von Freya sozusagen ausgeliehen hatte, wieder schließen wollte. Verwundert tastete sie so lange herum, bis sie den Einschub gefunden hatte. Es war so einfach wie genial. An der hinteren Seite des Bundes, direkt neben dem Knopf, befand sich ein schmaler Schlitz, der mit einem Druckknopf gesichert war. Freya hatte dort den Speicherstick aufbewahrt gehabt.

»Ich habe noch nicht reingesehen.«

»Gut«, antwortete Ben. In den folgenden Minuten schickte er ihr ein Programm, mit dem sie nun die Inhalte öffnete.

»Warum bist du damit nicht direkt zu mir gekommen?«, wollte er wissen.

»Bin Kindermädchen für jemanden. War zu gefährlich.«

»Aha«, lautete seine Antwort. Er konnte gleichzeitig auf seinem Bildschirm sehen, was Daria sah.

»Wie ich es mir dachte. Sie hat ihr Handwerkszeug immer bei sich.«

Daria erkannte lediglich, dass es sich um riesige Dateien handeln musste.

»Wie gut, dass ich mich mit ihr schon intensiv

beschäftigt habe.« Daria hörte Bens Grinsen durch den Äther. »Du kannst dich ausruhen. Sobald ich alles entschlüsselt habe, melde ich mich.«

Die nächsten Stunden verbrachte sie auf der Couch. Erstaunlicherweise schlief sie gut. Ben meldete sich am nächsten Morgen, kurz nach sieben per Skype.
»Es passt zu dem, was ich dir schon am Telefon sagte.« Er sah müde aus, aber seine Stimme klang nicht mehr ganz so beunruhigt, wie bei seinem letzten Anruf, der sie in Grönland erreicht hatte.
»Freya, um jetzt ihren richtigen Namen zu nennen, ist eine ziemlich gute Programmschreiberin. Und dazu auch noch eine Hackerin.«
»Was ist mit den Fotos aus Hongkong? Die junge Frau mit der Mütze? Den Beweisen gegen Eve Lorenz? Hat Freya was damit zu tun?«
Ben sah prüfend auf etwas hinab, bevor er antwortete.
»Die Fotos sind echt«.
»Scheiße«, murmelte Daria.
»Moment.« Seine dunkelblauen Augen waren auf einmal ganz nah. Es wirkte, als würde er sie und ihre wahren Beweggründe damit durchschauen.
»Sie sind echt, zeigen aber eine andere Frau. Die deiner ... wollen wir sie Freundin nennen? ... ziemlich ähnlich sieht. Gleiche Größe, selbe Statur. Haare, Gesichtsform. Wer auch immer sie ausgewählt hat für diesen Job, hat sich viel Mühe gegeben. Und kennt diese Eve wohl auch sehr genau.«

»Dann hat diese andere Frau also die Unterlagen gestohlen? Wer ist sie? Wo ist sie?«
Daria hörte selbst, wie hektisch und drängend sie klang.

»Dass sie die Unterlagen geklaut hat, glaube ich nicht. Sie taucht lediglich in einem Überwachungsvideo im Eingangsbereich des Gebäudes auf. Die anderen, also die, auf die es ankommt, oben im Gang des fraglichen Stockwerks, waren an diesem Tag gestört. Was man natürlich der Diebin zugerechnet hat.«

Daria fing vor lauter Nervosität an, auf ihren Nägeln zu kauen. Wann kam Ben endlich zum entscheidenden Punkt?

»Die Beweise, dass es sich bei der Diebin bei Frau Lorenz handelt, fanden sich in dem Büro, aus dem der Diebstahl stattgefunden hat.« Ben tippte auf seiner Tastatur herum. Unten auf Darias Bildschirm öffnete sich ein kleines Fenster, das sie sofort aufzog.

»Was ist das?«

»Ein Armband. Platin. Mit einer Widmung.«

»Lass mich raten ...«

»Für Eve. In Liebe.«

»Himmel!« Daria sank in die Lehne ihres Stuhls zurück.

»Also war sie es doch, oder was?«

Ben schüttelte langsam den Kopf. »Schau mal, was ich noch gefunden habe.«

Ein weiteres Fenster öffnete sich. Es war dieselbe Kameraeinstellung, die Minuten vorher die junge Frau eingefangen hatte, die Eve ähnlich sah. Jetzt erkannte man Shenmi, die mit schnellen Schritten das Foyer durchschritt. Sie blickte nicht nach links oder rechts, hob lediglich den Arm, um ihre Sonnenbrille abzunehmen. In diesem Moment hielt Ben das Bild an und zoomte es groß. Shenmis Arm erschien, in Zeitlupe rutschte der Ärmel ihrer weißen Reinseidenbluse nach unten und gab einen Blick auf das Schmuckstück frei, das sie am Handgelenk trug.

»Sie trug das Armband?« Darias Stimme war nur noch ein Hauch.

»Sie trug es, um es absichtlich fallenzulassen und damit den Verdacht auf diese Eve zu lenken. Eines von mehreren Manövern, um die junge Frau in Verdacht geraten zu lassen. Vermute ich mal. Ganz schön perfide.«

Daria beugte sich unwillkürlich nach vorn.

»Irgendwas stimmt da nicht. Bao wusste, dass Shenmi und Eve ein Paar waren, er wollte sie ja auseinanderbringen. Hätte er da nicht gleich Verdacht geschöpft und gleichzeitig seine Tochter ins Visier nehmen müssen? Die beiden waren laut Shenmis Darstellung heillos zerstritten.«

Ben schüttelte erneut den Kopf. »Ich habe keine Hinweise darauf gefunden, dass diese Eve mit Shenmi in Verbindung gebracht wird. Keiner kannte die Identität von Eve Lorenz, bevor nicht das Video auftauchte, das Armband und schließlich jemand, anonym, versteht sich, übers Darknet an Bao ein Foto von Eve geschickt hat. Mit dem Hinweis, dass sie eine Wirtschaftsspionin sei. Die Person hat, dafür, dass es sich um einen sehr dreisten und für Bao enorm schmerzhaften Diebstahl handelt, einen lächerlich anmutenden Betrag gefordert und erhalten. Die Spur verliert sich irgendwo auf einem Offshore-Konto. Aber du und ich, wir können uns beide zusammenreimen, wer dahinter steckt, oder?«

»Shenmi. Mit Freyas Hilfe.« Darias Worte klangen heiser und erleichtert zugleich.
»Eve ist unschuldig. Ich muss Bao die Wahrheit sagen, damit sie aus der Schusslinie ist.«
»Bleibt nur noch eines, das du ihm erklären musst«, fuhr Ben fort. »Diese geheimnisvollen Unterlagen. Wie ich dir schon gesagt habe, wurden sie kürzlich im Darknet angeboten und es gibt einen Interessenten. Dazu habe ich nun Neuigkeiten: Verkäufer und Käufer haben gestern in einem geschützten Kanal über den Verkauf verhandelt. Ich kam nur dran, weil Freya ihn eingerichtet hatte und ich ihrer Spur folgen konnte. War schwierig genug, diese Isländerin ist sehr begabt. Sie und ihre Freundin fühlen sich völlig sicher. Der Interessent ist heiß auf die Ware, das spürt man. Wenn du mich fragst, wird der Handel jetzt perfekt gemacht.«
»Dazu braucht Shenmi Freya also noch«, murmelte Daria. »Ich muss die Dokumente wieder beschaffen«, stöhnte sie. »Wenn Shenmi sie erst einmal verkauft hat, ist es zu spät.«
»Es gibt noch eine Möglichkeit, dranzukommen.«
Bens Brauen schnellten nach oben, sein Blick glitt über Darias Schulter. Die fuhr herum.
Hinter ihr stand Eve, sehr blass und mit weit geöffneten Augen. Sie war völlig geräuschlos ins Zimmer gekommen. Wie viel von ihrem Gespräch mit Ben hatte sie belauscht?
»Wir müssen den anderen Kaufinteressenten überbieten«, fuhr sie fort. Sie kam näher, bis sie direkt neben der mehr als überrascht dreinblickenden Daria stand. Ben musterte sie mit wachsamem Blick.

»Wie?«, wollte er von ihr wissen.
»Wir tun einfach so.«
Ben sah von Eve zu Daria.
»Ich erkläre es euch!« Eve zog sich einen Stuhl heran und ließ sich darauf fallen.
»Ist diese Verbindung sicher?«, fragte sie vorsichtshalber. Daria nickte stumm. Eve hatte schnell gelernt, das musste man ihr lassen. Aber das, was sie dann vorschlug, hätte sich Daria wirklich nicht träumen lassen.

*

Bao hatte getobt. Geschrien. Geleugnet.
Schließlich aber musste er nicht nur Daria gegenüber die Wahrheit gestehen. Ja, Shenmi war seine Tochter. Aus einer Liaison mit einer Engländerin. Ja, er hatte für sie nach dem Tod ihrer Mutter gesorgt. Ihr nach dem Studium einen Job in einem seiner Unternehmen besorgt. Bis er merkte, dass sie keinen Ehrgeiz entwickelte, ins Management zu wechseln. Vielmehr mit dem Sohn eines Geschäftsfreundes anbandelte.
»Sie sollte heiraten. Hatte nichts dagegen. Bis sie diesen Tropf nach einem ihrer SM-Spielchen hat ausbluten lassen. Eine Schweinerei! Hat mich eine Menge Geld und Beziehungsstress gekostet, die Sache geheim zu halten.« Aber nein, er hatte Shenmi nicht entführen lassen, es gab gar keinen Grund. »Ihr Liebesleben interessiert mich nicht. Sie kann herumvögeln, mit wem sie will. Dass der Kerl, den sie heiraten sollte, völlig verrückt nach ihr war und gleichzeitig der Sohn eines meiner größten Geschäftspartner, hat perfekt gepasst.«
Dass dieser Geschäftspartner Shenmi einen

Killer auf den Hals gehetzt hatte, behielt Daria erst einmal für sich.

Und ja, auch Daria war seine Tochter. »Deine Mutter war die Einzige, die ich je geliebt habe.« Noch nie hatte sie seine Augen so feucht gesehen. »Sie wollte nicht mit mir leben, wollte nicht, dass ich als dein Vater in die Geburtsurkunde eingetragen werde. Wollte frei sein. Sie war ein Dickkopf. So wie du.« Finster sah er vor sich hin. »Als sie starb, war ich am Boden zerstört. Aber ich habe ihr sofort nach deiner Geburt versprochen, mich immer um dich zu kümmern. Das ist mir nicht schwergefallen. Wenn ich dich sehe, sehe ich sie. Du machst mich glücklich.«

Aha. Darum schickt er mich auf Missionen, die lebensgefährlich sind.

Hätte Daria nicht bereits gewusst, dass Bao nicht mit normalen Maßstäben zu messen war, wäre es spätestens jetzt der Fall gewesen.

»Warum wusste ich nichts von ihr?«

Er zuckte mit den Achseln. »Hielt ich für keine gute Idee. Ich wollte keinesfalls, dass du erfährst, dass ich dein Vater bin. Hatte Angst, dass du mich ablehnst, weil du mir die Schuld am Tod deiner Mutter gibst. Außerdem warst du in Europa gut aufgehoben, Shenmi lebte überwiegend in Hongkong. Bis sie sich dazu entschloss, sich meinem Einfluss zu entziehen.«

»Du meinst wohl, deiner Kontrolle.«

Er schnaubte verächtlich.

»Hör zu, wir haben eine Idee, wie wir an die Sachen drankommen. Mehr kann ich dir nicht sagen. Vertraust du mir?«, nahm sie ihr Gespräch wieder auf. »Das tue ich. Vertraust du dieser Eve?«

Daria zögerte nicht. »Das tue ich.«

Das Geschäft

Montreal, zwei Tage später.

Die große, schlanke Blondine fiel in dieser Umgebung besonders deswegen auf, weil sie komplett angezogen war. Ihr suchender Blick durchkämmte den Club und blieb an einer Asiatin hängen, die alleine in einer der Sitzgruppen aus roten Plüsch wartete. Sie wirkte in ihrem cremefarbenen Seidenkleid ebenfalls völlig deplatziert in diesem spärlich beleuchteten Raum voller halb nackter Frauen, die auf einer von unten beleuchteten Bühne tanzten. Lautstark angefeuert von Männern, die mit Geldscheinen zwischen den Fingern nach den Tabledancerinnen winkten und riefen und dabei versuchten, die hämmernde Musik zu übertönen. Die Blondine hob beim Anblick der anderen Frau kurz die Hand. Michelle Lawson schlängelte sich an der Bühne vorbei, ohne einen Blick auf die zwei Frauen neben ihr zu werfen, die ihre kaum bekleideten Körper zu den Klängen der Beats gekonnt um deckenhohe Metallstangen wanden. Sie trat auf die Sitzende zu.
»Mimi Ducroix?«, vergewisserte sie sich. Die andere nickte. Ihre Augen glitten an Michelles Beinen entlang nach oben, blieben schließlich an ihrem Gesicht hängen.
»Interessant«, meinte sie gedehnt.
Michelle zog fragend die Brauen nach oben.
»Dass mein Geschäftspartner eine Frau schickt.«
Lawson verzog kurz die Mundwinkel. »Ich bin die Anwältin Ihres Kunden«, stellte sie klar.

Die Frau, die sich Mimi nannte, hob das beschlagene Glas mit dem Cocktail, das vor ihr auf dem Tisch stand. Sie saugte kräftig am Strohhalm und nahm dabei den Blick nicht von ihrem Gegenüber.

»Wir sind uns über den Kaufpreis einig«, befand sie dann und stellte das Glas bewusst sanft ab.

»Mein Mandant will einen Beweis, dass sie wirklich im Besitz der fraglichen Unterlagen sind.« Michelle Lawson lehnte sich lässig zurück und schlug die Beine übereinander. Die Asiatin musterte sie erneut, als wolle sie prüfen, ob die beigefarbenen, hohen Schuhe wirklich zu dem dunkelblauen Kostüm und der weißen Bluse passten.

»Gut«, antwortete sie. »Am besten jetzt gleich.« Ohne eine Antwort abzuwarten, sprang sie auf und bedeutete Michelle Lawson mit einer knappen Kopfbewegung, ihr zu folgen.

Die Damentoilette war leer. Verwirrung zeigte sich im Gesicht der Anwältin, als Mimi sie in eine der Kabinen schob.

»Ziehen Sie sich aus, Miss Lawson«, verlangte die Asiatin leise.

»Wie? Also, ich weiß nicht ...«

»Ich muss wissen, ob sie etwas bei sich tragen, womit Sie heimlich fotografieren oder Sprachaufzeichnungen machen können.«

Einen Moment lang standen sie sich stumm gegenüber. Dann zuckte die Anwältin die Schultern und legte ein Kleidungsstück nach dem anderen ab. Interessiert verfolgte die Frau, die sich Mimi Ducroix nannte, das Geschehen. Als Michelle Lawson nackt bis auf Strapse und

Seidenstrümpfe vor ihr stand, griff sie nach ihren Schultern, drehte sie einmal um sich selbst, hob ihr langes Haar an und ließ zu guter Letzt sogar ihre Hand kurz zwischen die Beine der anderen gleiten, bevor sie jedes einzelne Kleidungsstück abtastete.

»In Ordnung. Bis auf das.« Sie zeigte auf die Uhr, eine Rolex, das einzige Schmuckstück, das Michelle bei sich trug.

»Die lasse ich hier, wenn Sie drauf bestehen. Sollte sie wegkommen, ziehe ich persönlich es Ihnen vom Kaufpreis ab.«

Die Asiatin zog spöttisch die Brauen hoch, nickte dann aber mit einem gnädigen Gesichtsausdruck.

»Dann können wir ja gehen.«

»Nicht so schnell.« Michelle Lawson zog ihren Rock zurecht und warf ihr Haar über die Schultern zurück.

»Jetzt sind Sie dran.« Sie verschränkte die Arme und lehnte sich an die Wand.

Die Schlampe sollte gar nicht erst auf die Idee kommen, Spielchen zu spielen!

*

Das Zimmer, in das Mimi Ducroix sie führte, befand sich in einem der völlig anonymen Hotels, wie es sie in jeder Großstadt gab. Man buchte online und bekam einen Nummerncode für die Zimmertür. Michelle Lawson musste sich auf das Bett setzen und die Beine anziehen, damit Mimi Ducroix sich in dem schmalen Raum überhaupt bewegen konnte. Sie war natürlich darauf vorbereitet, dass ihr Käufer etwas sehen wollte.

»Im Original«, lautete die Forderung. Angesichts der enormen Summe, die er bereit war, dafür zu bezahlen, war das nicht unüblich. Dass das Geschäft über eine Anwältin lief, ebenfalls nicht. Falls die sich gewundert haben sollte, dass die Verkäuferin dieser brisanten Dokumente persönlich und dazu noch alleine auftrat, hatte sie es sich nicht anmerken lassen.

Sie reichte der Anwältin mehrere Blatt Papier, die diese stumm und konzentriert studierte.

»Die Querverweise dazu?« Sie blickte nicht auf, als sie ein weiteres Blatt entgegennahm.

»Zufrieden?« Die Asiatin lehnte mit übereinandergeschlagenen Armen an der Wand.

»Mein Mandant kennt die Inhalte der ersten beiden Blätter ja bereits. Ich prüfe heute, ob Sie wirklich im Besitz der Originale sind. Darüber hinaus erwarten wir eine notarielle Erklärung, dass es keinerlei Kopien dieser Unterlagen gibt.« Mimi Ducroix schien einen Moment lang unkonzentriert zu sein, dann lief ein Ruck durch ihren schmalen Körper. »Natürlich«, antwortete sie.

»Der Umfang der Original-Dokumente beträgt achtzig Seiten?«, vergewisserte sie sich. Mimi Ducroix nickte.

Michelle Lawson reichte ihr die Unterlagen zurück, stand auf und strich sich den Rock glatt.

»Gut, dann gehe ich jetzt. Alles Weitere besprechen Sie auf dem üblichen Weg mit meinem Mandanten.«

Mimi lächelte und trat näher. »Wir könnten noch etwas trinken.« Ihre Hand lag wie selbstverständlich auf dem Arm der Anwältin.

»Tut mir leid. Ich vermische Privates nie mit Geschäftlichem«, antwortete die kühl.
»Wirklich nie? Wie schade.« Die dunklen Augen waren jetzt direkt vor ihr, der warme Atem der Asiatin streifte ihr Gesicht. Michelle Lawsons Wimpern zitterten leicht, dann trat sie einen Schritt zurück.
»Auf Wiedersehen, Miss Ducroix.«
Zurück blieb lediglich ein Hauch von Givenchy.

*

Shenmi beobachtete sich selbst im Spiegel. Ihre halb geschlossenen Augen, das wie schwarze Seide auf ihren hellen Körper fallende Haar. Die Frau, die hinter ihr auf dem Bett hockte und ihre Arme um sie gelegt hatte. Verfolgte das Spiel der dunkelbraunen, schlanken Hände auf ihrem Körper. Elegante, lange Finger glitten über Shenmis Brüste, bedeckten sie damit, hoben sie hoch, öffneten sich ein kleines Stück, um sich dann um die Warzen zu schließen. Wanderten tiefer den glatten Körper hinab über ihren Bauch. Tauchten ein zwischen die hellen, bereits feucht glänzenden Halbmonde. Shenmi griff nach hinten, streichelte die Samthaut der muskulösen Schenkel und der ausladenden Hüften ihrer Gespielin, bevor sie ihrerseits eintauchte in verlangend pochende Gefilde, verborgen unter dichtem, drahtigem Haar. Schnell fanden sie ihren gemeinsamen Rhythmus, ihre dicht aneinander geschmiegten Körper bewegten sich in einer perfekten Choreografie der Lust. Ihre Blicke begegneten sich über ihr Spiegelbild, was Shenmi weiter anstachelte. Ihre Lenden kreisten, ihr

Körper bog sich durch vor heftiger Erwartung und dann entlud sich ihrer beider Lust kurz hintereinander. Später, sie hatten noch eine ganze Weile nackt und schweißglänzend auf dem Bett gelegen, duschte sie. Die andere Frau, sie hatten sich in einer einschlägigen Bar kennengelernt, war bereits gegangen. Sie war wie sie. Direkt, lustvoll. Unkompliziert. Daher wunderte sie sich, als es an ihrer Zimmertür klopfte. Hatte die Andere etwas vergessen?

Sie durchschritt die elegante Suite des Luxushotels, in dem sie sich eingemietet hatte. Ihre Hand lag bereits auf dem Türknauf, als ihr Radar anschlug. Sie trat zurück. Vergewisserte sich, dass die Tür verschlossen war. Und dann ging alles ganz schnell.

*

»Hat es geklappt?« Ben war genauso ungeduldig wie Daria.

»Wir haben die Unterlagen.« Katalins Gesicht erschien auf dem Schirm. »Leider ist Shenmi uns entkommen. Sie muss in letzter Sekunde Lunte gerochen haben. Nicht mehr schnell genug, um alle ihre Sachen zu packen. Dass ihr Safe ausgeräumt war, muss sie schwer getroffen haben.«

Shenmi hatte angebissen, als ein vermeintlicher Käufer ihr mehr bot, als der erste. Da Ben durch Freyas Aufzeichnungen wusste, was der erste Interessent zu zahlen bereit war, konnten sie eine entsprechend höhere Offerte unterbreiten. Das Geld war auf einem extra dafür angelegten Konto bereitgestellt, sodass Shenmi, der man Einsicht gewährte, glauben musste, es mit einem potenten Käufer zu tun zu haben. Dass das Geld von dem Mann stammte, den sie bestohlen hatte, ahnte sie dabei nicht. Bao hatte sich zunächst geweigert. »Bring sie mir, ich prügle sie windelweich«, hatte er geschrien. Doch alles nützte nichts, sie mussten sie in Sicherheit wiegen, um an die Unterlagen zu kommen.

Nun fehlte ihnen eine vertrauenswürdige Person, die sich als Anwältin des Käufers ausgeben und ein persönliches Treffen mit Shenmi, die für diese Aktion wieder Mimi Ducroix' Namen angenommen hatte, vereinbaren sollte.

Als Katalin anrief, um mitzuteilen, sie habe Hunters Laptop geknackt, sahen sich Daria und Eve in stillem Einvernehmen an. Katalin bestätigte ihnen, was sie schon wussten (»Hunter war hinter Shenmi her. Ihr Ex-Beinahe-Schwiegervater hat ihn nach dem Tod seines Sohnes engagiert, um sie zu töten.«) Dazu hatte sie noch wesentlich mehr herausgefunden. Derselbe Mann hatte auch den Auftrag für die Verfolgung von Daria, Siobhan und Tara gegeben. »Ihr solltet ausgeschaltet werden, damit Bao seine Geheimdokumente nicht zurückbekommt. Denn jetzt kommt es: Der Kerl, von dem wir hier reden, war selbst dahinter her. Er hat wohl in den Unterlagen seines Sohnes Hinweise darauf gefunden. Der hat bis zu seinem schmachvollen Ende mit seiner Verlobten Shenmi gemeinsame Sache gemacht und ihr geholfen, brisantes Material über Baos Geschäfte zusammenzutragen. Vermutlich, um ihn entweder zu entmachten oder zu erpressen.« Darüber hinaus war Baos geschätzter Geschäftspartner in Wirklichkeit nach dem qualvollen Tod seines

Sohnes durch Shenmis Hand zum Feind ihres Vaters geworden. Das würde dem nicht gefallen, denn der Andere war fast so mächtig wie er.

»Würdest du einen Auftrag übernehmen?«, wollte Daria von ihrer *hermana* wissen.

Und so war Katalin nach Montreal geflogen, um sich zu vergewissern, dass sie es bei dem Anbieter wirklich mit Shenmi zu tun hatten.

»Ihr Vater, also, unser Vater, will, dass wir dabei unter dem Radar der Behörden fliegen. Mach sie ausfindig, sage uns, wo sie ist, dann regelt er den Rest«, lautete Darias Instruktion.

»Die Frau hat Nerven«, meinte Katalin später. »Mich erst nackt auszuziehen, mir danach die Dokumente zu zeigen und mich dann auch noch anzumachen.« Gut, dass sie Eves Gesicht in diesem Moment nicht sehen konnte.

Es war nicht schwer gewesen herauszufinden, wo Shenmi wirklich in Montreal abgestiegen war.

»Sie war clever, hat das Motel durch einen Hinterausgang verlassen, verkleidet als Pizzabote. Fast hätten wir sie verloren, als sie ihr Fahrzeug einfach irgendwo stehen ließ und zu Fuß weiterging.« Doch obwohl Shenmi extrem vorsichtig war, konnten sie sie wiederfinden.

Nachdem Bao wusste, wo sie war, ging er zu ihr ins Hotel.

»Sie hat Lunte gerochen und ist abgehauen.«

Dabei hatte sie es clever angestellt. Zwei Zimmer unter verschiedenen Namen angemietet. In einem wohnte sie, im anderen war der Safe, in dem die Dokumente steckten. Aber eben nicht mehr bei ihrer Flucht.

*

»Ob sie bereits wieder jemanden gefunden hat, der oder die ihr hilft?«

Eve hockte auf dem breiten Futon im Schlafzimmer des Apartments, während Daria gedankenverloren im Zimmer auf und ab ging.

Die bedauernswerte Freya lebte nicht mehr. Ihre Leiche war an einer Bucht in Grönland gefunden worden. Selbstmord, lautete die These. Die Isländerin trug einen Brief bei sich, in dem sie erklärte, sie habe jemandem wichtige Unterlagen gestohlen und käme nicht mehr klar mit ihrer Missetat.

»Nachdem du nicht mehr zur Verfügung standest, hat Shenmi Freya zum Sündenbock gemacht«, meinte Daria düster. »Natürlich erst, als sie von ihr hatte, was sie brauchte.«

Darum waren die beiden nicht sofort nach Kanada geflüchtet, sondern zunächst noch in Grönland geblieben. Wohin genau Shenmi mit dem Heli geflogen war, wussten sie nicht. Sicher aber an einen Ort, an dem Freya noch die letzten Aufgaben erfüllte, die ihr zugedacht worden waren. Danach war sie eiskalt entsorgt worden. Im wahrsten Sinne des Wortes. Ob sie es aussprachen oder nicht, beiden war klar, dass die Chinesin sich gezielt Personen aussuchte, die ihrer Anziehungskraft erlagen. Hatten sie ihre Schuldigkeit getan, wurden sie eliminiert.

Eve schüttelte sich innerlich bei dem Gedanken daran, wie knapp sie selbst dem Tod durch ihre ehemalige Geliebte entronnen war.

Jetzt musste sie sich zwingen, nach vorne zu blicken. In der Hoffnung, irgendwann mit den Verletzungen leben zu lernen die Shenmi ihr zugefügt hatten. Sie irgendwann zu vergessen. Gemeinsam hatten Daria und Eve Shenmis perfide Tat rekapituliert.

»Als ihr euch in Hongkong kennengelernt hattet, war der Plan bereits gefasst. Routinemäßig hat sie dich nach eurem One-Night-Stand abgecheckt und dabei festgestellt, dass du perfekt in ihre Überlegungen passt«, fing Daria an, ihr Wissen zusammenzufassen.

»Für mich war es – Leidenschaft auf den ersten Blick. Als sie plötzlich neben mir im Flugzeug nach Frankfurt saß, glaubte ich an so etwas wie ein romantisches Märchen.« Eve verstummte abrupt nach diesen Worten. Ihr Blick verlor sich im Nichts.

»Warum hast du mir nie die Wahrheit gesagt über dich?« Darias Worte holten sie aus ihren Überlegungen.

»Was meinst du?«, fragte Eve verwirrt.

»Über deinen Job. Du bist eine Wirtschaftsspionin. Darum hat sie dich ausgesucht. Es war glaubhaft, dass du die Diebin warst.«

»Ich bin keine Spionin!«, entgegnete Eve empört. »Ich hole Informationen ab, bringe sie von A nach B. Selbst habe ich niemals Dinge verraten und verkauft!«

Daria schüttelte genervt den Kopf. »Lass diese Spitzfindigkeiten. Du weißt genau, was ich meine. Shenmi muss es herausgefunden haben, damit warst du für sie der perfekte Köder. Und ich hatte Mühe, Bao davon zu überzeugen, dass du unschuldig bist. Er wusste, was du tust. Wenn du es mir gesagt hättest ...«

»Hättest du mir niemals geholfen«, unterbrach

Eve sie trocken.
»Denk auch mal dran, dass du mir nicht die Wahrheit gesagt hast darüber, dass du zu deinem Auftraggeber nicht nur eine berufliche, sondern auch eine persönliche Beziehung hast. Ein Umstand, der mir sicherlich zu denken gegeben hätte.«
»Deine Lüge wieg schwerer«, befand Daria.
»Daria, ich brauchte dich. Ohne deine Hilfe wäre ich doch nie aus der Sache herausgekommen.« Eve schwieg, überwältigt von Erinnerungen. »Und ich hätte Shenmi nicht wiedergefunden«, setzte sie dann leise hinzu.
»Sie muss dich schon gekannt haben, als sie ihren Verlobten umgebracht hat.« Fuhr Daria fort, die Geschichte zusammenzufassen.
»Sie ist mehrfach kurz weg gewesen. Geschäftlich, privat. Wirklich viel gesprochen hat sie darüber nicht«, erklärte Eve.
»Sie flüchtete mit dir nach New York. Der Mann, der euch dort überfiel, war bereits von ihrem Beinahe-Schwiegervater engagiert. Dich hat sie im Glauben gelassen, ihr Vater sei hinter euch her. In Amsterdam hat sie sich abgesetzt, flog nach Hongkong, wo sich Baos Firmenzentrale befindet, um den Diebstahl der Dokumente voranzutreiben. Inzwischen hatte sie bereits eine Frau gefunden, die dir zum Verwechseln ähnlich sah.«
»Die Diebin?«
»Nein. Die Frau hatte nur den Auftrag, an einem bestimmten Tag ins Gebäude zu gehen. Ben hat herausgefunden, das zum fraglichen Datum jemand in Shenmis Büro im obersten Stockwerk war. Dort arbeitete sie zwar nicht mehr, aber niemand hatte wohl eine Notwendigkeit gesehen,

es zu räumen. Zumal Shenmi gelegentlich dort auftauchte. Die Frau hatte nichts zu tun, außer auf ihre Auftraggeberin zu warten und das Gebäude danach mit einem Umschlag in der Hand zu verlassen. Darin befand sich nichts Geheimnisvolles, es waren lediglich ein paar Unterlagen über einen Wohnungskauf, die bei einer Anwaltskanzlei abgegeben wurden. Dazu hatte Shenmi es mit Hilfe einiger manipulierter Daten deiner Kreditkarte geschafft, es so aussehen zu lassen, als seist du in diesem Zeitraum ebenfalls in Hongkong gewesen. Alles diente dazu, den Verdacht auf dich zu lenken. Zu gegebener Zeit, denn Bao hatte damals keine Ahnung, dass es dich gibt.«

»Alles Lüge, also. Wann hat sie den Diebstahl denn begangen?«

»Nachdem ihr euch in Griechenland getrennt hattet. Etliche Unterlagen hatte sie schon vorher an sich gebracht. Bao hat im Laufe der Jahre ein internationales Firmengeflecht aufgebaut, das es ihm ermöglicht, grenzüberschreitend von einer Tochterfirma in die andere Material zu verschicken. Das dann vor Ort zu Waffen zusammengesetzt werden kann. Er verletzt damit Embargos, ohne sich auf Zwischenhändler oder fragwürdige Geschäftspartner einlassen zu müssen. Das hatte Shenmi bereits in der Hand. Dabei muss sie von dem nächsten geplanten Coup, dem größten überhaupt, ihres Vaters – unseres Vaters – Wind bekommen haben. Nach der Rückkehr aus Karpathos brachte sie diese Unterlagen auch noch an sich. Sie flog nach Zürich, um vor dir ihre Spuren zu verwischen. Von dort aus nach Hongkong. Spielte das

Spielchen mit der nichtsahnenden Frau, die dir ähnlich sieht. Und holte die Dokumente aus Baos privatem Tresor. Wenn du dich nicht an den Namen des Hotels auf Island erinnert hättest, wären wir ihr vermutlich nicht auf die Schliche gekommen.«

»Das hast du alles herausgefunden?«

»Nicht alleine. Einen Teil hat Ben herausgefunden, einen anderen Teil Katalin, die Hunters Unterlagen akribisch durchgesehen hat. Sie war es auch, die mir erzählt hat, dass du in Genf in eine Falle laufen solltest. Die leider ich dir gestellt habe, in Baos Auftrag. Shenmi war in der Zwischenzeit schon dabei, ihr Material mit Freyas Hilfe im Darknet anzubieten.«

»Worum geht es dabei überhaupt?«

Daria blies die Wangen auf und starrte aus dem Fenster.

»Sagen wir mal so – ein exzentrischer Wissenschaftler hat eine chemische Waffe erfunden. Entwickelt einzig dafür, schnell und problemlos in Krisengebiete exportiert zu werden. Wer die Formel besitzt, könnte damit ganze Staaten auslöschen. Diskret, egal in welchem Auftrag und vor allen Dingen fast spurlos zu transportieren. Ich brauche dir nicht zu sagen, was Bao mit seinen internationalen Verflechtungen damit hätte verdienen können.«

Sie schwiegen beide einen Moment lang. Daria erschöpft, Eve entsetzt.

Dann seufzte Daria und nahm ihre Wanderung wieder auf.

»Dass du auf mich angesetzt warst, um Shenmi aufzuspüren, klang andererseits ebenfalls ganz plausibel«, setzte Eve ihre Unterhaltung schließlich fort. »Immerhin hattest du genau diesen Auftrag, mich zu eliminieren.«

Daria krümmte sich mit einem Stöhnen kurz zusammen. »Ich habe es nicht getan. Punkt.« Sie fuhr zu Eve herum. »Und damit du es weißt: Ich habe Bao gesagt, dass ich nie wieder einen solchen Auftrag übernehmen werde. Nie wieder! Er kann mich als Bodyguard einsetzen, meinetwegen auch als eine Art Privatdetektivin. Aber mehr auch nicht. Davon habe ich die Nase gründlich voll.« Eve sah sie mit ihren klaren, grünen Augen stumm an. Daria wich diesem Blick nicht aus. Etwas geschah, vor ihren Augen und dennoch unsichtbar. Die Luft wurde schwer und dicht, etwas schien greifbar nah. Bis das laute Klingeln eines Handys erklang. Ungern riss Daria sich los. Sie ging in die Küche, um zu telefonieren. Danach gab sie Eve all ihre Sachen zurück.

»Wir können morgen alle beide nach Hause fliegen«, meinte sie leise.

»Ja«, sagte Eve nur. Dann ließ sie sich rückwärts auf das Bett fallen, rollte sich zur Seite und zog die Knie nach oben. Daria legte eine Hand auf ihren Magen, der wegen irgendetwas zu revoltieren schien. Als Eve nichts mehr sagte, ging sie leise aus dem Zimmer.

*

Van Morrison sang die halbe Nacht und Eve weinte dazu.

Daria zerriss es fast das Herz. Sie lag auf der Couch im abgedunkelten Wohnzimmer und starrte blicklos zur Decke. Jetzt, wo alles geregelt schien, Eve außer Gefahr war und Bao sich vorläufig beruhigt hatte, fühlte sie keine Erleichterung. Ganz im Gegenteil. Die Vorstellung, morgen zurück nach Luxemburg zu fliegen, während Eve nach Frankfurt unterwegs war, verursachte ihr ein Gefühl bisher nicht gekannter Einsamkeit. Noch nie war ihr ein anderer Mensch so wichtig gewesen, dass sie ihr Leben hätte danach ausrichten wollen. Nun schien ihr das alles nicht mehr unwahrscheinlich.

Bao hatte ihr frei gegeben. Er schien zerknirscht und hatte allen Grund dazu. »Mach drei Monate Urlaub«, lautete sein Vorschlag. Da er sie mehr als großzügig entlohnt hatte, hätte sie bis ans andere Ende der Welt aufbrechen können, mit allem Drum und Dran. Sie versuchte, sich vorzustellen, was sie tun könnte. Nach Australien fliegen, mit einem blonden, sonnengebräunten Surfer die Tage am Strand und die Nächte in schweißfeuchten Laken zu verbringen. Oder einmal was ganz anderes. Eine Tour durch den Himalaja. Meditation statt Sex. Wenn es so weiterging, brauchte sie dazu sowieso eine Alternative. Sie kniff die Augen zusammen und legte sich die geballte Faust auf die Stirn. Seit wann war das so, dass sich ihre Sehnsucht auf eine einzige Person konzentrierte?

Durch die geschlossene Tür drangen die letzten Töne von Van Morrisons »I forgot that love existed«. Um von Sinéad O'Connors »Nothing compares 2U«, gefolgt zu werden. Eves Schluchzen schraubte sich in bedrohliche Höhen, bevor es in eine halblaute Folge von abgehackten Tönen überging, die schließlich immer leiser wurden. Sie betrauerte das Ende ihrer Beziehung zu Shenmi und Daria fragte sich, ob und wenn, ja wann sie darüber hinwegkommen würde. Und ob sie selbst über das hinwegkäme, was Sinéad so treffend und gefühlvoll besang. Die Tatsache, dass niemand solche Gefühle in ihr auslösen konnte wie Eve es tat. Ein Auto fuhr durch die Straße, die bleichen Finger der Scheinwerfer huschten über die Zimmerdecke. Daria seufzte und drehte sich zur Seite. Nebenan war die Musik verstummt und mit ihr Eves Weinen. Gut so. Morgen war ein anderer Tag. Ab morgen würden sie getrennte Wege gehen und Daria würde Eve vergessen. Irgendwann. Früher oder später. Sie schloss die Augen und schlief ein.

*

»Schläfst du?« Die Stimme ein Wispern nur. Das Licht aus dem Schlafzimmer fiel durch die geöffnete Tür. Eve stand dort. Ein Luftzug bewegte den Saum ihres knöchellangen, halb durchsichtigen Nachthemds, als sie näher kam.

Daria, noch im Halbschlaf, lag stocksteif im Bett. »Mir ist kalt«, flüsterte Eve, während sie ihre Beine um Darias Hüften schlang. Sie log. Ihr Körper war so heiß, dass Daria im ersten Moment dachte, sie müsse sich verbrennen. Eve war federleicht und roch schwach nach Apfel und Zimt. Ohne zu überlegen, legte Daria ihre Arme um den schmalen Oberkörper. Sie spürte Eves harte Brustwarzen, ihre weiche Brust auf ihrer. Es war, als hätten sie beide nichts an. Die Decke rutschte zu Boden, nun lagen ihre Unterkörper dicht aufeinander. Eve seufzte und bewegte ihr Becken in sanftem Auf und Ab. Durch Darias Körper floss ein glühender Strom, der sie mitriss.

Eves Mund lag nun auf ihrem, warm und voller Versprechen. Daria genoss das Spiel der Zungenspitze mit ihren Lippen, öffnete sie, um Eve Einlass zu gewähren. Deren Hände liebkosten nun Darias Lenden, ihre Schenkel. Mit jeder Berührung steigerte sich Darias Wolllust. Sie umfasste Eves Pobacken, drückte sie fester und immer fester. Zog Eve zu sich. Spürte die Erhebung ihres Venushügels auf ihrem eigenen. Eves Lippen lösten sich von ihren, ein kleines, funkelndes Lächeln lag darauf. Dann schob sie ihr Bein zwischen Darias Schenkel und betrachtete voller Entzücken, wie die Frau unter ihr buchstäblich zerfloss.

*

»So habe ich es mir vorgestellt«, murmelte Daria, als sie am nächsten Morgen erwachte. Ihr Körper brannte noch immer von den Freuden der Nacht.

»Was? Dass ich dir das Frühstück ans Bett bringe?« Eve stand vor ihr, in der einen Hand eine Tasse Kaffee, in der anderen einen Teller mit einer Zimtschnecke. Sie hatte sich schnell an diese dänische Spezialität gewöhnt.

Daria hob lächelnd den Kopf. Sie trug noch immer das alte, ausgeleierte T-Shirt mit dem Aufdruck »Love Bitch«, in dem sie oft schlief. Und Eve hatte keineswegs ein transparentes Nachthemd an, sondern einen grauen Pyjama, der vermutlich aus dem Apartment stammte.

»Frühstück?« Daria blinzelte verwirrt. Sie war so beseelt von dem Gefühl in ihrem Inneren, dass sie nur langsam begriff.

Eve war natürlich in der Nacht nicht in ihr Zimmer gekommen.
»Oder?«, fragte die mit immer noch verquollenen Augen aber sichtlich gewillt, sich aus dem Tal der Tränen wieder herauszukämpfen.
»Nichts. Schon gut. Ich habe nur geträumt«, murmelte Daria.
»Wovon?«, wollte Eve wissen.
Daria zögerte. »Von etwas, das perfekt war«, antwortete sie schließlich.

*

Der Abschied auf dem Flughafen von Kopenhagen verlief kurz und für Daria schmerzhaft. Noch einmal winkte sie Eve zu, als ihr Luxair Flug aufgerufen wurde. Eve würde eine halbe Stunde später nach Frankfurt fliegen. Kurz bevor sie die Kabine betrat, vibrierte ihr Handy.
»Hat er es bereits bemerkt?« In Katalins Stimme lag unüberhörbar ein heiterer Unterton.
Daria blieb kurz stehen und ließ zwei Geschäftsleute vorgehen.
»Ich glaube nicht. Ich lebe ja noch.« Sie lachte laut und tief.
Später, sie hatte ganz gegen ihre Gewohnheit bereits am Nachmittag ein Glas Rotwein bestellt, sah sie aus dem Fenster in die dichten, flauschigen Wolken unter ihr. Bao würde mit den Unterlagen nicht mehr viel anfangen können. Katalin hatte, in Darias Auftrag, einige der Seiten entfernt. Das hätte natürlich keinen Sinn gemacht, wenn der Erfinder noch leben würde. Doch der böse, alte Mann war wenige Tage vorher gestorben.
»Du weißt, was das ist?«, hatte Katalin sie

entsetzt gefragt und damit ihre schlimmsten Befürchtungen bestätigt. »Wenn jemand diese Waffe in die Hand bekommt, wird die Weltordnung auf den Kopf gestellt!« Genau das, was Bao wollte. Genau das, was auf keinen Fall passieren durfte. Es war Katalins exzellentem Wissen über chemische Zusammenhänge, sie hatte unter anderem Chemie und Biologie studiert, die ihr den Subtext dessen, was auf den Blättern geschrieben stand, erschloss. Jeder, der sich damit auskannte, würde mit diesen Informationen eine ungeheure Macht besitzen. Sie beide hatten sich geschworen, es nie soweit kommen zu lassen.
»Wer sagt uns, dass Shenmi keine Kopien gefertigt hat?«, fragte Daria.
»Hatte sie nicht. Sie wusste, dass sie damit nicht davonkommen würde, wenn sie solches Material zwei Mal verkauft. Ein solches Risiko wäre selbst sie nicht eingegangen. Sie wollte ein Luxusleben, aber nicht bis ans Ende der Tage von noch mehr Leuten gejagt zu werden, als es jetzt schon der Fall ist.«

Bao würde irgendwann unweigerlich erkennen, dass er nicht alle seine Dokumente zurückerhalten hatte. Das würden sie dann Shenmi in die Schuhe schieben.

Einen Moment lang schweiften Darias Gedanken ab. Ob sie sich jemals wiedersehen würden? Ihre Halbschwester war betörend schön und sehr, sehr clever. Daria rechnete damit, dass sie sich für die Schlappe in Montreal würde rächen wollen. Sofern sie wieder zu Geld kommen und einen Komplizen oder eine Komplizin finden würde. Sie hoffte nur, dass Eve über diese kalte

Trennung hinwegkommen würde. Womit ihre Gedanken wieder da waren, wo sie nicht sein sollten.

Energisch schon sie sie weg. Es war vorbei, Eve blieb für sie unerreichbar. Je schneller sie das akzeptierte, desto besser.

Licht

Lissabon, fünf Monate später

An der Uferpromenade des Tejo war an diesem Nachmittag gefühlt die halbe Stadt unterwegs. Jogger, Spaziergänger und Touristen genossen das sonnige Wetter.

Die Frau mit den kastanienbraunen, kurzen Haaren lehnte an der Balustrade des Cais dos Colunas und blickte über das dunkelblaue Wasser zur Ponte 25 de Abril hinüber, der Brücke, die der Golden Gate Bridge nachempfunden war.
Kurze Jeans zeigten lange, braun gebrannte Beine, die in weißen Turnschuhen steckten. Über den linken Unterschenkel zog sich eine schmale Narbe. Das grüne Tanktop spiegelte genau die Farbe ihrer Augen wieder, die sie immer nur kurz zeigte, wenn sie sich zwischendurch umdrehte und dabei ihre Sonnenbrille auf den Kopf schob.
Gegen drei Uhr blickte sie mehrfach suchend über den Praça do Comércio und lief ein paar Schritte auf und ab. Eine Möwe flog kreischend direkt über ihren Kopf hinweg. Ein fliegender Händler bot Krimskrams an. Zwei Mädchen hielten sich gegenseitig unsicher auf ihren Skateboards, um dann kichernd davonzurollen.
Wie aus dem Nichts tauchte in diesem Moment die Frau, auf die sie gewartet hatte.

*

Eve war es nicht gut gegangen. Zurück in Frankfurt vergrub sie sich in ihrer kleinen

Dachgeschosswohnung in der Schweizer Straße. Selbst als »dringend« gekennzeichnete Anrufe ihres Arbeitgebers nahm sie nicht an. Tagsüber lag sie auf dem Sofa, zu ausgelaugt, um mehr zu tun, als hin und wieder etwas zu essen. Kein Buch, kein Film konnte sie aus ihrer Lethargie reißen, alles brach sie nach wenigen Minuten ab. Der Schmerz in ihrem Herzen schien schier unerträglich. Der Soundtrack, der ihre Melancholie untermalte, lullte sie Tag und Nacht ein. Ihre längst eingelösten Ängste fand sie wieder in K.D.Langs »Crying«, Billie Holiday beschwor den »Ole Devil called love«, Seal empfahl »Walk on by«. Und wenn sie dachte, sie könne langsam mal wieder ruhig atmen, griff sie zielsicher nach Sinéad O'Connors »Nothing compares 2U.« Sie hatte vorher nicht gewusst, wie viel traurige Musik sie besaß.

Nach drei Tagen voller Elend und Tränen spürte sie, dass sich etwas veränderte. Mitten in einer mondlosen, viel zu warmen Nacht, fragte sie sich, worum sie trauerte. War es Shenmis Liebe, die sie so viele Monate lang eingehüllt hatte in ein Feuerwerk aus Lust und dem beständigen Gefühl, regelrecht durchs Leben fliegen zu können? In der Hoffnung, es könne ewig so weitergehen? Oder war es der Verrat, der schmerzte? Sie konnte nicht an ihre Geliebte denken, ohne eine janusköpfige Shenmi vor sich zu sehen. Die eine Seite zeigte die betörend schöne, erotische Frau, der sie bereitwillig durch die halbe Welt gefolgt war. Verzaubert von einem Glanz, der sich aus der Unabhängigkeit und Eigenwilligkeit der anderen speiste. Die andere Seite zeigte die Fratze einer eiskalten Egoistin, einer Mörderin, die selbst vor

der eigenen Freundin nicht halt gemacht hätte.
Ein Schaudern durchlief Eve jedes Mal, wenn sie an den Keller des Hauses in Dordives dachte. Noch immer konnte sie nicht glauben, dass Shenmi die ganze Familie umgebracht hatte. Ihre Freundin Mimi. Deren Mann. Den Jungen. Als wäre nicht all das, was sie getan hatte, schlimm genug, war es genau dieser Umstand, der Eve am meisten entsetzte. Ein Kind zu erschießen, das war ... sie fand keine Worte, noch nicht einmal in Gedanken, so abscheulich empfand sie diese Tat.

Von ihrem iPod wehten leise Töne zu ihr herüber. Van Morrison, den sie in Kopenhagen entdeckt hatte, besang die Liebe und das Leid in einer der unendlichen Variationen, die es dazu gab. Eve setzte sich auf. Kopenhagen. Daria. Der nächste Schmerz durchfuhr sie. Tief in ihr wuchs das Gefühl, betrogen worden zu sein. Nicht nur von Shenmi.

Eve ging ins Bad. Sie starrte die Fremde im Spiegel an und fragte sich selbst zynisch, ob sie wirklich geglaubt habe, dass alles im Leben so einfach sei, wie es in den Monaten mit Shenmi schien. Sie verzog das Gesicht, als sie den Arm hob, um sich über das struppig um den Kopf stehende Haar zu fahren. Sie roch wie ein alter Käse.

»Something told me, it was over«. Grace Slick. »Something deep down in my soul said - cry girl.«

Schluss damit! Schluss mit »I'd rather go blind!« Sie war lange genug blind gewesen. Höchste Zeit, die Musik abzustellen, sich zu duschen und wieder einen klaren Kopf zu kriegen.

In den darauf folgenden Wochen war es die

Arbeit gewesen, die sie gefordert und abgelenkt hatte. Ihre Auftraggeber waren froh, dass sie wieder zurück im Team war, und gaben ihr reichlich zu tun. Dazu trainierte sie viel, mit Vorliebe boxte sie sich an Sandsäcken sämtliche noch vorhandene Wut heraus. Abends ging sie gelegentlich aus, tanzte sich in den Clubs der jeweiligen Stadt den Schmerz aus Leib und Seele. Annäherungsversuche blockte sie so unverzüglich wie unmissverständlich ab. Nur eine Sache konnte sie nicht beeinflussen, weder durch Arbeit noch durch Sport, noch durch Musik.

    Sie versuchte, die Gedanken, die sie zunehmend quälten zu ignorieren. Doch spätestens in ihren Träumen bahnten sie sich den Weg. Trauer und Wut waren abgelöst worden durch eine Sehnsucht, so süß und dabei in ihrer Hoffnungslosigkeit quälend schmerzhaft.

    Eines Tages, ihr Job hatte sie ausgerechnet nach Kopenhagen geführt, ging sie an dem Haus in der Brøbergsgade vorbei. Blickte nach oben. Glaubte, eine Bewegung hinter einem der Fenster wahrzunehmen. Eine Selbsttäuschung, dessen war sie sich gewiss. Würde sie Daria jemals wiedersehen?

    Erinnerungen tauchten blitzlichtartig auf. Darias Gesicht mit dem breiten, weichen Mund, den hohen Wangenknochen und den schmalen, stets ein wenig distanziert blickenden grauen Augen. Ihr weiblicher Körper. Die Nacht in Graz. Der Kuss in Reykjavík. So offensichtlich es war, so lange brauchte sie, um zu begreifen. Sie sehnte sich nach Daria. Nicht nur, weil sie beide eine so intensive Zeit miteinander verbracht hatten. Auch nicht, weil sie sich bei der anderen aufgehoben und beschützt gefühlt hatte. Sondern weil sie sich in sie verliebt hatte. Fast unbemerkt hatte sich die andere in ihr Herz geschlichen. Nur, dass Daria ihr das vermutlich nie glauben würde. Ganz abgesehen davon, dass sie keinen Hehl daraus gemacht hatte, nur auf Männer zu stehen. Hatte sie überhaupt jemals die körperliche Nähe erwähnt, die zwischen ihnen existiert hatte? Hatte sie sie bemerkt? Als das, was sie war oder als Vorstufe dazu?

Eve flüchtete. Zuerst nach Graz, wo sie es keine 24 Stunden aushielt. Als ob jeder Winkel im Haus mit Erinnerungen an Daria besetzt war. Wie sie nackt aus dem Bad kam ...

Der nächste Flug an diesem Tag ging nach Portugal und Eve beschloss spontan, eine Zeit dort zu verbringen.

Gefangen in ihren unrealistischen Wünschen versuchte Eve dort, sich mit der Situation abzufinden. Was ihr nicht gelang. Melancholie lag in der Luft, getragen von den Klängen des allgegenwärtigen Fado, legte sie sich über ihre Seele. Eves Herz schmerzte irgendwann so sehr, dass sie es nicht mehr aushielt. Schließlich gab sie Darias Nummer in ihr Handy ein. Jeder Klingelton war eigens dafür gemacht, ihre Nerven in Fetzen zu reißen. Niemand hob ab. Bevor sie es sich anders überlegen konnte, schickte sie eine SMS hinterher. »Würde dich gerne treffen.« Ihre Finger zitterten, als sie auf »senden« drückte. Zwei Stunden später kam die Antwort. »Schlag was vor, solange es Europa ist.« Und so waren sie in Lissabon gelandet.

*

Als Daria Eves SMS bekam, musste sie sich setzen. Eve wollte sie sehen. Darias Herz führte einen regelrechten Freudentanz auf bei dieser Aussicht. Gefolgt von der ernüchternden Erkenntnis, dass es vermutlich gar nichts mit ihr persönlich zu tun hatte. Eve war mit Sicherheit durch eine ziemlich anstrengende Zeit gegangen. Vielleicht brauchte sie noch immer Trost, vielleicht wollte noch einmal alles rekapitulieren. Vielleicht dachte sie, sie beide könnten Freundinnen werden. Dennoch konnte Daria nicht anders, als zuzusagen.

Nun stand sie schon eine Weile auf dem großen Platz und betrachtete Eve aus einem Pulk von Touristen heraus. Die war noch ein bisschen dünner geworden, aber es stand ihr gut. Ihre langen Beine waren sonnengebräunt, ihr Haar kürzer und lockiger als noch vor ein paar Monaten. Einen Moment lang war Daria versucht, umzudrehen. Sie hatte sich heillos in Eve verliebt. Es gab keinen Grund anzunehmen, dass das auf Gegenseitigkeit beruhte. Eve würde ihr das Herz brechen.

Sie wollte gehen. Sie blieb und ging auf die Wartende zu.

Eves Pupillen weiteten sich, als sie Daria erblickte.

»Hey!«, rief sie und schlang zur Begrüßung die Arme um den Hals der anderen. Ein leichter Duft nach weißen Blüten und Sonnencreme streifte Darias Nase. Sie spürte Eves schmalen, festen Körper unter ihren Händen.

»Ich freu mich so, dass du da bist!« Blinzelte sie da wirklich zwei Tränchen aus ihren klaren,

grünen Augen?
»Lass uns ein Stück gehen.« Sie hakte Daria unter und zog sie mit sich.
Zwei Freundinnen, die an der Uferpromenade entlang spazierten. Sich unterhielten. Tausend unausgesprochene Fragen und Antworten zwischen sich.
Sie redeten Belanglosigkeiten und Daria fragte sich früh, ob es ein Fehler war, gekommen zu sein. Eves Nähe raubte ihr buchstäblich den Verstand und vernebelte ihre Sicht auf die Dinge. Sie ließ es einfach laufen. Merkte nach einer Weile, dass es gut war. Dass sie loslassen konnte, einfach den Moment genoss. Mit ihr. Mit Eve.

Zwei Stunden später saßen sie in einem Restaurant am Miradouro de Santa Luzia, oberhalb der Alfama. Von hier aus konnte man weit über die die Stadt und das Wasser blicken. Sie tranken kühlen Vinho Verde und es schien, als sei kaum Zeit vergangen seit ihrem Abschied in Kopenhagen.
Es war ein friedlicher Moment, der in krassem Gegensatz stand zu dem, was sie beide Monate zuvor mitgemacht hatten. All das trat nun in den Hintergrund. Öffnete den Vorhang für etwas Neues, obwohl noch der Schleier des Vergangenen zwischen ihnen hing.
»Vermisst du sie?«, fragte Daria.
Eve biss sich auf die Unterlippe, dann schüttelte sie den Kopf. »Nicht diejenige Person, die sie wirklich war. Und ehrlich gesagt, hätte ich in Reykjavík schon wissen können, dass es mit uns vorbei war.«
Sie blickte unsicher zu Daria hinüber, die nun

leicht erstaunt die Brauen nach oben zog.

»Wie das? Ich meine – du warst besessen davon, sie zu finden.«

Eve starrte auf ihr Glas, dann in die Ferne. Das, was jetzt kam, war das Schwierigste. Aber lieber würde sie noch einmal eine Zeit der Schmerzen durchleben, als sich falschen Hoffnungen hinzugeben.

»Etwas hatte sich verändert«, antwortete sie leise. Sie schob das vom kalten Wein beschlagene Glas vor sich auf dem Tisch hin und her.

Daria sagte nichts, sie verschränkte die Arme und sah ziemlich unbeteiligt aus.

»Seit ... seit wir zwei zusammen in Graz waren.« Eve nippte an ihrem Glas und sah Daria direkt an.

Die wirkte auf einen Schlag sehr angespannt.

»Hast du dich nie gefragt, warum ich dich in Reykjavík geküsst habe?« Eves Stimme war noch leiser geworden, sodass Daria sich etwas vorbeugen musste, um sie zu verstehen.

»Du warst betrunken.«

»Ja, das war ich. Aber nicht so, dass ich nicht mehr wusste, was ich tat. Eher so, dass ich den Mut aufbrachte, etwas zu tun, worauf ich bereits eine Weile große Lust hatte.«

Daria stieß einen undefinierbaren Laut aus. Dann blickte sie zur Seite. Sie wirkte wie jemand, die einfach nicht wusste, was sie tun oder sagen sollte.

»Ich habe mich in dich verliebt.« Jetzt war es raus. Eve spürte eine unendliche Erleichterung über diese paar Worte. Gleichzeitig fühlten sich ihre Blutbahnen gerade an, als stünden sie unter Strom. Warum sagte Daria nichts? Warum

reagierte sie nicht?
Daria wirkte wie paralysiert.
Würde sie aufstehen und gehen? Oder sie auslachen?
Daria erhob sich und Eves Herz fing an, wie verrückt zu hämmern. Würde sie gehen? Daria ging nicht. Sie drehte sich um, legte eine Hand auf ihren Mund, als müsse sie Worte zurückhalten. Dann stemmte sie die Hände in die Hüften und legte den Kopf in den Nacken.
Eves ganzer Körper fing an zu kribbeln. Sie hatte einen Fehler gemacht. Daria wollte sie nicht, womöglich war ihr das Liebesgeständnis peinlich. Offensichtlich stand sie überhaupt nicht auf Frauen, auf Eve.
»Hör zu, ich ...« begann sie in dem Versuch, ihre Worte rückgängig zu machen. Doch Daria fuhr zu ihr herum und stoppte sie. Ihre Augen blitzten, als sie sich zu Eve herunterbeugte bis ihre Gesichter nur noch Millimeter voneinander entfernt waren.
»Du weißt doch, dass ich noch nie eine Frau geliebt habe, oder?«
Eves Herz rutschte ihr in die Hose. Tränen stiegen hinter ihren Augen auf. Plötzlich wurde ihr ihre Haut zu eng, sie wäre am liebsten aufgesprungen und hätte wütend um sich geschlagen.
»Ich weiß nicht, ob ich nicht eine Riesenenttäuschung für dich wäre. Trotzdem würde ich es gerne mit uns versuchen.«
Was? Eve blinzelte. Was hatte Daria gesagt?
»Du meinst, du würdest es mit mir versuchen?« echote sie tonlos.
»Nein. Nein, das meine ich so nicht. Ich meine

es ernst, ich wollte sagen, dass auch ich mich in dich verliebt habe. Ehrlich gesagt denke ich seit fünf Monaten fast ununterbrochen an dich und meine größte Angst dabei war, dass du kein Interesse an mir hast.«

Sie sahen sich tief in die Augen. Eve erhob sich langsam. Einen Moment standen sie einfach so da, dann schmiegte sie sich in Darias Arme. In diesem Moment fiel alles von ihr ab. Der Schmerz, die Anspannung, die Angst. Es war, als würde sie eintauchen in ein warmes Bad, in einen Strom voller Möglichkeiten und Verheißungen.
Sie war zurück aus der Dunkelheit. Sie stand wieder im Licht.

»Ich bin angekommen«, dachte sie.

*

Eves kleines Apartment lag nicht weit von dem Restaurant entfernt.

Beide konnten es kaum erwarten, dorthin zu kommen.

Daria fühlte sich nach Eves Liebesgeständnis wie im Fieber. Kaum war die Tür hinter ihnen zugefallen, küssten sie sich leidenschaftlich. Eves Finger zerrten Darias Shirt aus der Hose, liebkosten ihren Rücken, schoben sich über ihren Po. Fahrig vor Leidenschaft zogen sie sich gegenseitig aus und fielen auf das altmodische Bett, dessen Federn empört quietschten. Als Daria Eves weiche Haut auf ihrer spürte, die Hitze ihres Schoßes, als sich ihre Brüste aneinander rieben und ihr Herzschlag eins wurde, als sie staunend und dankbar Eves Schultern küsste, ihren Nacken und die Fingerspitzen, die über ihren Körper wanderten, um ihr neue, ungeahnte Wonnen zu bescheren, bahnte sich dennoch eine Frage ihren Weg. »Hoffentlich mache ich alles richtig«, hauchte sie in Eves Ohr.

»Keine Sorge, ich zeige es dir«, antwortete die, schlang ihre Beine um Darias Hüften und zeigte ihr behutsam den Rhythmus, der sie beide durch diese Nacht begleiten sollte.

*

Den beiden Frauen, die am nächsten Tag fröhlich und unbeschwert durch die Stadt bummelten, sah man ihr Glück an. Die Kleinere der beiden sprach ein bisschen Portugiesisch und zeigte ihrer Freundin die Stadt. Sie schlenderten durch die Gassen der Altstadt, fuhren mit der berühmten Linie 28, aßen in einem Fischlokal, tranken Kirschlikör, kalten Wein und *Bica*, die portugiesische Variante des Mocca. Vor allen Dingen sah es ganz so aus, als schmiedeten sie Pläne für ihre Zukunft.

»Meine Aufträge kann ich überall annehmen«, sagte die eine.

»Ich kann mir meine Jobs einteilen«, antwortete die andere.

»Wie wäre es mit Italien?«

»Vielleicht an einem der Seen?«

»Ein Flughafen sollte in der Nähe sein.«

Sie lachten, warfen sich glühende Blicke zu und hielten Händchen.

Als sie die Terrasse des Lokals verließen, schaute ihnen der Kellner lächelnd hinterher. Sie bemerkten es nicht, so beschäftigt waren sie mit sich selbst. Schlendernd tauchten sie ein in den

Strom der Menschen, die durch die *Rua Garrett* gingen, mit Eistüten oder Einkaufstauschen in der Hand. Daria hatte Eve gerade auf etwas aufmerksam gemacht, als die abrupt stehenblieb und den Kopf wandte.

»Was ist los?«

Eve war blass geworden und ernst, als sie sich wieder zu ihrer Freundin umdrehte. Dann schüttelte sie kurz den Kopf und lachte lautlos auf.

»Nichts, ich dachte nur gerade, ich hätte jemanden erkannt.«

Darias Blick glitt über die Menge hinter ihnen. Jetzt konnte auch Eve die Frau mit dem glatten, schwarzen Haar nicht mehr sehen, die sie eben so erschreckt hatte.

Lachend gingen sie weiter, die Hände ineinander verschlungen, in Gedanken ganz bei sich und ihrer Liebe.

ENDE

Impressum

Kontaktadresse:

WortSpiel Agentur
Friedrichstraße 123
D-10117 Berlin

Kontakt zur Autorin:
Celia.Martin(ad)mx.net

Mehr von Celia Martin unter :
celiamartinblog.wordpress.com

Weitere Veröffentlichungen von Celia Martin

Lesbisch für Anfängerinnen – Willkommen in der WG
Lesbisch für Anfängerinnen 2 – Cappuccino Küsse
Lesbisch für Anfängerinnen 3 – Damenwahl

Erhältlich als Buch, Hörbuch, ebook.

Lesbisch für Anfängerinnen – Acht Frauen im Schnee

Broschiertes Geschenkbüchlein

Die heiteren Geschichten um Tina und ihre Freundinnen hat bereits viele Leserinnen bezaubert.

Alle erschienen im Butze Verlag

Sizilianische Charade
Ein unterhaltsamer lesbischer Krimi
Erhältlich als ebook und Taschenbuch

Ein unterhaltsamer, lesbischer Krimi über ein eiskaltes Verbrechen und eine heiße junge Liebe. Über Verführung und Vertrauen. Spannend, humorvoll und gewürzt mit einer Prise Erotik an den richtigen Stellen.

Tätowierte Herzen – 13 Kurzgeschichten von lesbischer Liebe, Lust und Leidenschaft.
Erhältlich als ebook

»Humorvoll, romantisch, erotisch, übersinnlich oder nachdenklich sind die Storys dieser ersten Kurzgeschichtensammlung der Autorin Celia Martin. Ein zaghafter Kuss, die erste Liebesnacht, erotische Fantasien, das Wiedersehen mit der Ex oder Erlebnisse nicht ganz von dieser Welt.«

Die schöne Frau im Mond - Mehr Geschichten von lesbischer Liebe, Lust und Leidenschaft.
Erhältlich als ebook

»Wonach schmeckt der erste Kuss? Wie sehr schmerzt der letzte Blick? Welches Geheimnis verbirgt sich hinter dem Kauf von Damenschuhen? Und wie liebt sich ein glückliches Paar? Diese zweite Kurzgeschichtensammlung zeigt wieder ganz unterschiedliche Facetten lesbischer Beziehungen. Mal romantisch, mal nachdenklich. Mal heiter oder gar übersinnlich. Mal zart und mal hart. Celia Martin erzählt Geschichten von Liebe, Lust, Leidenschaft, von erotischen Obsessionen, von Verführung und Sehnsucht.«